中公文庫

御蔵入改事件帳

早見　俊

中央公論新社

目次

御蔵入改事件帳

第一話　消えた花嫁

一

江戸は柳橋《やなぎばし》、軒を連ねる船宿の一軒に夕凪《ゆうなぎ》がある。夕凪の二階で、昼日中というのに三味線を弾く、人品卑しからぬ武士がいた。三味線の音色に合わせ、朗々とした声音で小唄も唄っている。

「但馬《たじま》の旦那、日に日にお上手になりますね」

うっとりと聞き入っていた女将《おかみ》のお藤《ふじ》が感に堪《た》えぬように口を開いた。

「何せ暇な、小普請組《こぶしん》だからな」

荻生《おぎゅう》但馬は撥《ばち》を止め、中棹《なかざお》の三味線を傍らに置いた。

歳《とし》は四十五、空色の小袖を着流したその身体《からだ》は、肩が張り、胸は分厚く、着物の上からでも屈強さがわかる。身体同様、顔は浅黒く日焼けし、苦み走った男前だ。そんな男が三味線を弾く時は目元が柔《やわ》らかになり、万人を受け入れるような親しみを感じさせる。

「暇になって良かったじゃありませんか」

お藤が言うと、

「長崎奉行を馘首《くび》になったこと、喜んでおるのか」

「おや、但馬の旦那でも皮肉をおっしゃるんですか」

「当たり前だ。馘首にされて喜べるか」

但馬は再び三味線を持った。

すると、お藤が腰を上げ、窓辺に立つ。

お藤は三十路《みそじ》に入った大年増《おおどしま》、三年前に亭主と死別し、亭主の残した船宿を女手一つで切り盛りしている。人目を引くような美人ではないが、話し上手で愛想が良く、客を良い気分にさせるため評判がいい。

「今年も始まるんですね」

お藤の言葉に引き寄せられ、但馬も窓辺から往来を見下ろした。蔵前《くらまえ》通りを、「北村千《きたむらち》代菊《よぎく》一座」と染め抜かれた幟《のぼり》を掲げた荷車が進んでゆく。荷車には看板役者が乗り込み、沿道を行き交う人々に手を振っていた。

「毎年、如月《きさらぎ》（陰暦二月）には両国東広小路《りょうごくひがしひろこうじ》で興行を打つんですよ。今年は新しい役者が評判を呼んでいます。小波《こなみ》って娘で、美人の産地出羽《でわ》の国、横手《よこて》の生まれだそうです」

「小野小町《おののこまち》の産地だな」

「ですから、北国小町とか今小町って呼ばれているそうですよ。そうだ、旦那、見物に連れて行ってくださいよ」

　お藤に甘い声を出され、

「それがな、これから忙しくなりそうなのだ」

「何かのお役職にお就きになるのですか」

　小首を傾《かし》げるお藤に、

「御蔵入《おくらいり》改方《あらためかた》、頭取《とうどり》を拝命した」

　と答えたが、お藤は困惑するばかりだ。

「新しいお役目だ。南北町奉行所や火付盗賊改《ひつけとうぞくあらため》が取り上げない訴えや、未解決のまま奉行所の例繰方《れいくりかた》の蔵に封じられてしまった事件を探索する」

「へ〜え……では、随分と大勢の与力、同心方を従えるのでしょうね。新しい御奉行さまってことですか」

「それがな、わしを入れて総勢五人、みな一癖も二癖もある面白い奴《やつ》らだぞ」

但馬は声を上げて笑った。苦み走った顔が綻《ほころ》び、愛嬌《あいきょう》満面だ。

「五人……」

何と続けていいのかわからないようで、お藤は口を閉ざした。

「そんな小所帯ゆえ、役所はない。だから、お藤、ここの二階を根城とさせてくれ。むろん、家賃は払う」

「ええっ……ここを、ですか」

「そうだ。わしらの役目は人助けだ。お藤も一肌脱いでくれ」

「人助けとあらば、知らん顔はできませんね」

お藤は快く引き受けた。

眼下には紅梅と白梅が競うように花を咲かせている。霞《かす》みがかった空には雲雀《ひばり》が舞っていた。春の深まりを感じさせる文化《ぶんか》十二年（一八〇五）如月一日の昼下がりである。


二日後の昼のことだ。

「荻生の殿さまはおられましょうか」

船宿の一階から声がかかった。

荻生但馬は三味線を傍らに置き、耳をすませる。女将のお藤と男のやり取りが聞こえる。

声の調子からして若い男のようだ。

「少々、お待ちくださいね」

階段を上がってきたお藤は喜色満面で言った。

「浅草《あさくさ》の呉服屋、三州《さんしゅう》屋さんの若旦那が訴え事があるそうなんですよ。最初のお客、いえ、訴人ですよ。逃がさないでくださいね」

「うむ、上げていいぞ」

但馬はあぐらをかき、煙草《たばこ》盆を脇に置く。

若い男が廊下で挨拶《あいさつ》をした。三州屋の跡取りで吉次郎《きちじろう》と名乗った。重ねた黒紋付の袖《そで》はやや長く、なで肩でやせ細り、顔も青白いとあって、いかにもひ弱な印象を与える。それでも着物は紬《つむぎ》、柿色の一重色無地というのが呉服屋の若旦那らしい。

「荻生さまは、御奉行所ではお取り上げにならない訴え事をお聞き届けになってくださるそうですね」

吉次郎はおずおずと問いかけてきた。

「ああ、そうだぞ」

吉次郎の緊張を解《ほぐ》そうと、気さくな口調で但馬は返した。

窓の外には梅が花を咲かせている。紅梅が春の訪れを告げ、柔らかな日差しが部屋をぽかぽかと温めている。但馬は吉次郎を部屋に入れ、訴え事は何だと問いかけた。

「荻生さま、女房を捜してください」

いきなり吉次郎は両手をついた。

そこへ、お藤が茶を運んで来た。

畳に額をこすりつけて嘆願する吉次郎に目を白黒させながらも、お藤はごゆっくりと茶を置き、階段を下りていった。

「おいおい、面《おもて》を上げろ。まずは茶でも飲んで舌を滑らかにしてはどうだ」

但馬は茶を啜《すす》った。梅の酸っぱさと昆布の甘みに、頬が緩む。

「うむ、美味《うま》い梅昆布茶だ。さあ、飲め」

もう一口、但馬が茶を飲むと吉次郎も顔を上げ、両手で茶碗《ちゃわん》を取った。しかし、すぐに茶托《ちゃたく》に戻し、

「お美奈《みな》を捜してください」

と、上目遣いに訴えた。

気持ちが先走るばかりで、要領を得ない。

「親父《おやじ》、口うるさかろうな」

不意に但馬は唐突な問いかけをした。

「はあ……何のことでございますか」

戸惑《とまど》って問い返す吉次郎に、但馬が断ずる。

「おまえの親父は口うるさくてけちだな」

「そうですが……どうしておわかりに」

「大体、商家の主《あるじ》というものは口うるさいものだ。その上、倹約家が珍しくはない」

「なんだ……勘ですか。てっきり、何か拠《よ》り所《どころ》があっておっしゃってるのかと思いました」

吉次郎の目に若干失望の色が浮かんだ。

「拠り所ならあるぞ。まず、その、黒紋付だな。身体に合っていない。余所行《よそゆ》きに羽織るのだろう。だから、物はいいが紬の着物に合ってはおらん。親父のお下がりだな」

「ええ、そうなんです」

吉次郎はうなずく。

「それから、顔。髭剃《ひげそ》りの痕《あと》が、傷になっている。親父は髭剃りにうるさいのだろう。無精髭が残ると叱《しか》るのではないか。それに爪《つめ》だ。深爪をしておるな」

吉次郎は慌てて手を引っ込めた。

「呉服屋の跡取り、身形《みなり》はきちんとしろと、親父は口うるさく申すのだろうが、自分のお下がりを着せるということは、せこくもあるということだ」

さらりと但馬は言ってのけた。

「仰せの通りでございます」

吉次郎は感心してうなずいた。

「別に感心するほどのことではない。それくらい、見ればわかる。で、女房のお美奈を捜してくれとは、おまえ、女房に逃げられたのか」

但馬は煙管《キセル》を咥《くわ》え、火をつけた。深く一服喫し、白い煙を吐き出した。

「そうではないのです」

緊張が解れたようで吉次郎の口調が滑らかになった。但馬は黙って話の続きを促《うなが》す。

「ちょうど一年前のことでした。そうです、あんな紅梅が咲いた昨年の今日のことでございます」

窓の外の紅梅にお美奈の顔を重ねたのか、吉次郎の目はうっとりとなった。

昨年の如月三日、吉次郎とお美奈の祝言《しゅうげん》が行われた。浅草花川戸《はなかわど》町にある三州屋から程近い料理屋、清善《きよぜん》の一階座敷であったそうだ。

「その祝言の最中《さなか》、お美奈は消えてしまったのです」

吉次郎の顔が歪《ゆが》んだ。

「まず、婚礼以前の諸々《もろもろ》を聞こうか。お美奈はいくつだった。おまえの歳も教えろ」

先を急ぐ吉次郎を制し、但馬は問いかけた。

「あたしは二十一、お美奈は十八です。ですから、婚礼の時は二十歳《はたち》と十七でした」

「お美奈との馴れ初めは何だ」

「お美奈はうちで女中奉公をしておったのです。口入屋《くちいれや》の斡旋《あっせん》で祝言を挙げる半年前に奉公にやって参りました」

「それを見初めたのだな」

「一目惚れ《ひとめぼ》れでございました。奉公に上がった日、挨拶を受けて、一目見て、あたしはお美奈に心を奪われてしまったのです」

「美人か」

但馬はにやっと笑いかけた。

吉次郎は目尻を下げ、

「それはもう、あんな美しい女、見たこともありません。お美奈がいるだけで周りが輝いて見えるのです。祝言の席で、あたしは鼻高々でした」

てらいもなくのろけた。

「お美奈の身内はどうなっておる」

「気の毒なことに、二親には早くに死なれ、兄と二人暮らしでした」

「兄は何をしておる」

「飾り職人です」

この時、吉次郎の目が険しくなった。兄に好《よ》い気持ちを抱いていないのかもしれない。

「おまえ、お美奈と所帯を持ちたいと親父の許可を取ったのだな。三州屋といえば老舗《しにせ》の呉服屋、おまけに親父は口うるさいのだろう。跡取り息子《むすこ》の嫁ともなれば身の回りを検《あらた》めねばならぬのではないか。申しては何だが、いくら美人でも、奉公人が息子の嫁になるのをすんなり受け入れるとは思えぬが……」

「仰せの通りです。親父もお袋も反対しました。頭を冷やせときつい物言いであたしを叱《しっ》責《せき》しました」

しかし、めげることなく、吉次郎は辛抱強く親を説得したのだそうだ。

「一緒になれなかったら、駆け落ちすると言いました。また、首を括《くく》ると親父を脅《おど》しました。それで、ようやく親も折れてくれたのです」

一人息子がお美奈とどうしても一緒になりたいときかない。死ぬとまで言われ、無理に仲を裂くのは憚《はばか》られたのだろう。

「苦労はしましたが、ようやくのことで祝言にこぎつけたのです」

それを苦労とは言わぬという言葉を但馬は呑《の》み込んだ。その代わりに、口にした。

「お美奈はどうだったのだ。お美奈はおまえの女房になること、願っておったのか」

「そうに決まっております」

吉次郎は即答した。

「しかと、その通りなのだな」

但馬の念押しに、

「お美奈もあたしの女房になることを嫌がりませんでした」

吉次郎は胸を張った。

「それで、祝言の席から花嫁が消えたとは、いかなるわけだ」

核心部分に入った。

「祝言が進みまして、あたしもほろ酔いとなりました。お美奈は小用に立ったのでございます」

祝言が始まったのが昼九つ（正午）、一時《いっとき》程後に小用に立ったきり、お美奈は戻ってこなかったのだそうだ。

「お美奈は、おまえの女房になるのが嫌で、料理屋から逃げ出したのではないのか」

但馬が問うた途端に吉次郎は大きく頭《かぶり》を振って反論した。

「そんなことはありません。料理屋から出て行けば、誰かが見たはずです。日は高かったですし、お美奈は白無垢《しろむく》の花嫁姿です」

綿帽子、花嫁衣裳《いしょう》は吉次郎が三州屋の看板にかけて選《え》りすぐったという。紅色裏地の白綸子《りんず》の打掛、白間着《あいぎ》、白帯、白足袋《たび》、すべて吉次郎が見立て、お美奈の晴れ姿を飾り付けたのだ。

「それはもう、この世に天女が舞い降りたようでした」

うっとりとする吉次郎に苦笑し、

「それは目立つな……。まこと、お美奈が清善を出て行くのを見た者はいないのだな」

但馬は念押しをした。

「おりません」

吉次郎は強調した。

「先を続けろ」

思案しながら但馬は促した。

「神隠しに遭ったとしか……、お美奈は行方知れずとなってしまったのです」

お美奈失踪を吉次郎なりには納得しているのだろうが、但馬にすれば、言っていることは穴だらけだ。そもそも、お美奈が消えたと申し立てているが、それは吉次郎から見てであって、お美奈が逃げ出したのだとしたら、全く意味が違ってくる。

「お美奈が消えてから、おまえの親父は何もしなかったのか」

但馬の問いかけに顔をどす黒く染め、

「親父はひでえ。あの人は人じゃあない」

吉次郎は喚《わめ》き立てた。

但馬は梅昆布茶を勧め、吉次郎が落ち着くのを待った。吉次郎は取り乱したことを詫《わ》び、再び口を開いた。

「親父は、御奉行所に訴えようとしたあたしを止めたんですよ」

「どうしてだ」

「そりゃ、店の看板に傷が付くと考えてのことです」

「老舗の呉服屋の跡取り息子の嫁が消えてしまった。これは、世間の耳目を引き、好き勝手なことが囁《ささや》かれ、あることないこと醜聞めいたことを、読売にでも書き立てられたら、店の評判に傷がつく。そういうことだな」

但馬の問いかけに、

「その通りです」

父親への批難の意を込めて吉次郎は答えた。

「そうか、なるほどな」

但馬は言った。

「どうか、お助けください」

吉次郎は紫の袱紗《ふくさ》を畳に置いた。

「五十両あります。見つけてくだすったら、あと百両差し上げます」

但馬は袱紗には目もくれず、

「よかろう。計百五十両だな。それで、見つけたはよいが、お美奈が戻るのを拒んだら、いかにするか」

「そんなことは……」

「考えたくはなかろうが、訴え事を引き受けるに当たり、どこまでが役目なのかをきちんとしておかねばならぬ。見つけ出すまでなのか、見つけて連れ戻すまでなのか。その場合、お美奈が戻りたくないと言ったら、戻るよう口説かねばならぬ。それは厄介だ。正直、手に余る」

噛《か》んで含めるように但馬が言うと、

「見つけ出してくだされば、あとはあたしが戻るよう頼みます」

「よかろう。それと、礼金だが、見つかっても見つからなくても、手間賃としてこの五十両は受け取る。それでよいな」

「もちろんでございます。見つけ出してくださったら、あと百両をお支払いします」

「最後に期限だ。一年も行方知れずとなった者をいつまでも捜したところで、時の無駄だ。期限は一月《ひとつき》、一月経《た》っても見つからなかったら諦《あきら》めろ。おまえだって、いつまでもお美奈にとらわれていていいわけがない。老舗呉服屋の跡取りなのだからな。よいな」

念押しすると但馬は、吉次郎にお美奈失踪の一件について、更に詳細を確かめた。文《ふ》机《づくえ》を前に置き、吉次郎から婚礼に出席した者たちの名前、素性、席の位置、更には清善の間取りを聞き取って紙に記していった。

二

「さて、今日は早めに帰るか」

梅の花咲く、八丁堀界隈《はっちょうぼりかいわい》を北町奉行所同心緒方小次郎《おがたこじろう》は歩いていた。三寒四温とはよく言ったもので、昨日、身を切るような風に吹きさらされたのに、今日はぽかぽかとした陽気である。

二十五歳の働き盛り、目鼻立ちが整った彫りの深い顔立ちは、誠実さと筋を通す折り目正しさを感じさせるが、融通の利かない一徹者という印象も与える。

早めの帰宅は今日に限ったことではない。この一月、毎日だ。原因ははっきりしている。先輩同心が商人から袖の下を受け取る習慣を批難する上奏文を与力に提出したことが反感を買い、定町廻《じょうまちまわ》りを外されてしまったのだ。籍は北町奉行所に留め置かれ、三日前に奉行から、新設された御蔵入改方に出向が命じられた。

迷宮入りした事件とか、奉行所や火盗改が取り上げない訴え事を扱うのだとか。頭取は荻生但馬という旗本で、昨年の秋、長崎奉行職を解かれ小普請入りしたそうだ。出向を命じられ、但馬からの呼び出しを待つよう奉行からは指示されたのだが、未《いま》だ連絡はない。

小次郎はやや西に傾いた日輪を見上げ、さて、今日の夕餉《ゆうげ》は何にしようかと思案した。楓《かえで》川に架かる越中《えっちゅう》橋に差し掛かったところで、向かいから女が走って来た。

髪を結わず、洗った時のまま下げた、いわゆる洗い髪を鼈甲《べっこう》の櫛《くし》で飾っている。水茶屋の看板娘に多い、伝法な髪型だ。着物も紫地に蝶《ちょう》を描き、紅の帯を締めるといった派手な装いだ。派手といえば、草履の鼻緒は真っ赤で素足の指に紅を差していた。

慌てて避けようとしたが間に合わない。避けきれずにぶつかってしまった。

「すみません」

取ってつけたようなわびの言葉を寄こし、女は去って行った。

陽光に煌《きらめ》く楓川の水面《みなも》に目を細めたところで、

「しまった」

財布をすられたのではと気づいた時には、女はすでに離れていったあとだった。

「待て！」

と、叫んだものの待つはずもなく、女は雑踏に紛れた。

「すまん、退《ど》いてくれ」

小次郎は人込みをかき分け追いかける。

半町も走ると、女は振り返った。小次郎に向かって袖を持ち上げて指を差し込んだ。はたと小次郎は自分の袖を探る。書付が入っていた。拡げると、

「夕七つ（午後四時）、柳橋の船宿夕凪へ　但馬」

と、記してあった。流麗な筆遣いだ。

芝居がかったことをなさるお頭さまだ、と小次郎は苦笑をした。

南町奉行所臨時廻り同心、大門武蔵《だいもんむさし》は八丁堀の湯屋、鶴《つる》の湯の二階で将棋を指している。歳は四十、力士のような巨体を屈《かが》ませ、太い指で駒を操る姿は滑稽《こっけい》だ。それでも、黒紋

付、白衣帯刀、八丁堀同心らしく羽織の裾《すそ》を捲《まく》り上げて端を帯に挟む、いわゆる巻き羽織姿は様になっていた。

将棋上手が自慢の町人を相手に対局をしているのだが、角と金を一枚取られ、不利な局面であるのは明白だ。町人は八丁堀の醬油《しょうゆ》問屋、蓬萊《ほうらい》屋の隠居、善兵衛《ぜんべえ》である。

武蔵は、

「待った」

と、右手を差し出す。

「へへへ、待ちましょう、待ちましょう。どうぞ、ごゆっくり」

余裕たっぷりに待ったを受け入れると、善兵衛は煙草盆を引き寄せた。真っ白な髪、椎《しい》茸《たけ》の軸のように細い髷《まげ》だが、妙に肌艶がいい。古希《こき》を迎えて、実にかくしゃくとしたものだ。

武蔵は太い眉を寄せ、う～んと唸《うな》りながら盤上を睨《にら》みつける。善兵衛は煙管を咥え、悠然と白い煙を吐き出す。

唸りながら武蔵は飛車を敵陣に打つ。善兵衛は角をすっと自陣に戻して打ったばかりの飛車を取ってしまった。

「ああ、ちょ、ちょっと……」

武蔵が盤上から顔を上げると、

「またまた、待ったですか、大門さん。さすが武蔵だけあって、人を待たせるのが得意ですな」

善兵衛が待ったを受け入れようとしたところで、

「うまい！」

調子のいい声が響き、年齢不詳の男が将棋盤の横に座った。頭を丸め、桃色地の小袖を尻はしょりにし、真っ赤な股引《ももひき》を穿《は》き、派手な小紋の羽織を重ねている。扇子をぱちぱちと開いたり閉じたりして武蔵と善兵衛に愛想を振り撒《ま》く。幇間《たいこもち》である。

「ご隠居、うまいことおっしゃいますね」

「喜多八《きたはち》、何も出ないよ」

善兵衛は喜多八に笑いかけてから、武蔵に待ちますかと目で訊《き》いた。

「かまわん」

意地になって武蔵は飛車を取らせた。

「大門武蔵、敗れたり」

喜多八は芝居気たっぷりに武蔵の負けを宣告した。

「うるさい！　まだ、勝負はついておらん」

武蔵は王の上の升目に銀を上げた。そこへ、

「王手」

善兵衛が金を打つ。既に王の周りには善兵衛の駒が打たれ、詰まれたのは将棋初心者にもわかる。

「もう一番だ」

武蔵は財布から一分金を取り、盤上に置いた。置いたのが善兵衛の玉の上の升目であるのが、武蔵の悔しさを物語っている。善兵衛はにこにことして一分金を取り、

「喜多八、よいしょの祝儀だよ」

と、喜多八に与え、ちょいと小用にと席を立った。

「おまえのせいで負けたんだぞ」

武蔵は喜多八から扇子を奪い、額を叩《たた》いた。喜多八は大袈裟《おおげさ》に痛がり、言い返す。

「こいつは、とんだとばっちりでげすよ」

「出て行け。おまえが来ると負けるんだ。この疫病神が」

これで三連敗の悔しさを、武蔵は喜多八にぶつけた。

「なら、退散するでげすが、今日の七つ、夕凪ですよ」

耳元で囁き、去っていった。

太い首を縦に振ると武蔵は、

「どれ、勝負の前に一風呂だ」

と、巨体を揺らしながら階段を下りた。

三

七つとなり、夕凪の二階には但馬の前に、緒方小次郎、大門武蔵、すりのお紺《こん》、幇間の喜多八が顔を揃《そろ》えた。

差し込む夕陽で顔を茜《あかね》に染め、但馬は四人を見回した。

「今回の御用は……」

と、勿体《もったい》をつけるように但馬はそこで言葉を止めた。みなの眼差《まなざ》しが期待と緊張の色を帯びたのを確認してから、

「花嫁捜しだ」

と、言った。

「ほう、こりゃ、やつがれ向きでげすよ」

喜多八は扇子をぱちぱちと開いたり閉じたりした。

「おれ向きじゃないな」

武蔵はそっぽを向く。

「荻生の殿さまのご子息の花嫁探しですか。ですけど、ご子息はとうに所帯を構えておられますよね」

お紺は首を傾げた。

立膝をつき但馬を真っ直《ます》ぐに見る目元が色っぽい。彫りの深い美人顔は洗い髪が似合い、紅を差したおちょぼ口が艶っぽく濡《ぬ》れていた。

小次郎は黙って話の続きを待っている。

但馬は破顔して、

「花嫁さがしだが、捜しであって探しではない」

と、紙に筆で、捜しと探しと書き記し、

「婚礼の席から消えてしまった花嫁の行方を捜すのだ」

「まどろっこしいでげすよ」

喜多八の言葉に但馬はにんまりとして吉次郎の訴え事、浅草の料理屋、清善からのお美奈失踪の顚末《てんまつ》を語った。

するると武蔵が、

「こりゃ、益々、おれ向きじゃない。というか、少しも興味をひかれないな。花嫁は逃げ出したんだ。惚れた女に逃げられて、泣きべそをかいているような腑抜《ふぬ》け野郎の訴えになんか、付き合い切れん」

と、早々に大刀を手に腰を上げた。

階段に向かおうとする武蔵を引き止めるでもなく但馬は言った。

「礼金五十両だ」

武蔵の足が止まる。

「お美奈を捜し出したら、更に百両、上乗せするそうだ」

但馬の言葉を受け、

「惚れた女が戻って来てくれたなら、そりゃもう若旦那、感謝感激の極みでげすよ。こりゃ、百両どころか、二百両いや三百両も上乗せしてくれるかもしれませんよ。三州屋といやあ、老舗の呉服屋なんですから」

喜多八が扇子を拡げひらひらと振った。

武蔵は座敷に戻り、どすんと腰を落とした。

「お頭、嫁に逃げられた馬鹿旦那の家、喜多八が言ったような大金が出せるのか」

但馬は紫の袱紗を広げた。二十五両の紙包みが二つ並んでいる。ここで小次郎が口を開いた。

「大門さん、浅草花川戸町の呉服屋三州屋と申せば、畏《おそ》れ多くも神君家康《いえやす》公が関八州に入封なさって以来、江戸の地にて商いをしておる呉服商人でござります。当代の松太郎《まつたろう》で確か……」

武蔵は小次郎の言葉を遮り、言い返す。

「そんなことは知ってるよ。訳知り顔で話すんじゃねえ。そうか、三州屋の跡取りだったな。いかんいかん、その辺のところ聞き漏らしておった。花嫁に逃げられたどじ野郎としか頭に残ってなかったよ」

武蔵にけなされても、小次郎は表情を変えることなくただ口を閉ざした。但馬は書付を取り出した。そこには婚礼の様子が絵図にしてある。花嫁、花婿、媒酌人、吉次郎とお美奈の身内、関係者の席がそれぞれに書き記されていた。

流麗な筆遣いで綴《つづ》られた大きな紙を但馬は畳に広げた。

みな車座になって覗《のぞ》き込む。

出席者は、花嫁、花婿、媒酌人を除いて四十人ばかり、三十人ほどが花婿側でお美奈の方は十人、兄佐助《さすけ》と住まいとする長屋の大家夫婦、懇意にしている住人、佐助が世話になっている親方や職人仲間である。

「こんなに丁寧に」

喜多八が感心し、小次郎は但馬に一礼した。

「それから、これは婚礼が執り行われた、清善の間取りだ」

これも、見事な絵図面である。

「みな、膝《ひざ》を崩せ」

但馬が声をかける前から武蔵があぐらをかいているのとは対照的に、小次郎は端座したままだ。喜多八とお紺は楽な姿勢をとった。お紺が気遣って小次郎に膝を崩すよう勧めても、

「この方が絵図を見やすい」

と、聞き入れない。

「ほっとけほっとけ」

武蔵は鼻を鳴らした。

但馬は続けた。

「お美奈が失踪して一年、手がかりと申せば、婚礼しかない。婚礼が始まったのは昼九つ、お美奈が小用に立ったのは八つ（午後二時）頃、酒が入り、座は乱れておっただろう。しかし、それでも、花嫁が連れ去られるなどという企《くわだ》てがあったなら、出席者か店の者、あ

るいは婚礼とは関わりのない客の誰かが気づくはずだ。それ以外にも、清善の周囲で目撃した者があってもおかしくはない。わしはお美奈の失踪には、お美奈の意志が入っていた、つまり、お美奈は逃げ出したと考える。むろん、今の時点での判断だ。いやいや、探索もせぬうちから、わしの考えを押し付けるつもりはない」

お紺が問う。

「お頭の考え通りとしたら、お美奈さんを捜し出したって、若旦那のところへは戻りたくないんじゃありませんか」

「そうでげすよ。捜す意味がありませんや」

喜多八も応じた。

但馬は鷹揚《おうよう》な笑みをたたえ、続けた。

「その点は吉次郎に確かめてある。見つけ出したとして、おまえのところへは帰らぬとお美奈が申したら、無理には連れ戻さぬとな。それと、期限だ。一月捜して手がかりすら得られぬ場合は諦める、とな」

「それなら、何もしないで、一月待って五十両だけ貰《もら》うのが得ではないか」

武蔵が言うと、

「それはなりませぬ。金を受け取り、役目として引き受けたからには、我らは誠心誠意、務めを果たさなければなりませぬ」

生真面目《きまじめ》な小次郎は異を唱えた。反発しようとする武蔵の機先を制するように、

「大門は佐助を当たれ」

と、但馬は命じた。

武蔵はきょとんとして、

「佐助って……」

但馬は婚礼の絵図を指差す。

「ああ、お美奈の兄貴か……」

「佐助ばかりではないぞ、婚礼に出席した長屋の者ども、佐助の仲間もだ。報告はまめにせよとは申さぬが、きちんと致せ。五十両の礼金を受け取った以上、捜したが見つからなかっただけでは通らぬ。いや、わしとしては通す気はない。具体的に誰に当たり、このような聞き込みを行ったもののお美奈の行方は摑《つか》めなかったと、吉次郎が納得する報告をせねばならぬ」

但馬の言葉に賛同するように小次郎は深々と頭《こうべ》を垂れ、言った。

「書面にてご報告申し上げます」

喜多八とお紺が字を書けないと言い出す前に、

「そなたらは口頭でよい。わしが、書面にまとめる」

と但馬は声をかけた。

「わかりましたよ。ちゃんと、聞き込みをして、書面にてご報告申し上げますよ」

おまえのせいで面倒なことになったというように、武蔵は小次郎を睨んだ。小次郎は気にする素振りも見せず、但馬に問う。

「お頭、拙者は誰に聞き込みをすればよろしいのでしょう」

「三州屋の主人松太郎及び女中を頼む」

但馬の命令を小次郎は素直に受け、懐紙を取り出し、筆で書き記そうとしたが、

「みなの分担はもう書いてある」

と但馬は書付四枚を各々に手渡した。

「さすがは、お頭、手回しがいいや。出来るお方は違いますよ」

よいしょをしながら喜多八は受け取る。閉じた扇子をうなじと着物の隙間に差し込んで、

「お紺姐《ねえ》さん、やつがれたちの分はちゃんとかなで書いてくだすってますよ。うれしいお気遣いですね」

と、お紺の書付を覗き込む。

二人の担当は料理屋清善の女将や奉公人、小次郎と武蔵が担当する以外の婚礼出席者で

ある。

「喜多八とお紺は聞き込みの人数が多いが、手分けをしてやってくれ」

但馬が二人を気遣うと、

「大丈夫です。芸人たちにも手助けをしてもらいますんでね」

お紺は嫌がることなく了承した。

喜多八が、

「さすがは長崎お紺でげすね」

と、呼んだように、お紺は長崎からやって来た。但馬が長崎奉行を務めていた頃、本業である大道芸をやっていたのだ。水芸を披露し、評判を取っていたのだが、但馬に惚れ込んで、芸人仲間と共に江戸に来たのだ。

惚れたといっても、懸想したというのではなく、但馬の分け隔てのない公正な裁きと人情味にである。盛り場で商人殺しが起き、芸人仲間が長崎奉行所の役人に捕縛された。芸人は無実を訴えたが、役人は聞き入れず、拷問にかけて自白を引き出した。芸人だという色眼鏡《めがね》で下手人扱いされたのだ。

但馬はお紺の訴えを聞きいれ、探索をやり直した。その結果、商人が殺された刻限、芸人は別の場所にいたことが判明し、更には殺された者は交易を巡って商人仲間と紛争があったことが判明。殺しはその仲間の仕業とわかった。

　お紺は但馬の公平さ、手を抜かない仕事ぶり、そして人情味に魅了されたのだった。

「各々の聞き込みの内容をわしが吟味し、吉次郎に報告した後に、みなの働きを評価して、五十両を分け与える。まずは、探索の費用として、一両ずつ支給する」

　但馬は封印を解き、みなに小判を一枚ずつ配った。

「この輝き、眩《まぶ》しくっていいや」

　喜多八は小判を頭上に翳《かざ》した。

　行灯《あんどん》の灯《あか》りを反射し黄金色に光る小判は、俄然《がぜん》やる気をかき立てる。

「では、励め」

　但馬が命じると、各々、座敷から出ていった。

四

　暮れなずむ薄暮の道を武蔵と喜多八は歩いた。両国西広小路界隈である。

「喜多八、入るぞ」

　武蔵は広小路の横丁に入ったつきあたりにある縄暖簾《なわのれん》を顎《あご》でしゃくった。

「へへへ、ごちになりますぜ」

「馬鹿、割り勘だ」

「おっと、幇間が割り勘って法はねえでげすよ」

「わかったよ」

武蔵はさっさと縄暖簾に向かった。

「一両、飲んじゃいけやせんよ」

喜多八は追いかけた。

暖簾を潜り、入れ込みの座敷に上がる。八間行灯の灯りが灯《とも》され、薄ぼんやりとした光景が広がっていた。仕事帰りの行商人や職人たちが楽しそうに酒を酌み交わしている。

喜多八が酒とふきのとうの味噌《みそ》漬け、柳川《やながわ》鍋、谷中生姜《やなかしょうが》を手早く頼んだ。

「おれはどうも緒方って男、好かんぞ」

武蔵は切り出した。

喜多八が、

「やつがれもでげすよ。お若いのに堅物でね」

と、調子を合わせる。

「あれで、仕事は出来たようなんだがな」

武蔵は北町奉行所における小次郎の仕事ぶりを評価した。途端に、喜多八が返す。

「そう、仕事はおできになるんでげすよ、堅物だけにね」

「しかし、人情の機微はわかるまい。杓子《しゃくし》定規な探索や吟味しかできんだろうな」

「そう、あの手のお方はそうでげすよ、融通が利きませんからね」

「お頭にはよき右腕となるだろうがな」

「やつがれもそう思います」

と、喜多八が答え、

「おまえは、本当に調子がいいな」

武蔵が呆《あき》れたところへ酒と肴《さかな》が運ばれてきた。ふきのとうから香ばしい味噌が香り立ち、小次郎への不満で強張《こわば》っていた武蔵の頬が緩んだ。

飲み食いを続けながら、武蔵が言葉を重ねる。

「緒方みたいな生真面目な男が、どうして北町を干されたんだろうな」

「堅物過ぎたみたいでげすよ。なんでも、先輩方の不正を正そうとして、煙たがられたようでげす」

「あいつらしいといえば、らしいな」

「武蔵の旦那はってえと、博徒から袖の下を受け取ったのを咎《とが》めた与力さまをぶん殴ったんですものね。身体つきもお人柄もあべこべなら、干された理由も正反対でげすね」

喜多八の言葉に武蔵は苦い顔をした。

「誰でもやっていることだろう。賭場を一々、摘発していたらな、切りがないんだ。おれが懇意にしていた博徒連中なんて、小者だぞ。大物はな、でっかい寺で開帳させてもらって、寺銭を坊主どもに上納しているから、お咎めなしだ。町方は手出しできないしな。ま、見せしめにされたってわけだ。いわば、犠牲者だな、おれは。それが冷や飯を食わされた挙句、御蔵入りした一件の探索に回されるとは、ついてないよ」

愚痴を並べる武蔵を、

「でも、銭金にはなりそうでげすよ」

と、喜多八は励ました。

「それはありがたいよな」

「旦那のところは子沢山ですものね」

「五人だ。二男三女、おまけにおれは婿養子、小遣いなんぞままならないからな。その点は御蔵入改に出向させられてよかったよ。お頭も面白そうなお方だしな」

「長崎奉行までおやりになって、小普請入りされたんですから、骨があるんでげしょうね」

喜多八の言葉は皮肉ではない。

荻生但馬は節を曲げないのだろう。その結果、老中に嫌われ、左遷されたのではないかと、武蔵は思っている。

「長崎からお頭を慕って、江戸まで来た者たちもいる程だからな」

武蔵は酒を飲み干した。

「お紺さんもそうでげしょう」

喜多八の言葉に武蔵は目尻を下げ、

「あの女、色っぽいな。いくつくらいだ。二十歳前後か」

「旦那の好みでげすか。やつがれはだめでげすね。あの手の女は迂闊《うかつ》に手を出すと火傷《やけど》するでげすよ」

「そうでもないぞ。ああいう、一見して伝法な女はな、案外と純情だ。好いた男に一途《いちず》になるもんだぞ」

訳知り顔で武蔵が返すと、

「その一途さは、お頭に向いているんでげしょうね」

冷静に喜多八は言った。

武蔵は渋面で酒のお代わりを頼んだ。

小次郎は八丁堀の組屋敷へと戻った。

「ただ今、戻りました」

母屋の玄関で挨拶をし、居間に向かう。

居間に入ると、

「母上、今川焼きです」

紙に包まれた今川焼きを母、志乃《しの》に渡す。志乃は感謝の意を表し、夕餉の支度にかかると言った。

「晴香《はるか》は……」

居間に晴香はいない。五歳の晴香は一人娘、小次郎が帰宅すると、いつもなら満面の笑みで出迎える。

「風邪《かぜ》ぎみのようだったので、寝かしつけたのです」

志乃に言われ、寝間に向かおうとしたが、寝たばかりだと止められた。小次郎はうなずくと縁側で寝そべる三毛猫を、

「まる」

と、呼ばわる。まるはにゃあと鳴き声を上げ、小次郎の膝の上に乗った。陽だまりの中

でうたた寝をしていたであろうまるの温《ぬく》もりを膝に感じつつ頭を撫《な》で、話しかける。

「まる、腹は空いておらぬか。今川焼き、冷めてから食べような」

妻、和代《かずよ》と死別し二年が経つ。和代はまるをとても可愛がっていた。まるを通じ、亡き妻と語らっているような気になる。

もうそろそろ、三回忌だ。

そのせいか、親戚筋から後添いを迎えるよう勧められ、和代の実家からも亡き妻に遠慮するなという声が届くようになっている。

受け入れる気はない。

「和代、きっと、仇《あだ》を討つぞ」

和代は墓参の帰途、何者かによって斬殺された。小次郎は血眼《ちまなこ》になって下手人探索を行ったが依然として不明だ。

下手人を挙げるまでは後添いなど考えられない。下手人を挙げたところで、和代が生き返るわけではないのだが、せめて成仏させてやりたい。未だ成仏できず冥土に辿《たど》り着いていないのではないか。

小次郎は庭の隅に視線を向けた。和代がたたずんでいるような気がした。

五

あくる日の朝五つ（午前八時）、武蔵はお美奈が住んでいた、松乳山聖天宮《まっちやましょうでんぐう》近くにある長屋へとやって来た。三州屋とは十町（約一キロ）程離れている。

こんもりとした緑の丘に春日を受けた朱色の社殿が目に鮮やかだ。柄にもなく、武蔵は手を合わせて聖天宮を拝んでから、木戸に掲げられた札で佐助の家を探す。

長屋の真ん中程に、佐助の家はあった。居職《いじょく》とあって、家に居るはずだと武蔵は木戸を潜り、路地を歩く。所々、溝板《どぶいた》が剝《は》がれた溝に気をつけながら進む。

佐助の家の前に立ち、腰高障子を拳《こぶし》でどんどんと叩いた。

「佐助、開けるぞ」

返事を待つことなく、腰高障子を開けた。

土間を隔てた小上がりで男は寝ていた。かい巻きに包《くる》まり、五合徳利を枕の代わりにして寝息を立てている。部屋の隅には簪《かんざし》や櫛などの小間物が無造作に寄せられていた。

雪駄《せった》履きのまま武蔵は上がり、五合徳利を蹴飛ばした。

「な、なんでえ」

後頭部を板敷きに打ちつけ、佐助は険のある目で武蔵を見上げた。

「起きろ、南町の大門だ」

武蔵は傍らにあぐらをかいた。

「おらぁ、何も悪いことなんかしてねえぞ」

かい巻きを取り、佐助はあくびをしながら答えた。無精髭が伸び、目つきの悪い男だ。

「しょっぴくわけじゃない。ちょっと、訊きたいことがあってやって来たのだ」

武蔵が返すと、佐助はめんどくさそうに、

「だから、おれは何も悪いことなんかやっていないんだよ」

「しょっぴくんじゃないって言っているだろう」

武蔵は佐助の頭を小突いた。佐助は顔をしかめ、ぶっきらぼうに問い返した。

「じゃあ、何です」

「お美奈のことだ」

「お美奈……美奈はいないっすよ。嫁に行ったからね」

「で、行方知れずになったんだよな」

「なんだ、知っているんですか」

佐助はぼりぼりと腕をかいた。

「何処《どこ》へ行ったんだ」

武蔵らしい単刀直入な問いかけだ。

「知りませんよ」

「本当だろうな」

「どうして、嘘《うそ》をつかなきゃならねえんです」

「なら、訊き方を変える。何処へ行ったのか心当たりはないか」

「ないですよ。ところで、今頃、どうしたんです。今になって三州屋の旦那が御奉行所に訴え出たんですかい」

「三州屋の主人がではない。若旦那がな、どうしても捜して欲しいって、そらもう、泣き出さんばかりにな、おれに頼んできた。奉行所のお役目ではなく、義俠心《ぎきょうしん》に駆られ、おれはお美奈を捜し出すことを引き受けたのだ」

吉次郎には会ってはいないのだが、武蔵は聞き込みがしやすいよう嘘をついた。

「諦めが悪いね、若旦那も」

「そう言うけどな、おまえの妹だぞ。妹の行方がわからないままでいいのか」

「そりゃ、心配しましたよ。でもね、ほら、何とかって言うじゃありませんか。去ると鬱《うっ》陶《とう》しいとか」

「去る者、日々に疎《うと》しだ」

「そうそう。それですよ。それにね、嫁にやるって決まっていましたからね、この家にはいないのが当然だって割り切れていたんです」

しれっと、佐助は言った。

「ふ〜ん、なるほどな。ところで、おまえ、真面目に仕事をしているのか」

武蔵は家の中を見回した。部屋の隅に寄せられた小間物には、埃《ほこり》が被《かぶ》っている。

「真面目も真面目、おれくれえ、真面目一方の職人はいませんや」

「ま、それはいい。おまえ、お美奈が嫁入りする時、三州屋からいくらか貰っただろう」

「そりゃ、結納金は受け取りましたよ」

「いくらだ」

「五十両です」

「五十両といえば、大金だ。その五十両を貰ったのをいいことに、働いてないいんじゃないのか」

「そんなことありませんや、と言っても、五十両はもう使っちまいましたがね。江戸っ子は宵越しの金は持たねえんですよ。あっしら職人はね、腕さえありゃ、世の中、渡っていけますからね」

悪びれもせず佐助は言った。

「馬鹿、誤魔化《ごまか》すな、どうせ、博打《ばくち》だろう」

「多少はやりますがね」

と、佐助が頭をかいたところで、

「おい、佐助」

伝法な物言いが聞こえ、腰高障子が開くや、

「今日こそ、耳揃えて……」

ここまで言ったところで男は口を閉ざし、武蔵をしげしげと見返す。

「あれ……大門の旦那じゃござんせんか」

「おお、常吉《つねきち》か。ああ、そうか、こいつのところに借金の取りたてに来たんだな」

武蔵に言われ、

「まあ、そういうこって」

常吉はうなずいた。

「いくらだ」

「五両ばかりなんですがね」

「何が真面目一方だ」

武蔵は佐助の頭をぽかりと叩いた。佐助は首をすくめる。

「真面目に仕事しろよ。で、本当にお美奈の行方、心当たりがないのだな」

「ありません」

そのことだけは本当のようだ。


武蔵は佐助の家を出てから大家と長屋の住人に聞き込みを行った。そろって、お美奈のことを誉《ほ》めそやす。掃《は》き溜《だ》めに鶴の美人であったようだ。

聞き込みを終えた武蔵を待っていた常吉が、

「旦那、あっしらのせいで、御奉行所を馘首になったそうですね」

と、申し訳なさそうに頭を下げた。

武蔵は腰の十手を抜き、

「馘首にはなっていないがな、干された。まったく、おめえらみたいな人間の屑《くず》を庇《かば》ってやったせいでな。おまえ、深く感謝しろよ」

「こら、きついお言葉で。重ねてお詫び申し上げますよ」

深々と頭を下げる常吉に、

「詫びる気持ちを態度で示せ」

と、武蔵は袖を向けた。

常吉は今日のところはと、一分金を武蔵の袖に入れ、耳元で言い添えた。

「まとまった分はその内お届けしますがね、それより、旦那、佐助んところに何しにいらしたんですか」

「あいつの妹、婚礼の日に行方不明になったのだ。おそらくは亭主が嫌で逃げ出したんだろうがな、その馬鹿亭主が未練たらたらでな、お美奈を捜して欲しいって泣きついてきたんだよ」

「へえ、旦那、干されて人捜しですか」

「おめえらのせいで、こんなくだらねえ仕事をやっているんだぞ」

「ですから、申し訳ねえって思ってますって。でも、それなら、少しは旦那のお役に立てるかもしれませんや」

常吉は言った。

「役立つ……よし、話してみろ、役立つかどうか、聞いてから判断する。役立たない話だったら、ぶん殴るぞ」

「殴るのは勘弁してくださいよ」

「早く話せ」

「今日みたいに佐助の借金を取りに来ていた日のことでしたがね、お侍方を見かけたんですよ」

「ほう、それで」

「お侍方は佐助の妹、お美奈が気になるようでした」

「どうしてそう思うんだ」

「お侍方はですね、直参《じきさん》旗本大里兵庫輔《おおさとひょうごのすけ》さまのご家来衆でした。大里さまは大層評判の悪いお方でしてね。向島《むこうじま》に別邸をお持ちなんですが、そこでやりたい放題のことをしておられるんですよ」

「面白そうだな」

武蔵はにんまりとした。

六

その頃、小次郎は浅草花川戸町にある三州屋に来ていた。風雷神門前、浅草広小路に店はあった。吾妻《あづま》橋に向かう左手に、間口十五間（約二十七メートル）の立派な店を構えている。

三州屋の屋号が染め抜かれた紺地の日よけ暖簾が春風にはためき、春光を弾《はじ》く屋根には天正《てんしょう》元年創業、天正十八年江戸に創立、と記された看板が掲げてあった。天正元年といえば、戦国の世、徳川《とくがわ》家は三河《みかわ》と遠江《とおとうみ》の一部を領するだけの一戦国大名に過ぎなかった。そんな戦国の最中に創業し、天正十八年、家康の江戸入府と共に江戸に出店したと、看板は誇らしげに語っている。

店に入ると、主人、松太郎への取り次ぎを小僧に頼んだ。

程なくして、松太郎が出て来た。小次郎を八丁堀同心と見て、案内に立ち、通り土間を進んで店の裏手の座敷に導いた。小次郎は座敷に通され、松太郎は正面に座った。

「本日、参ったのはおまえの倅《せがれ》、吉次郎の嫁、いや、嫁になるはずだったと申すべきか、お美奈の失踪についてだ」

松太郎はおやっという顔になったがじきに、

「吉次郎が訴え出たのですか……」

と、顔をしかめ、首を左右に振ってから、嘆くように言った。

「倅の奴、未だお美奈に未練が残っているようですな」

「吉次郎にすれば、惚れて一緒になれたと喜びの頂に立ったと思ったのも束の間、一転して、奈落の底に落とされたような心持ちのままなのではないか。吉次郎は奈落の底でもがいておるのだ」

「情けない倅でございます」

松太郎は渋面を深めた。

「そうであろうかな」

小次郎が異を唱えると、松太郎はまたおやっという表情になった。

「心底から惚れた女が突如としていなくなった。それで何も思わぬ男こそ、拙者には不審に思えるがな。三州屋は徳川家が三河にあった頃以来の老舗呉服屋であろう。女子《おなご》を慈しまねば、よき呉服は商えないのではないか」

「これは、思いもかけぬご教授、畏れ入りましてござります」

松太郎はこくりとうなずいた。

ここから本題に入る。

「どうして、お美奈が失踪した時に町奉行所に届け出なかったのだ」

「それは……その内に帰って来ると思っておったと申しますか」

「ならば、二日なり三日なりして戻って来ないとわかった時にでも、届け出るはずではないか」

小次郎の追及に松太郎はたじろぎながらも、

「お美奈は倅の嫁になりたくなかったのだと思いました。倅の岡惚れだと考えたのです。お美奈は相当な器量よしでござりました。倅ではなく、他に深い仲の男がおったのではないか……」

「その男と駆け落ちしたのだと考えたのだな」

「痛くもない腹を探られるのは嫌でございますから、申します。お美奈の兄、佐助というのは、実にだらしない者でして」

佐助が飾り職人をやっていると聞き、松太郎は知り合いの小間物屋を紹介したそうだ。ところが、前払いをしたにもかかわらず納期は守らない。その上、やっと納めた髪飾りは数が足りず、質も悪いということで、小間物屋は困り果て松太郎に泣きついたそうだ。

「三州屋さんの顔を立てて辛抱したが、出入り差し止めにしたいと言われ、手前は顔をつぶされました。それでも、お美奈の兄だと我慢しておったのです。それなのに、佐助は、結納が終わってから、たびたび、うちにやって来て、倅に金を借りるようになりました。一分とか二分とかずつくらいですが、なに、借りるなんて言いながら、返す気などありません。倅もそれはわかっていたでしょうが、お美奈の兄ということでせびられるままになっておりました」

松太郎は歯噛《はが》みした。

「そんなにもだらしない兄を持ち、お美奈は不幸せであったのだな」

「ですから、正直な話、手前はほっとしたのでございます。お美奈が倅の嫁になれば、佐助のたかりは激しさを増すでしょうからな」

松太郎にはお美奈の失踪はありがたかったのだ。これで、佐助とも縁が切れると踏んだに違いない。

その時障子越しに、旦那さまと松太郎を呼ぶ奉公人の声がかかった。松太郎は一礼して用件を聞き、

「大里さまが。わかった」

奉公人に言い返してから申し訳なさそうな顔で小次郎を見て言った。

「申し訳ございません。ちょっと、お得意さまが」

「ああ、構わぬぞ。邪魔したな」

きっと、大事な来客なのだろう。松太郎が奉行所に届けさせなかった本当の理由がわかったことだしと、小次郎は客間を出た。

通り土間を抜け、店の裏手に出る。母屋や土蔵が建ち並び、庭が広がっている。女中二人が洗濯や掃除をしていた。大柄で年配の女中が洗濯、小柄で若い女中が箒《ほうき》で庭の掃除をしている。

小次郎は女中たちに声をかけ、お美奈について問うた。財布から一分金を出し、各々に手渡す。二人は顔を見合わせ、金を受け取ろうとしなかったが、

「お美奈は吉次郎の女房になること、望んでおったのかな」

と問いかけると、口を揃えて否定した。これが口火となったようで、お美奈が吉次郎を嫌っており、婚礼が近づくにつれ憂鬱さを募らせていたという証言を引き出すことができた。

「嫌なのに、断り切れなかったのだな」

改めて小次郎が問いかけると、兄、佐助が自分の留守中に結納金五十両を受け取ってしまい、その後も松太郎に得意先を紹介してもらったりして、断れなくなったと、お美奈は言っていたそうだ。

「ひょっとして、お美奈には好いた男がいたのではないか」

この問いかけには、

「いたと思いますよ。時々、腫《は》れぼったい目をして遠くを見ていましたから」

と、年配の女中は肯定したが、

「いないわよ。あたし、聞いたことあるもの。いい人、いるんじゃないのって。そしたらお美奈ちゃん、いないわよって即座に否定したもの。あれは嘘じゃないわよ」

と、小柄な方は否定した。

それでも、小柄な方も、お美奈が潤んだ眼差しで遠い空を見上げているところを何度か見かけたそうだ。

「かりに、好いた男がいたとしても、兄はその男より吉次郎の女房になれと無理強いしたのだろう。婚礼の日に男と駆け落ちするなど、簡単にはできはしない。白無垢の花嫁姿では目立って仕方がない。綿帽子や着物を脱ぎ、襦袢《じゅばん》で逃げ出したら余計に人目を引くしな」

言ったところで、

「でもね、お美奈ちゃん、結局、若旦那のお内儀《かみ》さんになるの、受け入れたんじゃないかしらね」

年配の方が言った。

「どうしてだ」

小次郎の問いかけに、はっきりとした口調で答えるには、

「婚礼の二日くらい前から、顔つきが明るくなったんですよ」

憂鬱さが消えていたそうだ。

吉次郎の女房になると覚悟したのか、それとも、好いた男と駆け落ちをする腹を固めた

のか。

　そこへ、

「どうぞ、こちらへ」

　松太郎の声が聞こえた。

　辞を低くした松太郎が侍を案内し、母屋の座敷へとやってきた。上等な羽織、袴《はかま》に身を包んだ、身分の高そうな侍だ。

「どちらのお方だ」

　小次郎は侍には背を向け、小声で問いかけた。年配の方が答えた。

「ご直参、大里兵庫輔さまです」

「三州屋の出入り先なのか」

　二人とも畏《かしこ》まってうなずく。

「大身のようだな」

　二人によると、大里は御小納戸《おこなんど》頭取、妹は崎山《さきやま》といって大奥御年寄なのだそうだ。つまり、将軍の身の回りと大奥を統括する実力者の兄妹ということである。

　呉服屋にとっては下にも置けぬ大事なお得意であろう。

「色々と、すまぬな」

小次郎は菓子でも買ってくれと、改めて二人に一分ずつ与えた。二人は恐縮して何度も頭を下げつつ受け取った。


三州屋を後にした。

但馬が考えたようにお美奈の意志で失踪したと考えるべきだろう。婚礼の二日前、鬱々とした顔が晴れやかになったのは、吉次郎の女房になることを受け入れたというよりは、腹を括ったのだ。

婚礼の場から逃げ出す、と。

逃げ出すとはすなわち、駆け落ちと考えるのが順当だろう。お美奈の身辺で丹念に聞き込めば、男の影は摑めるはずだ。

このまま聞き込みを続けようかと思ったが、

「大門さんか……」

舌打ちをしてしまった。

大門武蔵、悪い人物ではないと思うが、地道な聞き込みをするとは考えにくい。おざなりに聞き込んで、手がかりなしと、しれっと報告するのではないか。

もし、そうなら、自分がこっそり、あちらの分担まで聞き込みをしよう。

「大門さんが知ったら、怒るだろうが」

そして、益々自分を嫌うだろう。

それもやむなしだが、但馬に迷惑をかけてしまうのが憚られる。

「困った」

小次郎は呟《つぶや》いた。

七

如月十三日の夕暮れ、柳橋の船宿、夕凪の二階に御蔵入改の面々が集まった。

おもむろに但馬が、

「ならば、大門、聞き込みの成果を申せ」

武蔵は巨体を揺さぶり前のめりになった。

「お美奈の兄貴、佐助は、とんでもない、自堕落な男だった。飲む、打つ、買う、特に博打にのめり込み、始終借金を抱えていたそうだ。それに比べ、お美奈の評判は上々、掃き溜めに鶴の容貌に加え、不出来な兄を持ちながら、けなげに働くよい娘ということだった。愚兄賢妹といったところだな」

武蔵の報告を聞き、

「それほどの評判のお美奈ならば、さぞやもてたことであろう。お美奈に言い寄る、男はいなかったのか」

但馬が問いかける。

「惚れた男は数多《あまた》いたようだが、何しろ、あの兄貴だ。うっかり、近づこうものなら、殴られるか、たかられるとあって、みな及び腰になっていたそうなのだが、面白い話を聞き込んできたぞ」

武蔵は誇らしそうにみなを見回した。

但馬が、

「鬼の武蔵が勿体ぶるとは、よほどの大ネタなのだろう」

と、煽《あお》る。

武蔵は胸を張り、

「お美奈が住む長屋を、うろうろする侍たちがいたそうだ。直参旗本、大里兵庫輔配下の者たちでな、この大里というのが、実に性質《たち》の悪い、女好きときておる。向島の別邸ですき放題、酒池肉林の宴《うたげ》を連日連夜繰り広げておる。公方《くぼう》さまの御側《おそば》に仕え、妹が大奥の御年寄であるのをいいことに、大奥出入りを望む商人から多額の賂《まいない》を受け取り、贅沢《ぜいたく》し放題だ。旗本を監察すべき目付も見て見ぬふりを決め込んでいる。誰も大里の無法を糾《ただ》せぬ。大里は図に乗る一方だ。こんな奴がのさばるようでは世も末だな」

と、大里を言葉を尽くして批難した。

小次郎が目を剝《む》いた。但馬はそれを見て、

「緒方の報告は前もって報告書にて見ておるゆえ、わしから申す」

と、言った。

話の腰を折られ、武蔵はむっとして黙り込む。

「大里兵庫輔は御小納戸頭取、妹は大奥総年寄だ。そして、大里は三州屋の上得意ときておる」

「へえ、こら、匂うな」

武蔵は腕を組んだ。

但馬がお紺に向き、

「お紺、三州屋の呉服屋仲間や親戚筋の聞き込みをしてきたな。大里と三州屋の繋《つな》がりについて申せ」

と命ずると、お紺はうなずき、答えた。

「三州屋の旦那、松太郎さんには悲願があるんだそうです。それは、日本橋の表通りに店を構えることなんです」

家康の江戸入府と共に江戸に店を構えた三州屋は、幕府が開かれた前後、江戸の町が形成されていった当初は日本橋に店を構えていた。しかし、現金掛け値なしを標榜《ひょうぼう》する越後屋《ご》に商いで押されるようになり、享保《きょうほう》年間に起きた火事をきっかけに、浅草花川戸町に店を移した。今からおよそ百年前のことだ。松太郎は自分の代で、再び日本橋に店を構えることを悲願としているのだった。

「そんな松太郎にとって、大里は心強い味方であろう。大奥出入りが叶《かな》ったばかりか、呉服の購入代金も最大だそうだぞ」

但馬が言う。

武蔵がしかめっ面でまくし立てる。

「大里は目に留まった女どもを強引に自分のものとしておるぞ。家来たちにさらわせ、向島の別邸に連れ込み、女中ということにして慰み者にするそうだ。で、飽きたら、金をやり、因果を含めて屋敷から追い出す」

「ひでえでげすよ」

真顔で喜多八も憤《いきどお》りを示した。

「喜多八、報告せよ」

但馬が命ずると、待ってましたとばかり、

「なんとですね、婚礼が行われた料理屋、清善の二階で大里さまも同じ時に宴を催していたそうなんでげす」

喜多八は言った。

「これで、決まりだな」

武蔵らしく即座に断じた。

「大里がさらったって、おっしゃりたいんでげすね。やつがれも、賛成でげす」

喜多八も応じた。

「お頭、大里は三州屋を訪れた際に、お美奈を見初め、こいつをものにしようと虎視眈々《こしたんたん》と狙《ねら》ってたんだ。で、婚礼の日に実行した、これで間違いない」

最早許せぬと、武蔵は勇み立った。

対して小次郎は、

「拙者は早計に過ぎると思います」

至って落ち着いた様子で異を唱えた。

「なんだと」

けちをつけられたと受け止めたようで武蔵は腰を浮かした。喜多八が、

「まあまあ、落ち着いて」

と、宥《なだ》める。

小次郎は、

「聞き込みでは、大里さまが乱暴な振る舞いをなさるということがわかっただけで、大里さまが、お美奈を連れ去ったとまでは決め付けられません」

喜多八が、

「でも、清善で宴を張っていたんですよ。きっと、三州屋さんからお美奈の婚礼があるって聞いてたんですよ」

「わざわざ、婚礼の日にさらったりするものだろうか。さらうとしたら、自宅付近とか、三州屋の奉公の行き帰りとかに狙いをつけるのが適当であると思うが」

諭すように小次郎に返され、

「そりゃそうだ」

一転して喜多八が賛同すると、武蔵は喜多八の頭を小突いた。

「花嫁姿のお美奈をかっさらいたかったんだろうさ」

何でもないように武蔵は言う。

「しかし、あまりにも大胆というよりはむしろ無謀ではないですか。白昼、花嫁をさらうなど」

「小用に立った隙《すき》を狙って、捕らえるや気を失わせ、待たせていた駕籠《かご》に押し込んだんだろうさ」

武蔵は勝手な想像で言った。

「だろうでは、いけませぬ。まずは、大里さまを調べてみないと」

いかにも正論を展開する小次郎に、

「おまえな、おれに恨みでもあるのか」

やめとけという喜多八を払い除《の》け、武蔵は凄《すご》んだ。

「恨みなどありませぬ。第一、拙者は貴殿とはこちらで知り合ったのです。よく存じない貴殿に、恨みなど抱けません」

沈着冷静な小次郎に、

「何をっ」

武蔵は立ち上がり、小次郎の胸倉を摑んだ。

すると但馬が三味線を鳴らし、朗々とした声で歌い始めた。気勢を殺《そ》がれたように武蔵は小次郎から離れ、

「ふん」

と、鼻を鳴らしてどすんと腰を落とす。小次郎は乱れた襟元を直し、背筋をぴんと伸ばした。

但馬は撥を止めた。

武蔵が、気を取り直したように言う。

「大里を調べるといっても、旗本屋敷じゃ手が出せないぞ」

「おや、鬼の武蔵にしてはずいぶんとやわではないか」

但馬は三味線を鳴らしながら言った。

むっとして武蔵は黙り込む。但馬は武蔵から小次郎に視線を移した。

「緒方はいかにする」

「いきなり、大里さまの御屋敷に踏み込み、探索をするのは叶いませぬ。ですから、出入りする商人、あるいは奉公人に聞き込みを行い、証言を照らし合わせてみて、お美奈が拉《ら》致《ち》されているのかどうかを確かめるべきだと思います」

小次郎が答えると、

「大変、よくできました」

と、武蔵が小馬鹿にした顔で手を叩いた。

さすがに小次郎も表情を強張《こわば》らせる。

「面白くもおかしくもない考えだな」

武蔵は言った。

「別に、面白いことを申すつもりはありませんし、申す必要もないと存じます」

しれっと小次郎は返した。

「なんだと」

武蔵は苛立《いらだ》ちを強めたが、

「念のために申しますが、貴殿を恨んでも嫌ってもおりませんぞ。拙者はあくまで、今後の探索について申しておるのです。拙者、大里さまに的を絞るのはいかがかと存じます」

小次郎は反論した。

「決まりきったことではないか」

むきになる武蔵を横目に、小次郎は続けた。

「お美奈が自分の意志でいなくなったという可能性もあります」

「そなたの報告書によれば、婚礼の二日前からお美奈の顔が晴れやかになったのだったな」

但馬は返す。

「その通りです。ですから、お美奈は婚礼の場から自分の意志でいなくなったのかもしれないのです」

「男と駆け落ちか」

　武蔵が問いかける。

「その可能性は否定できません」

「否定できる。お美奈に近づく男は、佐助が承知しなかったんだ」

「かくれて、逢瀬《おうせ》を重ねていたとも考えられます」

「だったら、そんな素振りがあったはずだ」

「ですから、決めつけはよくないと申しておるのです。可能性がある以上、一つ一つを潰《つぶ》してゆくのが探索です。あ、大門さんに恨みはありませんよ」

　笑みすら浮かべ小次郎は言った。

「ふん、まどろっこしいだけだよ」

　武蔵は拳をぶるぶると震わせた。

　二人の意見は嚙みあわない。

　お紺が、

「お頭、どうしましょう」

　と、但馬の判断を仰いだ。

小次郎が但馬の判断に従うかのように居住まいを正したのに対し、武蔵はそっぽを向くという反抗的な態度を取った。

武蔵にはお構いなしに但馬は、

「大里屋敷に乗り込む。大里の悪事を暴き立てて、ぶっ潰す」

と、告げた。

反対派の小次郎にも賛成派の武蔵にとっても意外な答えとあって、二人とも黙って但馬を見返した。

八

「どうした、鬼の武蔵。ぽかんとして」

但馬にからかわれ、

「いや、本当にいいのか、下調べしなくて」

武蔵は喜多八を見た。喜多八も意外そうな顔をしている。

「我らはな、町奉行所でも火盗改でもない。法の手続きを踏むこともない。構わぬ。大里屋敷に踏み込むぞ。いくら実力者であっても、罪もない娘を屋敷に拉致するなど、許されるものではない。誰も鉄槌《てっつい》を下さぬのなら、我らで罰を加える。お美奈がいなかったとしても、理不尽に囚《とら》われておる娘たちを解き放ってやろうではないか」

但馬が言うと、

「さすがは但馬さまだ。やっぱり只者《ただもの》じゃないよ」

お紺は目を輝かせ、

「よし、やってやるぞ」

武蔵は大いに勇んだ。

ところが小次郎は黙っている。

「緒方、異存があるのか」

但馬が問いかけると、

「いいえ、望むところでござります。権力をかさに弱き者を虐《しいた》げ、我欲のままに無法を尽くす者を野放しにはできません。断固とした罰を与えるべき、厳しく弾劾《だんがい》すべきであります」

小次郎は静かに闘志を燃やした。

「へえ、こら意外だ。あんた、意外と血の気が多いんじゃないか」

武蔵は手を叩いた。

但馬は小さくうなずき、

「よし、今夜八つ（午前二時）、向島の大里別邸、裏門に集合だ。今回は力業《ちからわざ》ゆえ、喜多八とお紺は、よい」

「ええっ、今夜か」

太い眉を寄せる武蔵に、

「善は急げだ」

さらりと但馬は言ってのけた。

苦み走った面差しに凄みが加わった。


夜八つ少し前、但馬と小次郎、武蔵は向島にある大里兵庫輔の別邸、裏門に集まった。春の夜特有の艶《なま》めいた夜風が漂っている。夜空には十三夜の月が架かり、周囲をほの白く浮かび上がらせていた。

三囲稲荷《みめぐりいなり》の北に建つ別邸は、一万坪はあろうかという広大な敷地で、大川の水を堀に引き込んでいるため、屋敷へは船で出入りが出来る。墨堤《ぼくてい》の側とあって、今月の末には桜を満喫できるだろう。

但馬は小袖に野袴姿で、陣笠《じんがさ》を被り、手には細長い皮袋を持っている。小次郎は八丁堀同心の身形のままだが、武蔵は六尺棒を担いでいた。

但馬が目配せをすると小次郎が動こうとした。それを武蔵が制して、裏門をどんどんと叩いた。程なくして潜り戸が開いて、侍が顔を出す。

「盗人《ぬすっと》がこの屋敷に逃げ込んだようなんだ。ちょっと、中を見せてくれ」

武蔵が頼んだ。

「当家に不審な者は立ち入っておらぬ。他を当たられよ」

家来は武蔵の申し出を断った。

「いや、確かに見たんだよ」

武蔵は強引に中に入ろうとした。しかし、家来は入れようとしない。押し問答が続き、しびれを切らしたのは武蔵ではなく、但馬だった。

「入れ！」

但馬は武蔵の背中を押した。武蔵は家来ともつれ合うように屋敷の中に入った。すかさず、但馬も入る。小次郎も後に続いた。

「何者だ」

と、驚きの声を上げる家来の鳩尾《みぞおち》に、但馬は拳を叩き込んだ。家来は昏倒《こんとう》した。

「やるな、お頭」

武蔵はうれしそうに六尺棒をくるくると頭上で回した。

「行くぞ」

但馬に率いられ、屋敷内を進む。

広大な庭園が続き、小判形の池の向こうに平屋があった。平屋の近くには豪壮な御殿が建ち、賑《にぎ》やかな宴の声が聞こえてくる。

「けっ、景気よく、やっていやがるぜ」

武蔵は鼻息を荒らげた。

息を潜めて御殿に近づく。

躑躅《つつじ》の陰から御殿を窺《うかが》う。庭に面した広間は障子が開け放たれているため、宴席が見通せた。上座に座って杯を傾けているのが大里であると、小次郎が二人に教える。家臣が居並び、豪勢な膳が用意され、芸者が三味線に合わせて踊りを披露している。

末席には三州屋松太郎もいた。踊りが終わると松太郎は家臣たちに酌をして回る。

「松太郎、その内、大奥の呉服は三州屋一手に任せるぞ」

ほろ酔い加減の大里が声をかけた。

「ありがとうございます。三州屋百年の悲願、日本橋の表通りに店を構えることができます」

松太郎は満面の笑みで答えた。

宴はさらに盛り上がり、やがて大里が女を連れて来いと命じた。家臣たちが平屋に向かう。

「さらった女を平屋に住まわせているんだな」

武蔵は平屋を睨んだ。

やがて、

「おやめ、ください」

「お帰しください」

悲鳴と共に女が数人、家来たちに引きずられて来た。その中にお美奈はいない。

「座敷に乗り込みますか、平屋を襲いますか」

小次郎が判断を求めると、

「座敷だな」

答えるや但馬は皮袋を持ったまま庭を横切った。小次郎と武蔵も続く。土足のまま広縁を歩き、座敷に乱入した。

家来たちが、

「無礼者!」

「何奴！」

などと怒声を浴びせ、うろんなものを見るような目を向けてきた。

「御蔵入改方、頭取、荻生但馬である」

胸を張り但馬は名乗った。

続いて武蔵が、

「御蔵入改方同心、大門武蔵だ」

小次郎も、

「同じく、緒方小次郎と、申します」

家来たちは大里を見た。大里は目を剝き、腰を上げると、

「御蔵入改じゃと、聞いたことがないぞ」

と、酔眼を三人に向けてきた。

首を傾げたがやがて但馬に気づき、

「そなた、長崎奉行であった荻生但馬か」

「いかにも」

「小普請入りしたのではないのか」

「今は、御蔵入改、すなわち、町奉行所も火盗改も捕らえられぬ悪党を成敗する役である。

大里兵庫輔、覚悟しろ」

但馬は大音声で告げ、皮袋から刀を取り出した。日本刀ではない。刀身の反り具合は小さく、柄《つか》には枠が付いていた。鞘《さや》と柄、枠は金色に輝いている。

「なんじゃ、それは……ああ、阿蘭陀《オランダ》人が使う刀じゃな」

奇異なものを見るような目を大里はした。

「サーベルと申す」

平然と告げ、但馬は半身になると右手で柄を持って前に突き出し、左手を腰に当て、腰を落とした。

「何をしておる。屋敷内に押し入った賊を成敗せぬか」

大里に命じられ、慌てて家臣たちは立ち上がろうとしたが、酔いが回って足がもつれる者、立てない者もいた。それでも、庭で警護していた屈強な侍たちが我が殿の危機と、抜刀して駆け付けた。

「待ってました」

武蔵は六尺棒で敵を打ち据える。

水を得た魚とは今の武蔵のことだ。六尺棒をびゅんびゅんと振り回し手当たり次第に敵をぶっ叩く。顎や頬、鎖骨が砕ける音に敵の悲鳴が重なった。

対照的に小次郎は八丁堀同心の矜持《きょうじ》を失わず、腰の十手を抜き、敵の刃《やいば》を受け止めた。刀を絡め取り、手刀を首筋に打ち込む。畳に転がる敵の隙間を縫い、前に進む。

但馬は腰を落とした姿勢のまま大里に迫る。大里は後ずさっていった。宴席の侍の中には酔って気が高ぶっている者もいて、蒔絵《まきえ》銚子や杯、膳を投げつけてくる。

慌てず騒がず、但馬は冷静にサーベルで払い落とす。

最後に勢いがついて飛来した杯を力を込めて打った。杯は矢のように一直線に飛び、大里の額を直撃する。大里は悲鳴を上げて横転した。

武蔵は両手で六尺棒の真ん中を握り、群がる敵の真《ま》っ只中《ただなか》に躍り込んだ。幾人もの敵が六尺棒になぎ倒され広縁から庭に突き落とされた。勢いづいた武蔵も庭に飛び降り、殺到する敵を六尺棒で殴り、突き飛ばす。池に落下した敵が悲鳴と共に水飛沫《しぶき》を上げる。

小次郎は右手で十手を操る傍ら、左手で脇差を抜く。峰を返すと、敵の刀を受け止めつつ脇差で首や眉間《みけん》、胴を打ってゆく。畳に転がる敵を乗り越え、小次郎は但馬の背後を守りながら前進する。

大里はむっくりと起き、壁を背負う。

但馬は大里を追い詰めた。

小次郎は脇差を鞘に納め、壁を背に成り行きを見守っていた松太郎に十手を向けた。

ここに至り、松太郎は小次郎に気づいた。

「あ、あなたさまは……」

「商いは日本橋どころか、もはや江戸では出来まいな」

小次郎の言葉に松太郎はうなだれる。

但馬はサーベルの切っ先を大里の顔面に突きつけながら、声を張り上げた。

「大里兵庫輔、罪もない娘を我欲を満足させるため、かどわかし同然に屋敷に囲うとは、悪鬼の如《ごと》き所業。また、大奥出入りを餌《えさ》に数多の商人より賂を受け取り私服を肥やすは幕臣にあるまじき行いぞ」

「か、勘弁してくれ。いくらだ、いくら払えばよい」

怯《おび》えた顔で大里は問いかける。

「銭金で動く者ばかりではない」

「役職か。よし、そなたが小普請組から脱せられるよう上さまにお願いしてやる。妹からも大奥の総意だと老中に嘆願させる。どんな役職がよい。町奉行か勘定奉行か……」

「真っ平御免！」

苦み走った顔に凄みが加わり、但馬はサーベルを横に一閃《いっせん》させた。

刀身が閃光《せんこう》を放ち、大里の頭を襲う。

大里の髷が宙を飛び、横に座っていた松太郎の頭上に載った。

「ひえ～」

大里は尻餅《しりもち》をついた。

小次郎が、

「お美奈はどうした」

と、松太郎に問いかけた。

「お美奈でござりますか」

松太郎の目が点になった。

「婚礼の日、大里にさらわせたのではないのか」

小次郎の追及に、

「いいえ、滅相もござりませぬ」

松太郎が答えると大里も小さくうなずいた。但馬がサーベルの刀身で大里の頰を叩き、

「お美奈をさらっていないのか」

「いい女で、是非にもと婚礼の日に合わせ、清善で宴を開いたのだが、いつの間にか消えてしまったのだ」

大里の言葉を裏付けるように、平屋に囚われていた娘の中にお美奈の姿はなく、お美奈

が居たと証言する娘もいなかった。

お美奈の行方はともかく、大里に拉致された娘たちは解き放たれた。大里屋敷から出てゆくに際しては但馬が大里に命じて多額の慰謝料を支払わせた。

大里兵庫輔は評定所にて吟味されるまで蟄居《ちっきょ》、閉門処分となった。

三州屋は闕所《けっしょ》の上、江戸所払いとなった。

依然、お美奈の行方は知れない。

但馬は御蔵入改方の面々に諮《はか》り、五十両の内、二十五両を吉次郎に返した。吉次郎はお美奈への未練絶ち難い様子だったが、三州屋が潰され、江戸にいられないとあって、ようやく諦めがつき、あらためて商人の道を歩もうと決心したそうだ。上方の呉服屋に奉公し、一から呉服の商いをやり直すと旅立っていった。

二十五両は餞別《せんべつ》となった。

桜が八分咲きとなった如月二十五日の昼下がり、夕凪の二階で但馬は三味線を爪弾いていた。そこへ、お藤がやって来て一通の書状を手渡した。

今回の働きを賞賛する文がしたためてある。消えた花嫁を捜すという、当初の依頼とは随分と探索の方向が変わり、予期せず悪徳旗本の退治となった。瓢箪《ひょうたん》から駒《こま》の働きを、差出人は高く評価、今後益々の活躍を期待すると結んである。

差出人は白河楽翁《しらかわらくおう》、すなわち、奥羽《おうう》白河藩主を三年前に隠居した松平定信《まつだいらさだのぶ》である。かつて将軍徳川家斉《いえなり》を後見し、老中首座として寛政《かんせい》の改革を推進した。老中を辞し、幕政から身を引いて二十年以上経つが、未だ大きな影響力を有している。寛政の改革を推進した老中たちが、寛政の遺老と称されて幕閣を担っているからだ。

失脚した但馬を抜擢《ばってき》し、御蔵入改方頭取に推挙したのも定信であった。但馬は定信の後ろ盾を得て、南北町奉行所、火盗改が扱わない事件、迷宮入りした事件の解決に邁進《まいしん》することになったのである。

一件落着とはいえ、そもそもの依頼であったお美奈の行方が分からず仕舞いとあって、但馬は今一つ達成感がない。わだかまりを残したまま、浅草花川戸町の三州屋にやって来た。

菅笠《すげがさ》を被り、空色の小袖を着流した気楽な格好だ。茶献上《ちゃけんじょう》の帯には大小を落とし差しにしている。三州屋は、闕所物奉行配下の同心が家財を競売にかけるべく、封鎖していた。

但馬は足を延ばし、料理屋、清善に向かった。檜《ひのき》造りの店の裏手の路地を歩いていると、旅芸人、北村千代菊一座が通りかかった。千秋楽を前にした客の呼び込みであろう。荷車には幟が立てられ、看板役者たちが乗り込んで道行く人々に手を振っている。中でも目を引くのはお藤がその容姿を絶賛していた小波だ。白綸子の花嫁衣裳に身を包んだ小波は天女のようだ。春爛漫《らんまん》、その笑顔には後光が差すようであった。

と、

「まさか……」

小波は今回の興行で江戸に初お目見えしたとお藤は言っていた。美人の産地、出羽の横手で生まれたということだが……。

北村千代菊一座は毎年、如月に両国広小路で興行を打つ。昨年の如月三日もここを通ったことだろう。お美奈はうっとりと遠くを見ている時があったそうだ。どうしようもない兄に束縛され、嫌いな相手の女房になる暮らしから脱したい。旅芸人のように全国を旅したい。華麗な衣裳をまとって大勢の人々の歓声を浴びたい、そんな夢を見ていたのではないか。

そして、婚礼の日の二日前、北村千代菊一座の両国広小路での興行初日、千代菊に一座に加えて欲しいと頼んだ。千代菊もお美奈の類稀《たぐいまれ》なる美貌を喜び、受け入れた。一座に加わるとなると、兄も吉次郎も承知するはずがない。そこで、千代菊は婚礼の日、一座の荷車にお美奈を乗せ、連れ去った。旅芸人一座の荷車に花嫁姿の女が乗っていたとしても不審がられない。

お美奈は江戸にいる間は一座に匿《かくま》われ、その間に役者修行をしたのであろう。

小波の波は美奈をひっくり返して芸名としたに違いない。

「待て！」

但馬は一座を追いかけた。

ところが、但馬の前に黒猫が現れた。走り出そうとした但馬に驚き、黒猫は背中を丸め、爪先立ちとなって但馬を見上げる。真っ黒な顔に細まった目、真っ赤な舌が何とも不気味だ。

「しっ」

但馬は目を瞑《つむ》り、右手をひらひらと振った。脂汗《あぶらあせ》が額に滲《にじ》み、胸の鼓動が高まり、おまけに足がぶるぶる震える。全身に鳥肌が立ち、背筋に悪寒が走るや、

「はくしょん！」

くしゃみが出て、止まらない。

そう、荻生但馬は猫恐怖症であった。猫を見ると、平静ではいられなくなる。ひたすら、去ってくれるのを祈るばかりだ。

やがて、恐る恐る両目を開けた。

幸い、黒猫の姿はない。

やれやれと思ったが、北村千代菊一座の幟も見えなくなっていた。

果たして、小波がお美奈なのか。

今日にでも、彼らの芝居を見物し、楽屋を覗いて確かめようか。

いや、よそう。

今更、お美奈とわかったところで、吉次郎はもう江戸にはいない。あの兄のいる長屋に戻っても、いい金蔓《かねづる》にされるだけだ。

この世には御蔵入りのままにしておくのがよい一件もある。

但馬は霞みがかった空を見上げ、今後のお美奈の暮らしに幸多かれと願った。

第二話　吝嗇《りんしょく》の夢

一

春爛漫《らんまん》、桜満開の弥生《やよい》（陰暦三月）一日、喜多八は懇意にしている深川永代《えいたい》寺門前の料理屋、菊丸《きくまる》で座敷を勤めた。花見の宴が張られ、賑やかに飲み食いをしている客をよいしょして回り、祝儀を稼いだ。

「これだから、この商売はやめられないでげすよ」

夕暮れ、うきうきとし、喜多八は帳場に顔を出した。女将のお志津《しづ》が帳簿をつけていたが、ふと顔を上げ、

「喜多八さん、ご苦労さんだね。まあ、ちょいと休んでったら。美味しい桜餅があるから、お茶でも飲んでって」

と、労《ねぎら》ってくれた。

おやっと意外な気がした。

そんなことを言われたことはない。菊丸の座敷に呼ばれるようになって三年になるが、お志津に茶など振る舞われたことはないし、ましてや菓子を添えられるなどとは思ってもいなかった。

お志津はよく言えばしっかり者、はっきり言えばけちで通っている。四年前に菊丸を買い取ってから、女手一つで切り盛りしてきた。借財で傾いていた菊丸を二年で繁盛店にした辣腕《らつわん》ぶりだ。無駄を省いた経営が功を奏したのだが、それだけではなく、お志津は八年前まで深川芸者、いわゆる辰巳《たつみ》芸者であった。しかも売れっ子だったとあって、色香と気っ風の良さによる接客が巧みであった。芸者だった頃の馴染《なじ》み客ばかりか、新規の客の座敷にもまめに顔を出し、客を気分よく帰すのが常だった。

三十路を迎えて女将の風格を漂わせている。地味な弁慶縞《べんけいじま》の小袖に身を包み、化粧気のない顔だが口に紅だけは差している。勝山髷《かつやままげ》に結った髪を飾る朱色の玉簪《たまかんざし》と相まって女らしさを醸し出していた。

そのため、座敷の顔と帳場の顔は別人だ。芸者だろうが幇間だろうが、上手に座敷を勤められなかった者は厳しく叱責した。仏の顔も三度までというのが口癖で、お志津から三度叱責を受けたら出入り差し止めである。

喜多八も出入りし始めた頃はお志津が苦手だった。物言いがきつく、言うことが細かいからだ。しかし、お志津の言うことは決して理不尽ではなく、筋が通っているので、今ではむしろ、好感を抱くようになっている。

喜多八は煙草盆を引き寄せ、一服喫した。お志津が桜餅と茶を出してくれた。

「今が、稼ぎ時ですね」

しわいお志津が気前がいいのは花見客で店が繁盛しているからだろうと思った。

「喜多八さん、そりゃ、お互いさまだよ」

お志津は機嫌よく返した。

「違いござんせんね」

喜多八は桜餅を食べた。

餅の柔らかさ、葉の塩っ気、餡子《あんこ》の甘みが一体となって、酒で渇いた舌にはありがたい。頰が緩み、熱い茶を飲むと軽く息を吐いた。

そうだ、御蔵入改もここで花見をさせてもらおうか、と、思ったのは束の間のことで、武蔵と小次郎が同じ席で桜を愛《め》でるとは思えない。いや、小次郎の方は気にしないだろうが、武蔵が承知すまいと思い直した。

煙管を煙草入れに仕舞い、腰を上げようとしたところでお志津が笑みを漏らした。見たこともないような、うれしそうな顔だ。客が入り、商いが上手《うま》くいっているという喜びの笑顔とは違う気がする。お志津は満席になっても決して浮かれない。もちろん、お座敷では笑顔を振り撒く。しかし、あくまで客向けの笑みで、座敷の隅々に目配りをし、どの客の酒がなくなっている、料理に箸《はし》がつけられていない、などと女中に指示するのは怠らない。

今の笑みには慈愛が感じられた。

お志津には亭主がいる。五つ年下の男前だ。所帯を持って一年余り、まだまだ熱々ということか。

このまま帰ってもいいのだが、どうにも気になった。

「女将さん、何かいいことがありましたようで」

喜多八は揉《も》み手《で》をした。

お志津は笑みを深め、

「まあね」

と、満更でもない様子だ。

「おや、そりゃ、聞き逃せないでげすよ。教えてくださいな」

喜多八の問いかけに、含み笑いをして、ここだけの話だよと釘《くぎ》を刺してから、

「倅と会えるんだよ」

お志津は言った。

「倅っていいやすと」

お志津に息子がいたとは初耳だ。今の亭主との間にできた子ではあるまい。すると、誰の子だろうか。いやいや、今はそんな詮索《せんさく》など野暮というものだ。

「寛太《かんた》っていってね、七つになるんだ」

「ということは、今の旦那とのお子さんじゃないんでげすね」

思わず、問いかけてしまった。

「まあね」

お志津は表情を引き締めた。

余計なことは訊かない方がいいだろうと、喜多八は口を閉ざした。

「前の亭主との間にできた子なんだ。亭主だった人は大店《おおだな》の主だったんだけどね……」

何か深いわけがあって息子や亭主と別れなければならなかったのだろう。話し辛《づら》いに違いない。詳しい事情はわからずとも、腹を痛めた実の息子との再会を喜ぶ母の気持ちは十分に理解できる。

「よかったでげすね」

と、だけ言って喜多八は帳場を出た。お志津から祝儀まで貰い、すっかりいい気持ちになって菊丸を後にした。

夕映えの桜は艶めかしい。春風はまだ肌寒く、明日は花冷えになりそうだ。

あくる日、予想通り春を疑うような寒さだった。喜多八は出向いた深川の料理屋で衝撃の知らせを耳にした。お志津が喉を突いたというのだ。自害したのである。

「そんな……」

喜多八は菊丸に駆けつけた。

町奉行所の役人が店を閉ざしており、中に入ることができない。それでも、帰る気になれず、しばらくたたずんだ後、店の裏手に回り、様子を窺った。すると、裏木戸の側で両手で顔を覆い、肩を震わせて泣いている娘がいる。

喜多八も見知りの菊丸の女中だ。

「お恵《けい》ちゃん」

声をかけて裏木戸を入った。お恵は手を下ろし、涙でぐしゃぐしゃの顔を喜多八に向けた。

警戒しているのか、眉を寄せ睨んでくる。

「お恵ちゃん、やつがれだよ、喜多八だ」

喜多八は扇子を開いたり閉じたりした。

お恵の表情が緩んだ。

が、それも束の間のことで、

「喜多八さん……女将さんが……」

と、顔を歪ませまた泣き出した。

お恵の肩を撫で、

「聞いたよ。大変なことになったね」

「あたしね……」

お恵はしゃくり上げた。

「話、できるかい」

お恵はうなずいた。

喜多八は近くの甘味屋にお恵を誘った。お汁粉を頼み、お恵が話し始めるのを待つ。お汁粉の甘味がお恵の心を和ませたのか、食べ終える頃には頬に赤みが差してきた。

「よかったら、やつがれのも、どうだい」

箸をつけていないお汁粉をお恵の前に置いた。お恵はこくりとうなずくと、話を始めた。

「女将さん、土蔵で……」

今朝、店にやって来て、お志津に挨拶をしようと帳場に顔を出した。ところが帳場にお志津の姿はなかった。そこで土蔵を覗いたそうだ。毎月、一日の夜、お志津は土蔵に籠《こ》もって帳面づけをする。一銭たりとも勘定が合わなかったら、合うまでやり遂げ、使途不明な金は不明点を明らかにし、金額を確定していた。

きっと、夜遅くまで帳面をつけ、ひょっとしたら、そのまま土蔵で寝入ってしまったのではと思い、お恵は土蔵に向かった。実際、何度かそんなことがあったという。

「土蔵の引き戸は開きませんでした。引き戸に心張り棒が掛けてあると思って、戸を叩いたんです」

お志津は朝五つ（午前八時）には店の中を見回るのを日課としていたため、寝過ごしてはいけないとお恵は起こそうとしたのだ。しかし、何度叩いても呼びかけてもお志津は返事をしない。

「そうしましたら、旦那さんがいらっしゃいまして、一緒に呼びかけたんですが、女将さんからの返事もなく戸も開かなかったんです」

お志津に何か異変でも起きたのではと、亭主の亀蔵《かめぞう》が鉈《なた》で引き戸を打ち壊した。亀蔵は力士崩れとあって力自慢、それが幸いした。戸は壊れ、土蔵の中が見えた。お志津は文机に突っ伏していた。

「血が流れているって、旦那さんがおっしゃいました」

なるほど、文机の廻りには血だまりがあった。お恵は足がすくんでしまった。文机に突っ伏すお志津の髪を飾る朱色の玉簪と、血に染まった弁慶縞の小袖がお恵の目に飛び込んできた。

亀蔵が駆け寄りお志津を抱き起こす。お志津の口から血が溢《あふ》れているのと、右手に懐剣が握られているのが見えた。

「旦那さんがすぐに医者を連れてこいって、おっしゃって」

お恵は近所の医者、松井洋観《まついようかん》を呼びに行った。松井はお恵と一緒に菊丸にやって来て、お志津を診《み》た。

「女将さんは、喉を突いていたそうです」

お志津が蘇生《そせい》することはなかった。

「女将さん、土蔵で帳面をつけていたのかい」

「そう思います」

お恵は言った。

「実はね、やつがれも聞いたことがあるんだよ」

お志津が土間に籠もって帳面をつけているのは、客の評判になっていた。菊丸の強欲女将は夜な夜な、にやつきながら金勘定をし、未払いの客への厳しい取り立て策を練る、などと見てきたような悪評が一人歩きをしている。

その後、南町奉行所の同心がやって来て、事情を確認した。松井の見立ては、お志津が死んだのは夜九つ（午前〇時）程で、喉を突き、息が出来なくなって死に至ったというものだ。

引き戸には心張り棒が掛けられていたことと、中にはお志津以外、誰もいなかったことから自害と判断されたのだった。

二

三日後の昼下がり、喜多八は八丁堀の湯屋、鶴の湯の二階へとやって来た。桜は盛りを過ぎ、春風に淡い紅の花を舞わせている。

大門武蔵は八丁堀の醤油問屋、蓬莱屋の御隠居、善兵衛と将棋を指していた。

いつも通り、武蔵が連敗を重ねているようだ。

「ご隠居、それちょっと……」

武蔵が待ったをかけようとしたところで、

「なんだ、厄病神か」

喜多八に気づいた。

「疫病神はないでげすよ」

丸めた頭をつるりと撫《な》で、喜多八は将棋盤の横に座った。盤面を見ると、善兵衛の角と飛車がない。

「武蔵の旦那、今日は調子、いいじゃあり……」

と、言いかけて武蔵の陣と手駒に視線を向ける。そこにも善兵衛の飛車と角はなかった。

ということは、

「飛車、角落ちで対局しているんだ。文句あるか」

武蔵は喜多八を睨み返す。善兵衛はにんまりとした。飛車と角なしで対局しておいて、待ったはないでげしょうと、喜多八は腹の中で思った。

それは武蔵にも十分わかっているようで、待ったを止《や》めた。すると、善兵衛の一方的な攻めとなり、武蔵は焦りを募らせる内に詰まれてしまった。

悔しさ一杯に鼻を鳴らし、武蔵は財布から一分金を取り出し、王手をかけるように升目に置いた。

善兵衛は一風呂浴びてくると言い、階段を下りていった。

「また、おまえのせいで負けたじゃないか」

負けた悔しさと責任を喜多八にぶつけるのもいつものことだ。

「旦那、こう言っちゃあ何ですがね、角と飛車落ちで負けるってのは、ご隠居が将棋の達人なのか、旦那が将棋に向いていないかでげすよ」

武蔵は考え込み、

「ご隠居は八丁堀界隈じゃ、名人で通っているからな」

自分の弱さを認めようとしない。

「で、何だよ」

武蔵は苦々しい顔つきで問うてきた。

「南町で取り扱った深川の料理屋、菊丸の女将の一件なんでげすけどね」

喜多八が切り出すと、

「なんだ、菊丸の女将って」

武蔵はごろんと横になり、腕枕をした。

「女将のお志津さんが、喉を突いたって一件でげすよ」

喜多八は武蔵の腰を揉《も》んだ。岩のような腰回りで指が痛くなる。武蔵は感謝するどころか、

「もっと、力を入れろ。くすぐられているみたいだぞ」

などと文句を並べた。

喜多八は顔を歪めながら腰を揉み、

「お志津さん、自害とは思えないんでげすよ」

と言ったところで武蔵はむっくりと半身を起こした。揉むことから解放され、ほっとしたのも束の間、

「肩だ」

武蔵は黒紋付の羽織を脱いだ。千鳥格子の小袖に包まれた肩は山のように盛り上がっている。目の前が真っ暗になりながら喜多八は肩を揉み始めた。

「凝ってますね」

とは按摩《あんま》の常套句《じょうとうく》、武蔵の肩は凝っているなどというものではない。岩そのものであった。それでも、機嫌を損じてはならじと、喜多八は肘《ひじ》を使ってぐりぐりと揉む。

「で、おまえ、自害した料理屋の女将がなんだって」

ようやく、武蔵は聞く耳を持ってくれた。

「お志津さん、自害なんかするはずないんでげすよ」

「その女将に、惚れていたのか」

「そういうんじゃござんせんよ」

「自害したんなら、それで一件落着だろう」

「ですから、自害じゃないんでげすって」

喜多八は口調を強めた。

「南町は自害と断定したんだろう」

「そうでげす」

「なら、自害だ」

あっさりと武蔵は繰り返した。

「旦那、吟味方の与力さまに頼んで調べ直してくださいよ」

「めんどくさいな」

もういいと武蔵は喜多八の肩揉みを止めさせた。

「そう、おっしゃらないでくださいよ」

諦めず、喜多八はお志津の亡骸《なきがら》が見つかった経緯を語り始めた。

ふんふんと聞いて、

「おまえの話によると、自害以外に考えられないじゃないか。心張り棒が掛けられた土蔵の中、お志津以外に誰もいない、そりゃ自害で決まりだ。南だろうと北だろうと、自害って判断するさ。それとも、殺しだっていうのか」

武蔵は幽霊の仕業でもあるまい、と冷笑を放った。

「お志津さんは、息子に会えるって、そりゃ、楽しみにしていたんでげすよ」

喜多八はお志津が別れ別れになっていた息子との再会を、どれほど楽しみにしていたかを熱を込めて語った。喜多八の熱意が通じたのか、

「だからってな、自害しないってことにならないこともなくはない……」

武蔵の言葉が曖昧《あいまい》に濁ってゆく。

「ね、おかしいでげしょう。とっても、楽しみにしていらしたんでげす。その息子に会う前に自害なんてするはずありませんよ」

「お志津は土蔵で何をしていたんだ」

「ですから、申しましたでげしょう。帳簿をつけていたって」

「ああ、そうだったな。じゃあ、店が大赤字で、借金で首が回らなくなったんじゃないのか」

「菊丸は繁盛していましたよ」

「あのな、大きな料理屋はだ、店の手入れやら、奉公人の給金やらで、やりくりが大変なんだぞ。庭木の手入れ、畳替え、屋根瓦の修繕、何かと物入りだ。それにな、掛商売だろう。金が入るまでの金繰りには苦労するんだ」

訳知り顔で武蔵は料理屋の経営の大変さを言い立てた。

「そりゃ、わかりますがね。かといって、楽しみにしていた息子との再会の前に自害なんかしますかね」

「そりゃ、悩みどころだったんじゃないか。もちろん、倅の顔を一目見てから死のうって思ったのかもしれん。だがな、倅に会えば、死ぬ決意が鈍ってしまう。きっと、悩んだ末の自害だったたんだよ」

武蔵得意の決め付けである。

「やつがれは、お志津さんの笑顔が忘れられないんでげすよ。お志津さんのあんなうれしそうな顔見たことありませんよ。ああ、そうだ。あの笑顔、ありゃね、母親の顔でしたよ。料理屋の女将が店の繁盛を喜ぶ顔でも、惚れた男との逢瀬を楽しみにしてる顔でもない。母親が子供を可愛がる、抱きしめる時の顔でげしたよ……」

語る内に喜多八は万感胸に迫り、言葉を詰まらせ、涙ぐんでしまった。武蔵は顔をしか

め、

「湿っぽい幇間は客受けしないぞ。おまえ、やっぱり、お志津って女将に惚れていたんだよ。いい女だったんだろうな」

喜多八は懐紙で涙を拭《ぬぐ》い、武蔵に向き直った。

「惚れるとかじゃなくって……わかってくださいよ。まあ、確かにお志津さんは辰巳芸者だっただけあって、そりゃ、気っ風の良さと色っぽさを兼ね備えていらっしゃいましたでげすよ」

「おれも一目会ってみたかったもんだな」

武蔵の関心はお志津の死よりも容貌に向けられている。お志津の死に関心を向けるべく喜多八は言葉に力を込めて言った。

「絶対に自害じゃないって、やつがれは思います」

「お前がどう思おうと勝手だ」

「旦那、もう一度お願いしますよ。南町の吟味方与力さまにこの一件を調べ直すよう頼んでくださいよ」

喜多八は頭を下げた。

丸めた頭が汗で光っている。

「どうも、気が進まんな。おれはな、これでも南町じゃ評判が悪いんだ。自慢じゃないが、いずれの与力殿からも嫌われているぞ」

武蔵は胸を張った。

「そりゃ、承知の上でげすよ」

喜多八は扇子で武蔵を扇《あお》いだ。

「だったら、頼むなよ」

「でもね、殺しとなりゃ話は別でげしょう。奉行所だって好き嫌いだけで動くってわけじゃねえでげしょう。いや、そうじゃなくてはなりません」

「殺しじゃなくて、自害だろうが」

「とにかく、頼みますよ。旦那とやつがれの仲じゃありませんか。後生ですから、頼まれてくださいよ」

喜多八は両手を合わせた。

「わかったよ」

渋々、武蔵は引き受けた。

性懲《しょうこ》りもなく、善兵衛ともう一番指すという武蔵を残して鶴の湯を出たところに、緒方小次郎が通りかかった。

「緒方の旦那」

迷わず喜多八は声をかけた。

小次郎は風呂敷包みを手に、夕映えの往来で立ち止まった。夕陽を受け、小次郎の影が長く引かれた。

「おお、喜多八か」

小次郎は笑みを浮かべた。

「今でも、毎日奉行所に出仕しておられるのですか」

「出仕と申しても、定町廻りにはもう席はないゆえ、例繰方に通ってな、御蔵入りした一件を調べておるのだ」

小次郎は風呂敷を持ち上げた。

例繰方とは奉行所で扱った様々な事件の口書《くちがき》や御仕置裁許帳を管理する部署で、与力は例繰方の記録を参考に吟味を進める。奉行は吟味方与力から上申された裁許案を御白州で罪人に申し渡すのが慣例であった。

「まったく、緒方さまは真面目でげすね。八丁堀同心の鑑《かがみ》でげすよ。それに比べて……」

武蔵の名前を出しそうになって、喜多八は口をつぐんだ。

「何か面白そうな事件はありましたかね。いや、面白いなんて言っちゃあ、いけねえんでげすがね」

喜多八が問いかけると、

「うむ、中には掘り下げて、探索をやり直す必要を感ずる一件もある。お頭に上申しようと思っているのだがな」

「そうでげすよ、御蔵入改で調べ直さなきゃ」

「いずれ、そう致す」

小次郎は、では、と立ち去った。

「お志津さんの一件、緒方さんが取りかかってくれていたらよかったでげすよ」

喜多八はため息を吐いた。

武蔵が湯屋から出て来た。善兵衛が長風呂で痺《しび》れを切らしたそうだ。

小次郎が遠ざかってゆくのを見て、

「陰気な野郎だな」

と、大きく伸びをした。

「じゃあ、旦那、くれぐれも、よろしくお願いしますよ」

喜多八は念押しして踵《きびす》を返した。

三

三日後、柳橋の船宿夕凪の二階に御蔵入改の面々が集まることになっていた。

その日、娘、晴香が熱を出した。このところ、病がちで心配だ。小次郎は晴香を寝かしつけ、水に浸した手拭《てぬぐい》を額に置いた。晴香は苦しそうに顔を歪ませ、何度も寝返りを打っている。

医者がやって来て煎じた薬を飲ませてから母の志乃に託し、ようやく組屋敷を出た。

遅刻しそうだ。

急ぎ足で柳橋に向かう。

道々、晴香の容態が気にかかる。志乃に任せてはきたが、やはり心配だ。

いかん、後は母に任せ、役目に集中すべきである。御蔵入りした一件、南北町奉行所、火盗改が取り上げない訴えを解決に導く、大変に遣り甲斐《やがい》のある役目である。

御蔵入りの事件といえば、妻和代を殺した下手人は不明のままだ。その一件、小次郎が一人で探索にあたってきたが、これをお頭に取り上げてもらうのはどうであろうか。

いや、個人的な事件だ。

殺しとはいえ、私情を挟んではならない。それに、これは自分一人で落着させたい。それが、亡き妻への供養になる。

いや、そうではない。

妻への何よりの供養は下手人を挙げることなのだ。一日も早く、下手人を挙げてやることこそが供養だ。だとすれば、自分に限らず誰が下手人を挙げようがよいではないか。

そんな葛藤《かっとう》が小次郎の胸に渦巻く。


小次郎が二階に上がって来た。

「やっと、揃ったか」

皮肉たっぷりに武蔵が言った。

小次郎は遅れたことを詫び、端座した。

荻生但馬はみなに向き直った。

「さて、今回の一件であるが、喜多八の訴えなのだ」

すると武蔵が面白くなさそうに、あくびをした。

「南町が自害で解決した一件だぞ。おれも探索のやり直しを吟味方与力殿にかけ合ってみたがけんもほろろだった。念のため言っとくが、何もおれが嫌われているから、探索をやり直さないんじゃない。明らかにお志津は自害だからだ」

それを喜多八が、なだめるようにぺこりと頭を下げ、

「まあ、武蔵の旦那、そうむくれないでくださいよ」

小次郎とお紺は何のことかわからず首を捻《ひね》っている。但馬が、武蔵に視線を向けつつ、

「喜多八、そなたから話すか、いや、やめておこう。わしから、説明する」

既に喜多八から事件の概要を聞き取り、それを書面にしていた。お紺が受け取り、書付《かきつけ》をみなに回す。

「さすがはお頭、要領が良くていらっしゃる」

喜多八がすかさずよいしょをした。

小次郎は生真面目に書付に目を通した。武蔵は畳に置いたまま横目で睨む。

「自害したと思われる、料理屋、菊丸の女将、お志津は、この土蔵の中で懐剣で喉を突いて死んでおった」

但馬は土蔵の内部の様子を描いた絵図を示した。

「尚《なお》、この絵図面は、大門が南町の担当同心から得た、お志津の亭主亀蔵と菊丸の女中お恵から取った口書に基づいておる」

但馬が言うと、

「一両もかかったんだぞ」

武蔵は喜多八の頭を小突いた。

要するに、その同心から口書を得るのに、一両の袖の下を渡したということだ。喜多八が、必ずお返ししますと頭を下げた。

但馬が続ける。

「大門の努力の成果だ、おろそかにするな。南町の調べ、ちゃんとしておる」

土蔵の内部はおよそ十畳の広さ、銭函《ぜにばこ》、米俵、炭俵などがあり、真ん中には畳が一畳敷いてあって、戸口から見て奥に文机が置いてあった。文机の横には火鉢、煙草盆もある。ここで、お志津は帳簿をつけていたのだ。

「それでだ、お志津は畳に座り、文机に突っ伏していた。戸口に向かって座していたようだ」

但馬は扇子で文机を指し示した。

亡骸が発見された時、文机と畳は血の海だったと但馬は言い添えた。お紺は自分の首を指でさすり唇を噛んだ。小次郎は絵図面を凝視したまま問いかけた。

「戸口から文机まではどれほどの間合いでしょうか」

但馬が指で戸口と文机の間をなぞり、

「六尺（約百八十センチ）といったところだな」

小次郎はうなずき、念のためですがと前置きしてから、

「戸口から土蔵の中は見渡せたのですね」

「一目瞭然のようだな。穴蔵もない。つまり、お志津の他には誰もいなかった。何者かが隠れ潜んでいたとは考えられない、という次第だ」

但馬は答え、くどいようだがと前置きしてから、

「今月二日の朝、通いの女中、お恵とお志津の亭主、亀蔵が土蔵を開けようとしたが、引き戸には心張り棒が掛けてあった。中にはお志津一人だ。用心のため心張り棒を掛けるのは当然だな」

と引き戸を指差した。

お紺が、

「お志津さん、やはり、自害としか思えませんよ。だって、下手人は出入りできないじゃありませんか。殺しだとしたら、下手人は煙のように消えたことになります」

「そうなんだよ。それを喜多八の奴、お志津に惚れていたもんだから、どうしても殺しだって言い張っているんだ。人に一両も遣わせやがってよ」

我が意を得たりと武蔵は文句を言った。

それを聞き流して、

「お恵と亀蔵がお志津の亡骸を見つけた時、確かに蔵の中には誰もいなかったのですね」

という小次郎の念押しに、武蔵は嫌な顔をし、「くどい野郎だなあ」と呟いた。

但馬は喜多八を見る。

「お恵ちゃんの話ですと、誰もいなかったそうでげす。それはやつがれも何度も確かめました。お頭がおっしゃったように、身を隠す物はなくって、他に人がいたら、すぐにわかったはずだそうでげすよ。亭主の亀蔵は力士崩れでげすからね、腕っ節は強いからお志津さんを殺した奴がいたら、ただじゃおかねえはずでげす」

幇間らしい滑らかな口調で喜多八は捲《まく》し立てた。

喜多八の力説を、

「自害に決まってるよ」

横を向いたまま武蔵が無駄にした。

小次郎はあくまで冷静に問いかけた。

「お志津が自害でないと、喜多八が考えるわけはなんだ」

武蔵が答えそうになるのを喜多八が留《とど》めて、

「お志津さん、息子に会うのをそれはもう楽しみにしていたんでげすよ」

と、七つの息子との再会を楽しみにしていたことを、これまた熱っぽく語った。

「それは、ここには書いてありませんね」

小次郎は書付に視線を落とした。

但馬がうなずき、

「南町の取り調べではそのような証言は、亀蔵からもお恵からもなされなかったからな」

自分を責められたように思ったのか武蔵が、むきになって言い立てた。

「何も南町の同心が手抜きしたんじゃないぞ。亀蔵もお恵も、それから他の奉公人もちゃんと取り調べたがな、そんな証言は得られなかったんだ。だから、おれも疑問に思ってこの事件を調べた男に確かめた。そいつは、緒方さんみたいによ、生真面目だけが取り得……、いや、極めて真面目な男だ。探索に関してはな。金と酒にはだらしないが」

小次郎への批難を誤魔化すように、最後は声を上げて笑った。

喜多八が申し訳なさそうに、

「お志津さん、息子との再会話は、やつがれだけにしたようなんでげす」

途端に武蔵が、

「自分は好かれていたって、言いたいのか」

「違いますって。多分でげすよ、息子に会うことを内緒にしなきゃならない事情があったんだと思います。でもね、うれしさを隠し切れず、つい、やつがれには打ち明けてしまったってこってしょう。それくらい、うれしかったんでげすよ。ですからね、そんな楽しみにしてた、息子との再会をですよ、それを前に自害するなんてことはですよ」

語りながら喜多八は気持ちを高ぶらせ、やがて嗚咽《おえつ》を漏らした。

武蔵が、

「とんだ、愁嘆場だな」

と、鼻白《はなじろ》む。

小次郎は喜多八を宥めるように、

「なるほど、それは得心がいきますね。ただ一人の子供、しかも生き別れとなっていた息子との再会、母親にとり、これ以上の喜び、楽しみはないはずです」

言ってから何度もうなずいた。他の者は知らないが、小次郎は一人娘の父親だけにお志津の心情はよくわかる。

「でげしょう」

喜多八は涙と鼻水を懐紙で拭い、うなずいた。

但馬が、

「お志津の死は自害であると現場は示しておる。しかるにお志津にはどうしても会いたい息子がいた。その息子との再会を前に自害など考え難いということだ」

「いかにも、拙者もおかしいと思いますね」

小次郎が賛同した。

「そうでげしょう。さすがは、よくわかっていらっしゃる」

喜多八は勢いづいた。

「間違いありませんよ。絶対、お志津さんは自害なんかじゃない。殺されたんでげすよ」

「誰に殺されたんだ。亭主か」

武蔵が割り込んだ。

「亭主は怪しいですよ。五つ下の力士崩れでげす」

喜多八は亀蔵に疑いの目を向けた。

これには武蔵も太い首を縦に振り、

「お志津が殺されたとすりゃあ、亀蔵の仕業で決まりだ」

しかし小次郎は、

「それはいかにも早計です」

と、疑問を投げかけた。

「出た！　慎重な緒方さんだ」

武蔵は鼻を鳴らした。

但馬がみなを見回し、

「お志津が自害でないとしたら、下手人はどのようにして殺したのか、そして下手人は誰か。その二つを明らかにせねばならぬということだ。まずは、取っ掛かりとなるかどうかはわからぬが、お志津が再会を喜んでいた息子について確かめねばならん。その探索を……」

「やつがれがやります」

喜多八が申し出た。

「では、亭主の関係先を」

「それはおれだ」

武蔵は丸太のような右手を挙げた。

「殺しだとしたら、そのからくりを絵解きせねばならぬ。現場となった土蔵を調べるのは……」

「拙者が」

小次郎が引き受け、お紺は菊丸周辺でお志津と亀蔵について聞き込むことになった。

解散する前に但馬は書付を手に取り、みなを見回した。

「わしの考えも申しておこう。お志津は自害ではない。生き別れとなっていた息子との再会を前に自害するはずがない、という心情面とは別に、お志津の亡骸が自害ではないと物語っている」

　さすがに武蔵も茶化すことなく但馬の話に耳を傾けた。喜多八とお紺も但馬に視線を向ける。小次郎は何か見落としがあったのかと、書付を開いた。

「お志津の亡骸を検死した医師、松井洋観の報告書には、お志津は懐剣で喉を突き、息を詰まらせて死に至ったとある。多量の血が流れ出しておるから、息が詰まらなくとも死に至ったであろう。お志津の亡骸には他に傷はない……」

「それが、どうかしたんでげすか」

　喜多八が問いかけると、

「そうか……」

　納得したように小次郎は呟き、

「なるほどな」

　武蔵にも但馬の言わんとするところがわかったようだ。

　但馬は続けた。

「亡骸には躊躇《ためら》い傷がない。刃物で自害する場合、いかに気丈な者でも、躊躇いが生じるものだ。今どき武士とてまことの切腹はせず、扇子を腹に当て、首を落とされる、形ばかりの切腹だ。ましてや料理屋の女将であるお志津が懐剣で喉を一突きになどできるものだろうか。お志津には深い未練があった。生き別れとなっていた息子との再会だ。そんな未練を抱えたお志津が何の躊躇いもなく、喉を一突きにできるとは思えぬ。よって、お志津は殺されたのだ」

但馬の考えに異を唱える者はいなかった。

四

小次郎は菊丸へとやって来た。

女将が亡くなったせいで、営業はしていない。

店に入り、

「御免」

と、呼ばわった。

しかし、返事はない。

「御免！」

声を大きくして繰り返すと、奥から足音が近づいて来た。やって来たのは若くて大柄な男だ。春だというのに浴衣《ゆかた》掛けだ。昼から酒を飲んでいたようで酒臭い息を吐いている。それを見ただけで、腹が立ってくる。

「北町の緒方と申す」

小次郎は十手を翳した。

「あれ、北町の旦那ですか。既に南町の旦那がやっていらしたんですけどね」

「そなた、亀蔵だな」

「ええ、そうですよ」

浴衣の胸をはだけ亀蔵は答えた。

「土蔵を見せてくれ」

「土蔵っていいますと」

「お志津の亡骸を見つけた、土蔵だ」

「どうしてです」

「調べるのだ」

「だって、ありゃ、自害だって、南町の旦那もおっしゃったんですよ」

「念のため、もう一度調べるのだ」

小次郎は促した。

「念のためって」

「不都合なことでもあるのか」

「いえ、そういうわけじゃござんせんよ」

渋々、亀蔵は土蔵へと案内した。

引き戸は壊れたまま、戸口の横に立て掛けてある。戸には大きな穴が空いていた。その穴から亀蔵は手を突っ込み、心張り棒を外したと言った。

亀蔵の説明を聞きながら、小次郎は土蔵の中に入った。小次郎は懐中から但馬が作成した絵図を持ち出し、図面と照らし合わせる。文机と畳は取り払われていた。それでも、お志津の血痕と思《おぼ》しき黒い染みが床に残っていた。

「お志津の亡骸を見つけた時、土蔵の中には誰もいなかったのだな」

「間違いありません」

小次郎は周囲を見回した。

漆喰《しっくい》の壁に沿って銭函、米俵、炭俵が積んである。また、帳面の山も壁に寄せてあった。

銭函の中の小判、金貨、銭は回収済みだそうだ。

人が隠れるに適した場所はない。

「文机と火鉢、畳の他に蔵から出したものはあるか」

「いいえ。他の物には手をつけておりません」

亀蔵も土蔵を見回した。

「お志津を見つけた時、どのように思った」

小次郎は亀蔵を見た。

「そりゃ、びっくりしましたよ。血の海の中にお志津は突っ伏していたんですからね」

亀蔵は怖《お》じ気《け》をふるったように目を見開いた。

それから小次郎に向いて、

「なんだか、恨みを残しているようで、抱き上げた時に見たあいつの目が忘れられませんよ」

「そんなに恨めしげであったのか」

「そりゃ、もう。多分、一生、忘れることはねえでしょうね」

「どうして、自害などしたのだろうな」

「はっきりとはわかりませんがね、この店も左前だったみたいで」

「そなたは南町にもそのように申しておるな。それで、具体的にはどれほどの借金があったのだ」

「ええっと、それはですね」

亀蔵は思案を始めた。

「ここにあるのはお志津が自害する前につけていた帳面だな」

小次郎は土蔵の隅に残された帳面を手に取った。帳面を開き、しばらく目を通す。

「借金が、三百両ほどあるな」

「そのようですね」

「おまえは、店の台所事情は存じておらなんだのか」

「ええ、まあ」

「ならば、おまえは何をしておったのだ」

つい、怒りを含んだ口調になってしまう。

「何って、そりゃ、店の手伝いですよ。お得意のお座敷に挨拶したり、していましたよ。それに、相撲《すもう》を取ってましたんで、力仕事……薪《まき》割りなんかもやってましたよ」

言い訳がましく亀蔵は早口で答えた。

要するに紐《ひも》同然であったのだ。それはいいとして、

「それで、自害のわけに、借金の他に見当はあるのか」

「借金ではかなり悩んでいましたんでね。それにこのところ、お志津は塞《ふさ》いでばかりでして。心、ここにあらずというような状態でしたからね」

「おまえ、その悩みを聞いてやらなかったのか」

「あっしには何も……」

亀蔵の口調はしんみりとした。

「ところで、お志津の子供のことは知っておるのか」

不意に小次郎は話題を変えた。

「えっ、子供……」

亀蔵の目が彷徨《さまよ》った。

「そうだ。七つの息子だ」

「お志津に子供がいたなんて……あっしゃ、初耳ですよ」

亀蔵は目をぱちくりさせた。

「知らないとは意外だな」

「いや、そりゃ、あっしと知り合う前のことでしょう」

「それはそうだが」

「知り合う前のことは、お互い、聞きませんし、語りませんしね。そりゃ、野暮ってもんですよ」

「野暮な……おまえは亭主として信用されていなかったのではないのか」

「こいつは、きついことをおっしゃいますね。そんなことはありませんよ。あっしゃ、お志津に惚れられて一緒になったんですからね。あっしは働かなくてもいいからって、この店で暮らせばいいからって、まあ、あっしはお志津に頼まれて一緒になったようなもんですよ」

しれっと亀蔵はのろけた。

「それで、この店は、どうなるのだ」

「人手に渡ることになりますね。正直、あっしじゃ、料理屋の切り盛りなんぞ、できませんから」

「おまえはどうするのだ」

「どうしますかね、店が片付いたら、身の振り方を考えますが」

亀蔵は言った。

「店が人手に渡ってもよいのか」

「仕方ありませんよ」

亀蔵は土蔵を見回した。

「みなは、どうするのだ。料理人や奉公人などは」

「料理人は引く手数多ですよ。うちよりも、いい給金でやとってもらえるんじゃありませんかね。女中や奉公人は口入屋へ行けば、いくらでも働き口はありますよ。どうにも、潰しが利かないのはあっしくらいなもんじゃありませんかね」

亀蔵は失笑した。


不愉快な思いで小次郎は土蔵を出た。

店の中をぐるりと回る。優美に花を散らす桜がなんとも哀れに見える。その庭を一人で掃除をしている女中がいた。

小次郎を見ると、眉根を寄せ、睨んできた。

警戒しているようだ。笑みを浮かべゆっくりと近づき、

「北町の緒方と申す。そなたはここの女中のようだが、店は閉じたというのに、まだ、掃除をしておるのか」

努めて優しげに声をかけると、女中の表情が和らいだ。

「はい、せめて、店が人手に渡るまでは」

女中はお恵であった。

「ずいぶんと義理堅いではないか」

小次郎は微笑《ほほえ》んだ。

「女将さんにはお世話になりましたから。せめてものご恩返しです。こんなことでは、恩返しになんかなりませんけどね」

お恵はしんみりと言った。

「そんなに世話になったのか」

「あたしは、とにかく要領が悪くて、物覚えも悪くて、これまで、どの奉公先でも数日で辞めさせられてきたんです。それに、あたしはすぐに怖い顔をするって、どこでも嫌がられていました」

苛《いじ》められている内に警戒心が強くなったのであろう。小次郎を見た時も眉根を寄せ、睨んできた。

菊丸でも、奉公し始めた当初、お使いに行っては買ってくるものを間違えたり、掃除をしては、植木鉢を壊してしまったりと、しくじってばかりだったそうだ。当然のこととして、他の奉公人たちからは白い目で見られ、苛めを受けたりもした。

「でも、女将さんはみんなからあたしのことを庇《かば》ってくれました。それで、泣いてばかりいるあたしを励ましてくださったんです」

お恵は嗚咽を漏らした。

「お志津は優しかったのだな」

「厳しいときも勿論ありましたけど、叱った後は、必ず励ましてくださいました」

お恵はいくら感謝しても、し足りないのだとか。

「お志津の自害の理由、見当がつくか」

「いいえ」

即座にお恵は否定した。

「借金が残っていたのだが。店の遣り繰りで悩んでいたことはなかったのか」

「確かに、楽ではなかったでしょうけど、店が傾くような程ではなかったと思います」

「しかし借金が三百両もあったぞ」

「あれは……」

お恵は奥歯に物の挟まったような物言いになった。

「どうした。話してくれ」

「あれは旦那さんの借金です」

お恵は言った。

五

喜多八はお志津が辰巳芸者をしていた頃、世話になっていた置屋の女将を訪ねた。富岡《とみおか》八幡宮《はちまんぐう》の裏手にある一軒家に女将は住んでいた。お蔦《つた》というその女将はお志津が自害したと聞き、驚きと共に深い同情を寄せた。

「お志津ちゃん、可哀そうにね。ほんと、可哀そうにね」

お蔦は目を腫らした。

「でね、お志津さんが、最後まで会いたがっていたっていう、息子さんがいると聞いたんでげすがね、女将さん、心当たり、ないかね」

その途端に、

「そりゃ、両国の米屋飯塚《いいづか》屋の旦那、文次郎《ぶんじろう》さんとの間にできた男の子ですよ」

「米屋の、へえ、そうでげすか」

思いもかけずすぐにわかり、喜多八は戸惑ってしまった。

「実はね、お志津ちゃんが辰巳芸者を上がったのは、文次郎旦那に水揚げされたからなんだよ」

「そいつは、ちっとも知らなかったでげすよ」

「内密にしていたからね」

文次郎はお志津を見初め、熱心に口説いた。日陰暮らしはさせない、きちんと暮らしの面倒は見る、そう、文次郎は繰り返していたのだそうだ。

「で、水揚げされてね、深川の佐賀《さが》町の三軒長屋の真ん中に住まわせてもらったんだよ。文次郎旦那はそりゃもう、熱心でね。一年とたたずに出来たのが男の子だよ。名前はね、ええっと」

お蔦はしばらく考え込んだが結局、

「寛太って男の子でね。赤ん坊の時、お志津ちゃんが、寛太を抱いて、うちに遊びに来たんだ。お志津ちゃんに似て、そりゃもう、可愛い子でね。こりゃ、男前になるよって、あたしも太鼓判を押したもんだよ」

と懐かしそうに目を細めた。

「ところがさ、寛太が三つの頃だったかしらね。文次郎さんのお内儀さんにお志津ちゃんと寛太のことがばれちゃったんだよ」

「なんだ、文次郎旦那、お内儀さんには内緒でお志津さんを囲っていたんでげすか」

「そうなんだよ。まったく、男ってのはね、いざとなったら頼りないっていうかね」

「お内儀さんってお人はそんなにも厳しかったんでげすか」

「厳しい人だったみたいね。おまけにね、その時分、飯塚屋さん、大口のお得意が倒産してしまって、店が傾きかけたんだってさ」

文次郎はその危機を女房の実家の援助で乗り越えたのだそうだ。

「それで、お内儀さんにすっかり頭が上がらなくなって、お志津ちゃんとは手切れをした。寛太は飯塚屋さんで引き取るって条件でね」

「お志津さん、そりゃ、辛かっただろうね」

「あたしもさ、放ってはおけないと思って、手切れ金の交渉では間に入ったんだよ」

お蔦は、あまりにも不義理なことをしたら、飯塚屋の暖簾にかかわるから、けちけちしちゃあだめだと迫ったのだとか。

「幸か不幸か、文次郎旦那とお内儀さんの間に子供はできていなかったんだよ。だから、寛太は跡取り息子ってことだからね、それもあって、お内儀さんも納得して、手切れ金は五百両でね、そんで話し合いがついたんだけどさ。お志津ちゃんにしてみたら、お金の問題じゃないさ」

「そりゃそうでげすね」

「それに、寛太には二度と会わないなんて、一筆まで入れさせられたんだよ」

お蔦は顔を歪めた。

「そりゃ、厳しいでげすね」

「そうだろう」

お蔦はうなずく。

「でも、寛太に会えるって、お志津さんは喜んでいたんでげすけどね」

喜多八は首を捻った。

「そりゃ、本当かい」

「女将さん、その辺の事情は知らないでげすか」

「それは知らないね。向こうのお内儀さんも許したってことだろうから、何か飯塚屋さんで事情が出来たんだろうさ」

喜多八は礼を言って、席を立った。

「喜多八さん、また、お座敷に声をかけっからさ」

「ああ、頼むでげすよ」

「それから、あんたが懇意にしている南町の相撲取りみたいな旦那に、ここんところ、うるさいごろつきが出ているからさ、追い払ってくれって、頼んどいてよ」

「大門の旦那に言っておくでげす。その代わり、小遣いは弾まないと、あの旦那、手を抜くでげすよ」

「わかってるよ」

お蔦と別れて、その足で両国の飯塚屋に行くことにした。


飯塚屋はなるほど、大店であった。

暖簾を潜り、店の中を見る。帳場机に主人らしき男が座っていた。小僧をつかまえて、主人に会いたい旨、話した。

文次郎は喜多八のなりを見て幇間と察したようで、

「おまいさん、どっかのお座敷で呼んだかね」

と、目を凝らした。

「いえ、今日はですね、お志津さんのことで」

そこまで言うと、

「お志津……」

文次郎は辺りを憚り、この先の稲荷で待つように囁いた。

「旦那、それじゃあ、また、ご贔屓《ひいき》にお願いしますね」

と、取り繕って、飯塚屋を後にした。

文次郎はお志津の自害を知っているようだ。

稲荷に入った。

程なくして文次郎がやって来た。

「お志津さんが亡くなったのはご存じでございましょう」

あえて自害したと喜多八は言わなかった。

文次郎は目を伏せ、悲しそうにうなずいた。

「お志津さん、坊ちゃんと再会できるって、それはもう大変な喜びようだったんですよ。それがね」

喜多八も辛そうな声を絞り出した。

「信じられない」

首を左右に振り、文次郎は強い疑念を示した。

「そうですよね。あっしもお志津さんが自分で喉を突いたなんて信じられませんよ」

すると、堰《せき》を切ったように文次郎は語り出した。

「お志津は寛太と暮らすことをそれは楽しみにしていたんだ。寛太と暮らすために、今日まで歯を食い縛って頑張っていたんだよ」

「ちょっと、待ってください。暮らすっていいますと」

喜多八は首を捻った。

「寛太と暮らすはずだったたんだよ」

「そうなんですか。寛太は大事な跡取り息子じゃないんですか」

「それがね、女房に男の子が産まれたんだ。あたしも驚いたよ。十年も子供ができなかったのに、子宝に恵まれるなんてね。神さまも罪作りだ」

こうなると、女房は寛太が疎ましくなった。日々、寛太へ辛く当たるようになったそうだ。

「それで、あたしは女房とじっくり話し合ってね、寛太をお志津に戻すことになったんだ」

「へえ、そうだったんですか。そりゃ、お志津さん、喜んだでしょうね」

「今の亭主、亀蔵という男、ぐうたらなようで、あれでは、寛太を可愛がってくれそうもないって言ってたよ。だから、亭主とは離縁するともね」

文次郎は言った。

「じゃあ、お志津さんは、寛太と二人で親子水入らずで暮らせるはずだったんですね」

「だから、あたしも、お志津には不憫《ふびん》な思いをさせていただけに、これでやっと、喜んでもらえるって思っていたんだよ。それが、どうして死んだりするんだい。ねえ、お志津は本当に自害したのかい。あたしには信じられないよ」

強い口調で文次郎は繰り返した。

「旦那もそう思いますか」

「でも、御奉行所は自害だって判断なさったんだろう」

「そうなんですよ。ですがね、お天道さまは見てますよ」

「そうだね。もしも、殺されたんだとしたら、下手人の奴、絶対に罪を償わせないといけないよ」

「そうですよ」

喜多八も力強く言った。

「あ、そうだ。申し訳ないけど、これ、お志津の供養の足しにしておくれ」

文次郎は十両を喜多八に渡し、これは、手間賃だと一分を添えてくれた。

「すんません」

喜多八は丁寧に受け取った。それからふと思いついたように、

「寛太ちゃんはどうなさるんですか」

「寛太はわたしが責任を持って育てますよ。女房につべこべなんぞ、言わせない。草葉の

陰のお志津に恥ずかしくないよう、立派に育ててみせます」

自分に言い聞かせるように文次郎は言った。

「くれぐれもお願いいたします」

喜多八はぺこりと頭を下げ、文次郎と別れた。

「これで、決まりだ」

喜多八はお志津が自害したのではないと確信した。

ということは下手人は、ぐうたら亭主、亀蔵に違いない。

六

武蔵は亀蔵の周囲を調べていた。

亀蔵はお志津と一緒になる前、何をやっていたのかよくわからない。遊び人であったのだろう。

幸いにして、博徒の常吉が亀蔵を知っていた。

両国西広小路の小料理屋で、

「常吉、奢《おご》らせてやるぞ」

武蔵らしい図々しい態度で、話を聞くために縄暖簾を潜った。

「旦那、勘弁してくださいよ」

常吉はうんざり顔であるが、武蔵にしたらネタ元であり、臨時廻りを外された身には数少ない金蔓でもあった。

「旦那、臨時廻りを外されたんでしょう」

「おまえらのせいでな」

「また、それを言う」

「ま、そりゃともかくだ。おれは、柳川と鰆《さわら》の味噌焼きでいいや」

何の遠慮もなく武蔵は注文した。

「旦那には敵《かな》わないな」

諦めて常吉は受け入れた。

「それで、亀蔵ってやつは、どんな男だったんだ」

「あれはね、天性の女たらし、紐を生業《なりわい》としなきゃ、生きられない怠け者でござんすよって、やくざのあっしが言っても説得力がないかもしれませんけどね。相撲取りだっただけあって、身体がでかくて腕っ節が強いから、賭場の用心棒に雇ってやったことはありますが、長続きしない。客の女をたらしこんだこともあって、ほんと、どうしようもねえ野郎だ。やくざのあっしが言えた義理じゃありませんがね。ま、紐がいいところでさあ」

へへへと常吉は言い添えた。

「紐か」

「ええ、相撲取りの割には口達者、おまけに、ちょいと、弱みを見せるんですよ。弱みを見せると、それにほろっとなる女ってのがいるそうなんですよ」

「そんなもんかね」

「特に年増、子持ち女にはそれが利くって自慢してましたね」

常吉は言った。

「その手で、お志津に惚れさせたんだな」

「お志津って、菊丸の女将だった。あ、そうそう、自害したそうじゃござんせんか」

常吉が俄然、興味を示した。

「そのことで、何か言っていたのか」

酒と肴が運ばれて来た。

「いえね、あの野郎、うちの賭場《とば》で散々、借金をこさえたんですよ。っていっても、うちの賭場ですからね。何百両ってわけにはいきませんで、精々が五十両ってところだったんですけどね。ですけど、返さないんで、出入り差し止めにしていたんです。ところが、ある日、大きな顔でやってきやがって、借金を返した上に、派手に遊びやがったんですよ」

それで、常吉は気にかかり、金の出所を確かめた。

「菊丸の女将の亭主になったって、答えたんだな」

武蔵が尋ねると、

「そうなんですよ。得意のたらしこみなんですがね。こちとら、金さえ払ってくれりゃあ、それでいいってんで。まあ、そうは言っても、まっとうな暮らしをした方がいい、なんて、柄にもない小言を言ったもんですよ」

それで、しばらく、亀蔵は賭場には来なかった。

「それが、三月ばかり前からまた、顔を出すようになりましてね。気が大きくなったのか、賭け金が大きくなって」

またも、亀蔵は借金をこさえたそうだ。

「でも、あの馬鹿はみえっぱりときておりますんでね、負けているくせにあっしらに酒を奢ったりしてね。そうそう、若い娘を連れていましたよ。なんでも、両国の水茶屋の女中だって言ってましたね。ちゃっかり、浮気していやがった」

亀蔵は景気よく振る舞っていたようだ。

「そうか、まるでこれから大金が入るような振る舞いだったんだな」

武蔵は顎をかいた。

「あいつ、ひょっとしたら、菊丸の女将さんを……」

常吉の目が剣呑《けんのん》に彩られた。


夕凪の二階にいつもの顔ぶれが集まった。

喜多八が、但馬が口火を切るのを待ちきれない様子で、

「亀蔵がお志津さんを殺したに違いありませんよ」

興奮気味に切り出した。

「そうだ」

武蔵も言い添える。

小次郎は黙っているが異存を口にはしない。

「みなの報告からすると、お志津に自害する理由はないどころか、寛太との新しい暮らしが始まるという希望さえあった。まさしく、耐え忍んできた苦労が報われようとしていたのだ。そんな時に、自害などするはずはないな」

但馬も異を唱えることはなかった。

「下手人は亀蔵に決まっていますよ」

喜多八が、早く奉行所に突き出しましょうと言った。

「まあ、待て、それには、お志津殺しが自害ではないと明らかにしなければなるまい」

冷静に小次郎は言った。

「そうだな」

但馬は答える。

「緒方さんよ、おりこうなあんたのことだ。亀蔵の仕組んだからくり、絵解きができたんじゃないのかい」

武蔵が言う。

「いえ、あいにくまだ妙案が浮かびません」

小次郎は苦悩の色を見せた。

「そりゃねえ、そう簡単にはいきませんよ」

喜多八が間に入る。

「けっ、切れ者ぶってても、わからないのか」

武蔵が挑発すると、

「拙者、特別、切れ者と称した覚えはござりませぬ」

小次郎もさすがにむっとしているようだ。

「口に出さなくたってな、顔に書いてあるんだよ」

武蔵はなじるように目を吊《つ》り上げたが、

「はて、何と」

あくまで冷静に小次郎は返す。

「拙者、切れ者ゆえ、北町から睨まれましたかわいそうな男です、ってな」

武蔵が言うと、

「ほう、拙者、一向に心当たりがござりませぬ」

小次郎はいなした。

武蔵は拳を握ってわなわなと震わせる。

ここでお紺が割って入った。

「ちょいと、喧嘩《けんか》なら外でしておくれな」

武蔵はばつが悪そうに口を閉ざし、小次郎は但馬に軽く頭を下げた。

但馬が、

「しばらく、お志津自害のからくりにつき、各々、考えてみよ」

と、言い、今日はこれで解散だと告げた。

みながいなくなってからお藤が上がってきた。

「北町の緒方さんと南町の大門さん、ほんと、不仲ですね。というより、大門さんが一方的に緒方さんを嫌っていらっしゃるようで」

「別に仲良くすることもあるまい」

但馬は言った。

「そうですかね、仲間同士、いがみ合うのはよくないと思いますけど」

「仲良くせよと、無理強いすることはできん」

「そりゃそうですけど」

わたしは心配ですとお藤は言った。

「なまじ、仲が良いと、馴れ合うことにもなりかねんのでな」

「物は言いようですね」

お藤は苦笑を漏らした。

「そんなに深刻になったなら、その時にはわしも考える」

但馬は小次郎の報告書を探した。亀蔵とお恵から聞き込んだ様子を小次郎は例によって細大漏らさず書き記してきた。もう一度、読み返そうと部屋を見回すと、部屋の隅に置いた文机の上にあった。

「お藤、そこの帳面を取ってくれ」

但馬は文机を指差した。

「ええ……どこです」

お藤は眉根を寄せ、首を傾げる。

文机に行灯の灯りが届いていなかった。

「文机の上だ」

但馬に言われ、

「ああ、あれですか」

暗くてわからなかったと言いながらお藤は文机に向かった。

但馬は撥で三味線を鳴らした。

朗々とした美声にお藤はうっとりとした。

七

あくる日の朝、但馬は小次郎と共に菊丸にやって来ると、土蔵の前に立った。壊れた戸は戸口に戻され、閉じられている。

今日も庭掃除をしているお恵を小次郎は呼び寄せた。お恵は二人を見て眉根を寄せ、睨んだが、但馬から飴《あめ》を貰うとにっこり微笑んだ。

「お恵、今日はな、助けてもらいたいのだ」

小次郎の頼みに、

「あたしにですか」

お恵は戸惑いを示した。

「女将さんを殺した悪党をな、お縄にするためだ。お恵だって、憎いだろう」

「だって、女将さんは自害なさったんじゃないんですか」

お恵は口を半開きにした。

「それを明らかにしたいのだ。お恵、辛かろうが、女将さんの亡骸を見つけた時のことを思い出しながら、もう一度、土蔵の中を見てくれ」

小次郎に促され、お恵は戸口に立った。

小次郎が戸を引いた。しかし、ぴくりとも動かない。お恵にも引かせる。

「二日の朝と同様、中から心張り棒が掛けられておる。が、二日の朝と違って穴が空いているのでここから拙者が腕を突っ込み、心張り棒を外す」

穴に手を入れ、小次郎は心張り棒を外した。心張り棒が床を転がる音がする。

すかさず、但馬が引き戸を開いた。

「ああっ！　女将さん」

お恵は悲鳴を上げた。

灯りとりから差し込む朝日を受け、お志津が文机に突っ伏している。ただ、血は流れておらず、弁慶縞の小袖は血染めではなく、朱色の玉簪が陽光を弾いていた。

但馬が中に入り、お志津を抱き起こす。

「緒方の旦那、どういうこと……女将さん、また死んだの」

お恵は小次郎に訴えた。

「お恵、よく見てみろ」

小次郎はお恵の手を引き、土蔵の中を歩いた。

すると、但馬の腕の中にいたお志津がむっくりと起き、畳に端座した。

お恵は眉根を寄せ、お志津を睨んだ。

「女将さん……じゃない」

「そう、あたしゃね、紺っていうの」

お紺はにっこり微笑んだ。

お恵は目を白黒させた。

小次郎が、優しく微笑みかけた。

「お恵、おまえ、目がよくないな。人や物が霞んで見えるのではないか。近目だな」

お恵は小さく首を縦に振った。

「だから、つい、目をすがめてしまうのだ。それはともかく、二日の朝、亀蔵が土蔵の戸を壊して中を見た時、今日のように、弁慶縞の小袖と朱の玉簪で文机に突っ伏していた女を見て、お志津だと思い込んだんだ」

小次郎に言われ、お恵は、

「あたし……あたし、とんでもないことを」

と、泣き出した。

「悪いのはおまえじゃない。おまえは悪いことなんかしていないぞ」

優しく小次郎はお恵の頭を撫でた。

そこへ、

「そうだぞ。悪いのはこいつらだ」

武蔵が入って来た。

亀蔵と若い女を縄で縛り上げている。

「この女が女将の身代わりを務めたんだ」

武蔵は女の縄を引っ張った。女は前につんのめった。

但馬が立ち上がり、

「亀蔵、おまえは夜中、土蔵の中で帳面をつけているお志津を訪ね懐剣で喉を突き刺した。朝になり、お恵がやって来る前、お志津の亡骸を土蔵の外に出し、庭の植込みにでも隠し、この女に芝居を打たせた。心張り棒を掛ける者が必要だったからだ。それから、おまえは外でお恵を待ち、女は土蔵の引き戸に心張り棒を掛けて文机に向かった。その後、首尾よく、近目のお恵にお志津だと思わせ、医者を呼びにやらせ、その間に女とお志津を入れ替えた。と、まあ、こんな筋書きであろう」

朗々と張りのある声で絵解きをした。

女が不貞腐《ふてくさ》れたように、

「血の中で突っ伏すなんて、気持ち悪くて仕方なかったけどさ、この人が百両くれるって言うからさ」

と、認めた。

「どうなんだ」

武蔵は亀蔵の頭をぽかりと叩いた。

亀蔵は肩をそびやかし、

「だってよお、お志津の奴、離縁してくれって言い出しやがって。しかも、ここから出て行けなんてよお」

　これには小次郎が、

「おまえのようなぐうたら亭主、愛想をつかされて当然だ。お志津は息子と一緒に暮らすつもりだったんだ。店を守《も》り立て息子と一緒に幸せになろうとしてたんだ」

　嫌悪をたぎらせ、亀蔵を睨んだ。

「どうします、こいつら」

　武蔵は但馬を見た。

「この場で成敗してやってもよいが、南町に引き立てろ。鬼の武蔵の同僚に手柄を立てさせてやれ」

　但馬の命令に武蔵は従った。


　三日後、喜多八は菊丸にやって来た。

　店の前をお恵が掃除している。今日は目をすがめることなくお恵は喜多八に微笑んだ。

　喜多八は紫の袱紗を差し出した。首を傾げるお恵に、喜多八は袱紗を開いてみせた。

「まあ……」

お恵は喜多八を見返した。

「緒方の旦那がね、お恵ちゃんにって」

喜多八は紅縁の眼鏡をお恵に差し出した。お志津が亀蔵と女に殺されたと判明し、文次郎は寛太を手元に置き、立派な商人に育てると誓った。

それから、下手人を暴いてくれた御礼にと、但馬に五十両の謝礼をくれた。但馬は面々に十両ずつ分けた。小次郎はその十両からお恵に眼鏡を買ったのだ。喜多八もいくらか出している。

お恵は眼鏡をかけた。

「うわあっ、世の中ってこんなに明るいんだ」

はしゃいだ声を出すお恵を見て喜多八もうれしくなった。

「まだ見えにくいなら、他の眼鏡もあるから遠慮なく言っとくれよ。ほら、やつがれ、どうだい、二枚目でげしょう」

喜多八は扇子をひらひらと振った。

お恵は喜多八の顔をじっと見て、満面に笑みを広げた。

「ほんと、男前だ。いよ、音羽屋《おとわ》！」

「なんだ、お恵ちゃん、よいしょもうまいね。幇間修行するかい」

「あたしね、女中やってお金溜めて、小っちゃくていいからお店を持つの。女将さんみたいにお店を切り盛りするの」

眼鏡の奥でお恵の円《つぶ》らな瞳が生き生きと輝いた。

喜多八は空を見上げ、お志津の冥福を祈った。

第三話　木乃伊《ミイラ》取り

一

柳橋の船宿、夕凪の二階――荻生但馬は三味線を置き、御蔵入改方の面々、緒方小次郎とお紺、喜多八に向き直った。

弥生二十日、葉桜に春の名残を感ずる夕暮れ時だ。

そこに大門武蔵はいない。

武蔵が座るはずの畳がぽっかりと空いている。但馬の視線に気づいた喜多八が、

「大門の旦那には声をかけたんでげすが……具合でも悪くなったんでしょうかね。そんなわけないか。あの身体で病なんて」

と、首を捻った。

立膝をついたお紺は、

「その内、いらっしゃるんじゃないですか」

気だるそうに言い、洗い髪を指で弄《もてあそ》んだ。紅を差した足の指が色香を漂わせている。

小次郎は無言だ。

但馬が、

「では、始めるぞ」

と、前置いてから今回の役目について説明をした。

「今回のお役目、緒方が持ち込んできたのだ」

と、小次郎を見た。

小次郎は一礼して、話を受け継いだ。

「拙者、北町の例繰方で未解決の事件を調べ、これはどうかとお頭に上申した」

小次郎の言葉を受け、

「事件は五年前のことだ」

但馬は説明を始めた。

五年前、神田明神《かんだみょうじん》下の炭問屋、稲葉屋《いなばや》が盗人に押し込まれ、千両箱一つと書画、骨董品を奪われた上に、一家と奉公人が皆殺しにされる凶悪事件があった。

「その悪鬼の如き所業から、一味は悪鬼一党と呼ばれ、一味の頭目は寅吉《とらきち》という男だった」

ここで喜多八が、

「こんな凶悪な盗賊を火盗改じゃなく北町が扱ったんでげすか」

と、疑問を呈した。

これには但馬ではなく、小次郎が答えた。

「北町は手伝ったのだ。悪鬼の寅吉一味は火盗改が追っていた。稲葉屋以前には川越《かわごえ》宿、越谷《こしがや》宿で押込みを重ねてきたからな。それで、稲葉屋で押込みが起き、北町も聞き込みを手助けしたのだ。寅吉一味は稲葉屋以前は千両箱しか奪わなかったが、稲葉屋では千両箱が思いの他少なく、代わりに骨董品を奪っていった。骨董は売れば足がつくと期待したのだが、一味も慎重で売りには出さなかった。それでも、さすがは火盗改。練達の同心笹《ささ》野十郎太《のじゅうろうた》殿が一味の隠れ家を突き止めた」

火盗改と北町奉行所で捕物出役を行った。一味は深川海辺新田《うみべしんでん》の廃屋敷を根城としていた。

「一味は捕らえるか斬るかしたのだが、肝心の寅吉と手下一人に逃げられ、一味が奪った金や骨董品は行方知れずとなった。そのまま、継続して寅吉一味と奪われた品々を追ったたのは火盗改なのだが、いつしか火盗改のお頭が代替わりをしてな、寅吉一味と盗み取られた財宝の行方はわからず仕舞いなのだ」

小次郎の説明の内、

「財宝っていいますと、どれくらいになるんですかね」

喜多八はお宝にしか興味がないようだ。

小次郎は淡々とした口調で返した。

「北町が把握しているのは稲葉屋から奪い取った、千両箱一つと掛け軸、陶磁器などだが、それ以前の押込みでも相当な金子《きんす》や金目のものを奪っておるだろう。掛け軸は弘法大師《こうぼうだいし》直筆の書画だそうだから、相当に値が張るらしい」

「するってえと、なんだかんだで五千両は下らないでげしょうかね」

喜多八は扇子を広げ、ぱたぱたと扇いだ。

但馬が喜多八に、

「むろん、押収した盗品は御公儀に納めることになろうが、幾分か褒美も出よう」

たちまち喜多八が喜色満面となり、

「一割としても五百両でげしょ。こりゃ、すげえや。大門の旦那が耳にしたら、大張り切りでげしょうよ」

ここでお紺が洗い髪を右手でかき上げ、

「あの旦那、町方よりも火盗改の方が向いていそうだものね」

「違いないのう」

但馬も認めた。

すると小次郎はあくまで大真面目に、話を探索に戻し、

「拙者は、稲葉屋が押込みに遭った時の火盗改の担当同心殿を当たってみます」

「そうしてくれ」

但馬が了承した後にお紺が、

「でも五年も前に起きた押込みですよね。今頃、探索をしても見つかるもんですかね。もう、江戸にはいないかもしれませんよ」

と、疑問を投げかけた。

「緒方、何か捌り所はあるのであったな。喜多八とお紺にも教えてやれ」

但馬は小次郎に尋ねた。

「一昨日、上野の骨董市で、稲葉屋から奪われた弘法大師の掛け軸が売りに出されたのだ。寅吉か手下が骨董屋に持ち込んだものと思われる。それと、捌り所とまでは申せませぬが、火盗改の同心笹野十郎太殿の執念……先ほど申した、寅吉一味の隠れ家を突き止めた御仁

だ。笹野殿、隠れ家を突き止めながら、寅吉を取り逃がしたことを生涯の痛恨事と悔いておられる」

ここまで言って小次郎は言葉を止めた。

「笹野ってお方には寅吉一味を探すこと、話されたんでげすか」

喜多八に問われ小次郎は首を横に振り、

「本来なら、笹野殿を訪ね、笹野殿から寅吉探索の様子を聞きだした上で、お頭に報告申し上げるべきであったと思う。そうだな、まず、笹野殿を訪ねる。拙者としたことが、寅吉が盗んだ弘法大師の掛け軸が売りに出されたと耳にし、つい、はやってしまった。いかぬな」

生真面目な男らしい反省の言葉を述べ立てた。

「お言葉ですが、火盗改の旦那がですよ、すんなりとネタ出しをしてくれるでげしょうかね」

喜多八の心配にお紺もうなずく。

「笹野殿は昨年、火盗改の同心を隠居されたのだ」

「おや、そうでげしたか」

喜多八はうなずく。

「緒方の旦那、その笹野ってお方と今でも懇意にしていらっしゃるのですか」

お紺が聞く。

「懇意という程ではないが、年始状の交換などは続けておる」

小次郎は言った。

「ならば、緒方、まずは笹野十郎太に確かめてまいれ」

但馬は許可した。

「二度手間になるようで、申し訳ございませぬ」

小次郎は夕凪の二階の部屋を出ていった。

小次郎がいなくなってから、

「緒方さん、何か因縁があるんでげしょうかね」

ふと思いついたように喜多八が首を捻った。

「あたしも、何かあるような気がするね。見当はつかないけど、稲葉屋の押込み、五年も前ですよ。緒方さん、まだ二十歳だったんじゃないかな。稲葉屋と何か関係でもあるのかしらね」

お紺も疑問を呈した。

「見習い同心だったのかもしれないでげすよ。あたしはね、きっとね、稲葉屋押込みの一件、緒方さんの初仕事だったと思うんでげすよ。それで、その稲葉屋の娘に好意を持っていた。ところがその娘が寅吉一味に殺されたんでげすよ。それで、緒方さん、今になってもそのことが忘れられず、寅吉を追い詰めてやろうって頑張ってなさるんでげすよ」

喜多八は得意満面に勝手気儘《きまま》な考えを披露した。

「ほんとかね」

お紺は冷笑を返した。

「やつがれはね、色んな人をよいしょしてきましたんでね、人を見る目ってものはいやでも身に着いたんでげすよ。よいしょもね、相手を見てやんなきゃいけねえんでげす」

得意げに言った。

すると、但馬が、

「げすよ、げすよって、おまえのは下衆《げす》の勘繰りだな」

と、笑った。

「おや、ずいぶんと、きついことをおっしゃって」

首をひょこっとすくめたものの、喜多八は自分の見立てに自信を持っているようだ。

「ところがな、当時稲葉屋に娘はいなかったのだ。奉公人もな、女は年増ばかりであったのだぞ」

　但馬に言われ、

「こりゃ、まいったでげすよ」

　喜多八は自分の額を扇子でぴしゃりと叩いた。

　途端にお紺がぷっと吹き出した。

「とんだ、人を見る目だこと。ほんと、喜多さんのは下衆の勘繰りね」

　次いで、表情を引き締め、喜多八に、

「これは女の勘だけど、緒方の旦那、稲葉屋の一件はともかくとして、何か心に秘めたものがあるような」

「心に秘めたっていいますと」

　喜多八は首を捻った。

「それはわからないわよ。でもね、緒方の旦那、物静かな方だけど、たまに、憂いを含んだ目をなさるんですよ」

　お紺は言った。

「憂いね……やつがれだってそりゃ、腫れぼったい目をすることはありますよ。艶っぽい女に懸想した時なんかにね」

喜多八はぼうっとした目をしてみせた。

お紺は再びぷっと吹き出し、

「ほんと、憂いとか悩みとかに縁がないわね、喜多さんは」

「こりゃ、ご挨拶でげすね。やつがれほど悩み多き人間はおりませんでげすよ」

「ま、それはともかく、今回の一件、ちょっと、無理なような気がしますよ」

お紺は但馬に言った。

「緒方が持ち出してきたのだ。それなりの勝算あってのことだろう」

「ほんと、お頭も案外、呑気《のんき》なところがありますね」

お紺はくすりと笑った。

「男というものは、そういうものだ。なあ、喜多八」

賛同を求めるように但馬は喜多八に向いた。

「そういうこってすよ。女とはその点がちょいと違うんでげす」

お紺にやり込められた意趣返しか、喜多八は但馬に賛同した。

「男って、ぐずぐずしているんだね」

お紺に言われ、

「違いないな」

但馬が笑い、喜多八も扇子で自分の頭を叩いた。

二

同じ日の昼下がり、武蔵はいつもの通り、八丁堀の湯屋、鶴の湯の二階で善兵衛相手に将棋を指していた。今日は珍しく優勢で、善兵衛の角を取り、ひたすらに攻めている。

「さてと、やっと運が向いてきたってもんだ」

前のめりになって盤上を見つめる武蔵は、鼻歌が出る程余裕を見せていた。

善兵衛は淡々と駒を動かす。

「よおしっと」

武蔵は善兵衛の飛車を香車で取った。

あまりにあっさりと大駒を取られた善兵衛に、一体どうしたことだ、と警戒したが、それも一瞬のことで、今日こそ勝てるという思いに気持ちが高ぶった。

そこへ、

「大門の旦那」

と、声がかかった。

武蔵の目が盤上からそれた瞬間、

「王手」

善兵衛が武蔵の王の右横の升目に金を打った。盤上に視線を戻し、何が王手だと王で金を取ろうとしたが、取ると、成金に取られてしまう。逃げようと思ったが自駒が邪魔をして動けない。

「……ふん、負けたよ」

にこにこ顔の善兵衛に一分金を手渡す。

攻めるのに夢中で自陣の防御が手薄になっていた。自分の迂闊さを悔い、併せて、いや、それ以上に、

「まったくよお！」

厄病神めがと、喜多八を睨み上げようとしたが喜多八がいない。首を捻っていると、

「大門の旦那」

斜め後ろから呼ばれた。

振り返ると喜多八ではない。

「旦那、お忘れですか」

紺の腹掛けに股引、半纏《はんてん》を重ねた職人風の男が問いかけてきた。

中年で丸顔、身体も合わせたように小太りだ。丸い顔に団子鼻、おまけに鼻の右に黒子《ほくろ》がある。一見して間の抜けた容貌だった。

善兵衛が今日はこれで帰ると階段を下りていった。

改めて、しげしげと見返す内に記憶が蘇《よみがえ》った。

「ああ、どじ野郎の三吉《さんきち》か」

「どじ野郎たあ、ご挨拶ですが、その三吉ですよ」

三吉は三年前、武蔵がお縄にした盗人だった。盗人といっても、空き巣や、小銭とか食べ物をくすねる程度の小悪党であったため、五十敲《たたき》の上、石川島《いしかわじま》の人足寄場《よせば》に送られただけですんだ。

三吉の手癖の悪さは生い立ちに起因していると武蔵は思った。両親は三吉が五つの頃、生活に困窮し一家心中を図った。両親は首を吊り、三吉と妹は「石見《いわみ》銀山」を飲まされた。妹は死んだが三吉だけは生き残ったのだという。以来、親戚の家をたらい回しにされ、ろくに食事も与えられず、空腹を満たすため、三吉は盗みを働くようになったのだ。

こうした事情を知り、武蔵は更生の機会を与えてやろうと、三吉の盗み全てを立件するのではなく、小額の盗み三件だけを口書に取り、吟味方与力に上申した。上申に当たり、人足寄場で手に職をつけさせるよう書き添えた。

暴れん坊の反面、武蔵は涙もろいところがあり、三吉の身の上を聞いた後、隠れて泣いたのだった。

「旦那には、すっかり、世話になってしまって」

武蔵は寄場にも顔を出して三吉を励まし、出てきてからの職も世話してやった。

「ああ、ほんとに世話してやったぞ。その格好からすると、ちゃんと仕事をしておるのだな」

珍しく八丁堀同心らしい言葉をかけた。

「そりゃ、もちろんですよ」

三吉は左官をやっている。武蔵が紹介した親方の下で真面目に仕事をしているそうだ。

「人はな、額に汗して地道に働くのが一番だ。二度と人の道を踏み外すな。真面目にやっていれば、お天道さまは必ず見ていてくださるんだぞ。左官だからって、おれの顔に泥を塗るような真似《まね》はするな」

将棋の負けも吹き飛ぶようないい気持ちで武蔵は説教を垂れた。三吉は神妙な顔で聞いていたが、

「実はですね、ちょいと、旦那に調べて頂きたいことがあって、やって来たんですよ」

と、声の調子を落とした。

「どんなことだ。おれじゃないと駄目なのか」

武蔵は茶を飲んだ。

三吉はうなずいてから、背筋をぴんと伸ばした。

「昔、世話になっていた源太《げんた》って盗人の親分がいるんですよ」

「確か山猫の源太っていったな」

不穏なものを感じ、武蔵は目元を引き締めた。

「その山猫の親分です」

「あいつ、確か、死んだって耳にしたぞ。どっかの商家に盗みに入って……桜が見頃だったから、二十日ばかり前じゃなかったか」

「ご存じですか」

「いや、詳しくは知らん。あれは、北町が調べたんだからな」

内心で、臨時廻りを外されたし、と武蔵は呟いた。

「深川の富岡八幡さまの裏手にある湊屋《みなと》って質屋に盗みに入ったのはいいが、土蔵の屋根から落っこちて、頭を打っちまって、冥土へ旅立ったんですがね……」

鼻の横にある黒子が微妙に震え、三吉の表情は疑念に彩られている。

「どじ野郎の親分も、どじを踏んで死んじまったってことか」

辛らつな言葉を返したのは、源太の死が、三吉が再び盗人の道に足を踏み入れるきっかけとなるのを防ぐためだ。

しかし親分をけなされ、

「冗談じゃねえ！」

三吉は思わず憤った。

三吉が反発するのも無理はない。

「盗人だろうが死んだら仏だな。悪かったよ」

すぐさま武蔵が詫びると、三吉は表情を落ち着かせ、

「いえ、こっちこそ、つい、頭に血が上ってしまってすみません。でも、源太親分は、そりゃもう、大した盗人ですよ、あっしのようなどじじゃないんです。凄腕の盗人なんですよ。そんな、源太親分の死には、きっと、何か裏があるに決まっているんです。土蔵の屋根から落っこちるなんてどじは踏みませんよ。親分、若い時分には軽業師《かるわざし》で鳴らしたんです。だから、山猫みてえに敏捷《びんしょう》な動きっぷりで……そんでもって、山猫の二つ名がついて」

夢中になって語り続ける三吉に、武蔵は茶を勧めた。三吉は口を閉ざした。

「つまり、殺しだっていうのか」

武蔵は真顔で問いかけた。

「あっしは、そう睨んでいるんですがね。いかんせん、盗人の転落死なんか、北町じゃあまともに取り合っちゃあくれませんよ」

三吉は頭《かぶり》を振った。

武蔵もうなずく。

「で、お願いできるのは旦那しかいないって思いましてね。手間賃なら、少なくて申し訳ねえんですが」

三吉は一分を出した。三吉の精一杯の誠意なのだろう。

「おまえがまっとうに暮らしているってことへの祝いとして、こんなはした金で引き受けてやるとするか」

恩着せがましく武蔵は言った。

「恩に着ます」

三吉は頭を下げる。

「よし、なら、聞き込みは明日にして、飲みに行くか」

「そうこなくちゃ」

武蔵に続き、三吉も立ち上がった。

三

あくる二十一日の昼前、武蔵は三吉の案内で富岡八幡宮の裏手にある質屋、湊屋へとやって来た。三吉は親方に断り、休みを貰ったそうだ。

横丁のつきあたりに構えられた店は間口十間（約十八メートル）、春の陽光を弾く屋根瓦が葺《ふ》かれたばかりで、貫禄を示している。

軒下に掛け看板が吊るされており、上から小中大の順に三段に重なった円筒の下から縄暖簾のような紐が沢山ぶら下がっている。質屋特有の看板で、円筒は月を紐は流れを意味している。すなわち、三月で質草が流れるということだ。

腰高障子には湊屋の屋号と長寿の神、福禄寿《ふくろくじゅ》が描いてあり、半開きになっていた。

三吉を裏で待たせておいて武蔵は暖簾を潜った。

女将らしい女が帳場机に座っている。でっぷりと肥《こ》えた身体を弁慶縞の小袖に包んでおり、質屋の女将の貫禄を示していた。

土間を隔てて小上がりになった店は、十五畳の広さだった。灯りとりから差し込む陽光が溢れ、替えられたばかりの畳は青々とし、いぐさが香り立っている。帳場机の横には火鉢があり、やかんが掛けられている。やかんの口から湯気が上り、ぐらぐらと湯の沸く音が眠気を誘う。長閑《のどか》な晩春の午後だ。

女将は巻き羽織、白衣帯刀の武蔵を八丁堀同心だとみなして、

「お役目、ご苦労に存じます」

と、一礼した。

質屋には南北町奉行所の同心たちが町廻りの途中に立ち寄る。このため、武蔵を見ても女将に戸惑いや警戒の様子はない。

女将は杉《すぎ》と名乗りお茶を出しましょうかと尋ねた。「出します」ではなく「出しましょうか」と問いかけてきたところに、お杉がしっかりした質屋の主人であることが窺えた。

「いや、無用だ」

武蔵は店に上がることなく、小上がりの縁に腰掛け、店内をぐるりと見回した。

「町廻りでございますか」

お杉に聞かれ、

「そうなんだが……二十日ばかり前、盗人が忍び込んで土蔵の屋根から転落したことがあったな」

武蔵が問い返すと、

「あの時は驚きました。お客さまからお預かりしております、大事な質草が盗まれなかったのでほっとしました」

「そりゃ、よかったな。で、その盗人、質草を入れている土蔵の屋根から落ちたのだな」

「さようでございます」

お杉はうなずいてから首を傾げた。今頃になって八丁堀同心が盗人の転落死を蒸し返してきたことに不審を抱いたようだ。

「ちょっと、見せてくれないか」

武蔵の頼みを、

「あの……既に北の御奉行所で……」

お杉が答え終わらない内に、

「わかってるよ」

武蔵はいいから案内してくれと腰を上げた。

「どういうわけですか」

「近頃な、質屋専門に押し込む盗人が出没しておるのだ。どんな手口なのか、盗みの現場を見ておきたい」

武蔵はもっともらしいことを探索の理由として言い立てた。

「質屋専門の盗人、聞いたこと、ございませんけど」

いぶかしむお杉に、

「早く案内しろ」

武蔵は強く促した。

「わかりました」

お上に逆らうのは得ではないと判断したのか、お杉は渋々ながら応じた。


店の裏手に三つの土蔵が並んでいた。

どれも、漆喰壁に屋根瓦という頑丈な造りで、南京錠《なんきん》がかかっている。ほのかに味噌の香りが漂っているのは、壁に出来た鼠穴《ねずみ》を味噌で目張りしてあるためだ。

「堅固そうだな」

「お客さまの大事な質草が入っておりますから」

胸を張ってお杉は自慢した。

「それで、盗人はどの土蔵から落ちたんだ」

「それはですね」

お杉は手庇《てびさし》を作り、真ん中の土蔵の屋根を見上げた。武蔵も手庇で視線を向けた。

「盗人はこの土蔵の前に落ちていたんですよ。あたしゃ、びっくりしましたよ」

お杉は胸を撫でた。

「見つけたのはいつだ」

「起きて掃除を始めた時ですから、そうですね」

明六つ（午前六時）頃だと証言した。

「早いな」

「早寝、早起きを心掛けておりますんでね」

「どうして盗人とわかったのだ」

武蔵の問いかけに、

「黒の布切れで頬かぶりをしておりましたし、背負った風呂敷包みにはうちの質草がありましたからね」

お杉はすぐに自身番に駆け込んだそうだ。

屋根までは高さ八尺（約二百四十センチ）くらいである。

「あれくらいの高さから落ちて、死ぬものかな」

手庇のまま武蔵は背伸びをして屋根を見上げた。

「何分にも頭を打っておりましたのでね」

疑われたことに気分を害したのか、お杉の口調は剣呑に彩られた。

「打ち所が悪かったというわけか」

踵《かかと》を地べたに付け、お杉を見た。日の光が目に入ったため、お杉の肉付きのいい顔がぼやけた。お杉は黙っている。

「どの辺りだ」

「はあ……」

「盗人は頭のどの辺りを打っておったのだ」

身を屈め、武蔵は自分の頭をお杉に向けた。お杉は戸惑いつつも、しばしの思案の後、

「多分……頭の天辺《てっぺん》を打ったのだと思いますよ」

「黒の布切れで頬かむりをしておったのだろう。よく、天辺だとわかったな」

武蔵は自分の頭頂部を指差し、顔を上げた。

「そんなこと言われましてもね、何しろね、血溜まりが出来ていましてね、布切れの頭んところが赤黒く染みになってましたんでね、たぶん、頭の天辺を打ったんだろうって思っただけですよ」

いかにも迷惑そうにお杉は答えた。

「そう、怒るな」

「別に怒っちゃいませんけどね、あたしもこの商売を長いことやってますんでね、妙な勘繰りは入れられたくないんですよ」

「けちをつけているわけじゃない。ところで、何年やっているのだ」

「死んだ亭主とやり始めて、かれこれ、三十年ですかね」

「三十年か……亭主はいつ死んだ」

「三年前ですよ」

「それ以来、女手一つで切り盛りしておるとは大したものだな。それで、盗人は何を盗んでおったのだ」

「ですから、質草ですって」

「そりゃわかっている。蚊帳《かや》とか着物とか、そんな物じゃないだろう」

「よく、覚えていませんよ」

ぶっきらぼうに答えるお杉に、武蔵は顔をしかめ、

「北町に確かめるか」

すると、

「確か陶磁の壺《つぼ》、掛け軸といった骨董品でしたね。幸い壺は割れませんでしたよ」

と、不機嫌なまま教えてくれた。

「値の張る品だったのだな」

「そういう高価な品を狙って、忍び込んだんでしょうからね」

「今、あるのか」

「請け出されましたよ」

「土蔵の中を見せてくれ」

「構わないですけど……どうしたんです。うちは何もやましいことなんかないんですからね」

「だから、おまえを疑っておるのではない。質屋専門の盗人の手口を調べておるのだ」

「あたしも痛くもない腹を探られるのはいやですからね、旦那が得心いくまで、お調べ頂きますよ」

お杉は南京錠を外した。

「錠前は替えたのか」

「替えましたよ」

無愛想にお杉は答え、土蔵の中に入った。陽光が灯りとりから差し込み、塵《ちり》が一筋の帯のように浮かんでいた。

質草が整然と並べられている。

壺や掛け軸などの骨董品もあるが、それよりは、着物、蚊帳、布団、火鉢、鍋、大工道具といった品々が多い。ごくごく普通の質草である。冬になると蚊帳を質入れし、夏には火鉢を入れる者は珍しくない。武蔵も、質屋の土蔵を蔵替わりに使っている。

「盗人は錠前を外して入ったのか」

「あそこからですよ」

お杉は灯りとりを指差した。

武蔵が見上げたところで、お杉が声をかけた。

「盗人に入られたんで今は置いてませんけど、灯りとりの下に箪笥《たんす》があったんですよ」

源太は灯りとりから箪笥を足場にして中に入ったということだ。

「ちょっと、ここにいてくれ」

武蔵は土蔵の外に出た。

土蔵の裏、灯りとり付近には何もない。板塀に沿って植えてある松の木を伝い、源太は土蔵の屋根に飛び移ったのだろう。それから、真ん中の土蔵の屋根に移動し、灯りとりから中に入ったということだ。

軽業師で鳴らした山猫の源太なら朝飯前であったはずだ。

源太の手口を確かめ、土蔵の戸口に戻った。

既にお杉が南京錠をかけていた。

「どうですか、得心がいきましたか」

お杉に問われ、

「いや、まだ納得できないことが多いな。だから、また来る」

「随分と念の入ったことですね」

露骨に嫌な顔をされたが、

「じゃ、またな」

武蔵は裏木戸から出て行った。


三吉が待っていた。

「しっかりした女主人だったな。もっとも、そうじゃなけりゃ、質屋の主は務まらんか……お杉の話だと源太は頭から血を流していたそうだ。頭から転落したのなら、さすがに命を落としたとしても不思議はない」

武蔵が言うと、三吉は反発するように声を大きくし、

「ですからね、あっしは申し上げているんですよ。親分はそんなどじは踏まない。山猫の源太って二つ名で呼ばれていたくれえですすよ。猫みたいにすばしこいんです。商家の屋根

から屋根を猫のように走り回り、御奉行所だろうが、火盗改だろうが追いつける者なんていなかったんですからね」

「そんな源太が屋根から落下、ましてや、頭を打つなどありえないと言いたいのだな」

「そういうこってすよ」

「しかし、歳だったのだろう。思ったよりも、足腰が弱っていたのかもしれんぞ」

「それにしたって、頭から落ちるなんてどじを踏むことはありませんよ」

三吉は大きく頭を振った。

それもそうだ。

源太は屋根を伝い、灯りとりから土蔵の中に侵入した。

「よく、あんな狭い灯りとりから入れたものだな」

武蔵は土蔵を見上げた。

「おれには、絶対に無理だ」

言わなくとも、わかっているというような目を三吉はした。

「昔、軽業師をやっていた頃、親分は自在に肩を外したり嵌《は》めたりできる技を身に付けたんですよ」

ふとした疑問が湧いた。

「源太は質草を盗んだ後、灯りとりから土蔵を抜け出し、屋根に上った、次いで足を滑らせたかなんかして、屋根より転落、頭から落ちた、という経緯だろう。どうして、灯りとりから屋根に上ったのだろうな。灯りとりから地べたに飛び降りればいいじゃないか。お杉に尋ねたら、あたしに、わかるわけないでしょうって怒られそうだがな」

武蔵は苦笑した。

「別の土蔵にも忍び込もうとしたのかもしれませんよ」

三吉は言った。

「そうかもしれんな。ああ、そうだ、源太は骨董の類を好んで盗んでおったのか」

「そうなんですよ。親分はね、骨董にかけては目利きだって自信を持っていたんです」

「そりゃ、盗人にしては珍しいな。しかし、骨董は売りさばくのが厄介だろう。まさか、自分の物にして拝んでは悦に入《い》ってたわけじゃあるまい」

「親分は千住《せんじゅ》で骨董屋をやっていたんですよ」

「自分の店で盗んだ骨董品を売っていたのか」

苦笑してしまった。

「そういうことなんです」

「妙な男だな」

「まあ、それが、親分のいいところでしてね。多芸多才なお方でした」

三吉はしんみりとした。

「源太は湊屋にいい骨董があると踏んで、盗みに入ったのだな」

「鼻が利く、お人でしたからね」

「よし、面白くなってきたぞ」

武蔵は八丁堀同心としての気持ちが高ぶり、俄然、やる気になった。しかし、探索するとなると現実的な壁が立ちはだかる。

「この一件は北町が源太の事故死として片付けた。今更、蒸し返すのでは、北町はいい顔をしない。それはいいのだが、どうしても、手に入れたいのは事件の口書だ」

武蔵が言うと、

「北町に掛け合えばいいじゃござんせんか」

事もなげに三吉は言う。

「まあ、そうするが」

と、答えたものの、北町奉行所に乗り込んでいって、例繰方が素直に見せてくれるとは思えない。

「なら、お願いしますよ」

三吉は武蔵が引き受けたことで自分の役割は終わったと思っているようだ。

夕暮れ、八丁堀の組屋敷に戻った。

玄関で子供たちが出迎えた。鬼の武蔵も子供たちの笑顔には弱い。ついつい、頬が緩んでしまう。

子供たちと共に居間に入った。

妻の梅代《うめよ》が大きなお腹で出て来た。六人目の子を孕《はら》んでいるのだ。それを見ていると、稼がねばという思いに襲われる。しかし、臨時廻りを外されたとあっては、商人ややくざ者から、そうそう袖の下も集まらない。

やはり、御蔵入改方で稼ぐことができる役目を請け負うしかない。緒方小次郎は気に食わないが、そうも言ってはいられない。

そういえば、御蔵入りの事件があると喜多八が言っていた。その役目、金になるのだろうか。

「厄病神めが」

たまには役に立てと、毒づいた。

「父上、今日はお酒を飲んでいませんね」

子供たちに言われ、

「ああ、今日はな」

武蔵は頭をかいた。

四

その日、緒方小次郎は芝《しば》、増上寺《ぞうじょうじ》近くにある笹野十郎太の屋敷を訪問していた。

昼過ぎ、春の陽光が差す屋敷には、大勢の子供たちの姿があった。天神机を並べ、手習いをしている。火盗改の同心を隠居してからは、近所の子供たちに手習いの指導をしているのだ。

火盗改の時は、敏腕として知られ、凶悪な盗人であろうと腕ずくで追い詰めていた。決して頑強な身体つきではなく、枯れ木のように痩せていたのだが、繰り出す剣の太刀筋《たちすじ》の力強さと正確さたるや、まさしく武芸の達人と評判であった。

小次郎は生垣越しに、手習いが一段落したのを見計らい、中に入った。笹野と子供たち用に今川焼きを土産《みやげ》としている。

「御免」

背筋をぴんと伸ばし、小次郎は笹野に挨拶をした。

笹野は目をしばたたいた後、

「おお、これは緒方殿」

と、受け入れてくれた。

小次郎は、三年前、ある盗人一味の根城を突き止めた。功を焦る余り小次郎はわずかな人数で踏み込んだ。盗人は小次郎の予想を超えた人数であった。盗人を捕らえるどころか我が身も危うくなった。死を覚悟した時、笹野率いる火盗改に助けられた。笹野は小次郎を助けたばかりか手柄も小次郎に譲った。それ以来、小次郎は笹野と付き合いが続いている。

「お久しぶりです」

一礼し、小次郎は縁側に上がった。土産を渡すと笹野は目元を緩め、子供たちに分け与えた。

「隠居されてどれくらいになりますか」

「もう、二年半ですな。昨年、家内を亡くし一人、呑気に暮らしております」

髪や眉が白くなり、皺《しわ》も随分と増えた。それでも肌艶はよく、目尻は垂れ下がっているのに眼光は鋭い。痩せ細った身体に小袖はだぶついていた。

「お忙しいかな」

　笹野に問われ、小次郎は不遇の身を打ち明けようか迷ったものの、自分に落ち度はなかったとの思いから正直に話した。

「北町に籍はあるのですが、定町廻りを外され、今は御蔵入改方という新設のお役目を担っております」

「貴殿のような優秀な定町廻りが外されるとは……いや優秀であるがゆえに外されたのかもしれんがな」

　含みのある言葉を漏らし、笹野は茶を飲んだ。

　次いで目をしばたたき、

「御蔵入改方とは、どのようなお役目なのですかな」

「南北町奉行所、火盗改が扱わない事件、あるいは未解決のまま例繰方の御蔵入りとなった事件を扱うのがお役目です」

「緒方殿であれば、いかなる役に身を置かれようと、成果を挙げられることでしょう」

　慰めとも本気ともつかないことを笹野は言った。その気遣いはうれしい。

「ところで、本日、お訪ねしましたのは、五年前に起きた、神田明神下の炭問屋稲葉屋、押込みの一件でございます」

「悪鬼の寅吉一味の一件」

笹野の目が尖《とが》った。

現役の火盗改の同心に戻ったかのようだ。

「そうか、あの一件というか、悪鬼の寅吉を捕縛しようというのですな」

「まさしく」

「わしも、寅吉を捕縛し損なったのは、今でも心残りでござる。ところで、今頃になって、寅吉を追いかけようというのは、何か寅吉に関するネタが挙がったのですか」

笹野の声がわずかに上ずった。

「寅吉が奪った盗品の一部が江戸市中で見つかったのです」

小次郎は稲葉屋が所蔵していた弘法大師の掛け軸が、上野の骨董市で売られていたと語った。

「骨董屋は最近手に入れたのでござるか」

「四日ばかり前、若い男から買い取ったとのこと」

「何者であったのでござろう」

「素性は確かめなかったそうです。骨董屋は五百両で買い、二千両で売り出しておりました」

「大した儲《もう》けですな」

笹野は苦笑した。

「笹野殿、寅吉一味の者たちにつきまして、詳しいことをお教え頂きたいのです」

小次郎は一礼した。

「承知した。しばし、お待ちくだされ」

笹野が腰を上げた。

小次郎は子供たちに視線を送る。そろそろ、娘にも手習いを教えた方がいいかもしれない。

程なくして笹野が戻って来た。

手には複数の帳面を持っている。

「ええっと、これですな」

笹野は火盗改の同心であった頃、日誌をこまめに書いていた。見開きの帳面には悪鬼の寅吉一味の押込みの一件が記されていた。

「ちょっと、待っていてくだされ」

笹野は文机の前に座り、日誌を読みながら、美濃《みの》紙に筆を走らせた。その間、小次郎が子供たちの間を回り、手習いを指導した。邪気のない子供たちの伸び伸びとした筆遣いを見ていると、目元が緩んだ。

やがて、笹野は小次郎に向き直った。

「これですな」

笹野は書付を小次郎に寄越した。

そこには、九人の名前が書いてあった。その内、寅吉を除いて七人の名前に×印がしてある。×印は火盗改が斬ったか捕らえた者だそうだ。捕縛、斬殺を免れた者は寅吉を含めて二人だ。

「この手下は二十歳だった仁吉《じんきち》という男で、骨董屋に持ち込んだのはこいつかもしれませぬな」

笹野は言った。

「仁吉は、どんな男でしたか」

「左様……」

笹野は記憶の糸を手繰《たぐ》るように目を瞑った。次いで、筆を取り、紙に手際よく人相書きを描いた。

実に達者なものだ。

そういえば、笹野は火盗改にあって、抜群の記憶力を有し、人相書きの達人であった。

「五年の月日が流れておりますから」

と、呟き、笹野は人相書きにさらに筆を入れていった。

やがて、二十代半ばの男の顔が出来上がった。丸い顔、太い眉に団子鼻、鼻の横には黒子が描いてあった。

「もし、仁吉が骨董屋に盗品を持ち込んだのなら、この人相書きを見せれば、仁吉かどうかはわかると存ずる」

「かたじけない」

小次郎は礼を言った。

「それと、寅吉ですが」

笹野は寅吉の人相書きも描いてくれた。それは、五十年配の男だ。

「重ねて、御礼申し上げる」

「いや、礼は寅吉一味が捕まってからにしてくだされ」

笹野は笑顔で返した。

ではと辞去しようとしたところで、笹野が遠慮がちに声を落として小次郎を引き止めた。

「お内儀《ないぎ》を殺した下手人、まだ、捕まっておらぬのですな」

「さようで」

小次郎は特別の感情を込めずに答えた。

「それこそ、今の役で探索なされば」

「あ、いや、あれは私事ですので」

「いや、殺しに私事はござらぬ、と、申してわしに何ができるということではござらんが」

笹野は、一日も早く下手人が捕まることを望むと話を切り上げた。

小次郎は笹野の屋敷を後にした。


その足で骨董市にやって来たが、あいにく、くだんの骨董屋はいなかった。今日は来ていないという。ならば、店を訪ねようと上野黒門町《くろもんちょう》に足を延ばした。

確か名前は大黒屋《だいこく》であったはずだ。

広小路の表通り、路地を探して、大黒屋を見つけた。

が、店は雨戸が閉じられている。

通りかかった者に尋ねると、一年前に店仕舞いをしたという。主人夫婦が相次いで病で亡くなったからだそうだ。

「ならば、骨董市に出ていた者は誰だ」

小次郎は呟いた。

同時に思った。それこそが寅吉ではないのか。

お頭に確かめよう。


小次郎は夕凪の二階にやって来た。

但馬は三味線は弾いておらず、帳面を繰っていた。

小次郎に向かい、期待のこもった目で問いかけた。

「成果、あったか」

「火盗改の笹野十郎太殿にお目にかかってまいりました」

小次郎は笹野に会って、仁吉と寅吉の人相書きを描いてもらったこと、その人相書きを手に上野の大黒屋を訪問した経緯までを簡潔に語った。

「すると、骨董市で弘法大師の掛け軸を売っておったのは、偽者の大黒屋であるのだな」

「おそらくは寅吉であったと思います」

小次郎は笹野が描いた寅吉の人相書きを見せた。

「なるほど……これが寅吉か」

但馬はにんまりと笑んだ。

「寅吉め、随分と舐《な》めた真似をしてくれるものですな」

小次郎にしては珍しく怒りを露《あらわ》にした。

「寅吉、今頃になって姿を現したところを見ると、江戸での仕事を終え、何処かに行くということなのだろう」

但馬は言った。

五

あくる二十二日の昼下がり、武蔵は鶴の湯の二階で横になっていた。今日は善兵衛は来ていない。暇を持て余して、だらだらと昼寝をしている。

そこへ、喜多八がやって来た。

「どこへ、お出掛けだったんでげすか」

抗議の口調で扇子をぱちぱち開いたり閉じたりし、将棋盤の向こうに座った。武蔵はむっくりと半身を起こし、将棋盤を挟んで向かい合う。

「やつがれ相手に一局、いきますか」

「おまえでは相手にならん」

「人は見かけによらないっていうでげしょう」

喜多八は言ったが、

「将棋はいい。それよりな、おまえに頼みがあるのだ」

武蔵は真顔になった。

「なんでげす、改まって」

「北町の例繰方で調べて欲しい一件がある。緒方に頼んでくれ」

「なら、じかに緒方の旦那に頼めばいいじゃないでげしょっていうのは、言っちゃあいけませんよね。わかったでげすよ」

喜多八は右手を差し出した。

「強欲な野郎だな」

武蔵は右手をぴしゃりと叩いた。

「将棋でご隠居に払う分だと思やあ、いいじゃないでげすか」

「馬鹿、今日はおれがせしめるつもりだったんだ。それよりもだな」

武蔵は深川の質屋で発生した老盗、山猫の源太の転落死についての口書が欲しいのだと打ち明けた。

「大門の旦那、どうして、そんな一件を調べていなさるんで」

「人助けだ」

　武蔵の答えに、

「ええっ……」

　喜多八は口をあんぐりと開けたが、わかりましたと引き受けてから改まったように背筋を伸ばし、

「それで、今回の御蔵入りの一件なんですがね」

「ああ、やっぱり事件があったのか」

「やっぱりじゃござんせんよ。どでかい一件でげすよ」

「へ～え」

　生返事をして武蔵は将棋の駒を弄んだ。

「五年前に、稲葉屋って神田明神下の炭問屋に押し入った盗人、悪鬼の寅吉一味の探索でげすよ」

「悪鬼の寅吉一味……そういやあ、そんな盗人一味がいたような、ああ、そうだ。火盗改と北町が捕縛に向かったが、下っ端は捕まえられても肝心の寅吉に逃げられたって一件だったな。なんだ、今頃。寅吉なんぞ、江戸にはもういないだろうし、もしかすると死んじ

まったかもしれないぞ」

「それがですよ、五日程前、上野の骨董市で寅吉一味が稲葉屋から奪った弘法大師の掛け軸が売られていたんですって」

「で、その掛け軸、一体、いくらで売られたんだ」

「二千両でげすよ」

「二千両……」

武蔵は目を剝いた。

「ですからね、寅吉を捕縛したら、他にも盗んだお宝がごっそりと見つかるかもしれないでげしょ。お頭は、御公儀に納めるでしょうが、やつがれたちだって、多少のおこぼれに与《あずか》れるってもんでげす」

「それを早く言えよ。こっちの一件の方が、よっぽどおいしいじゃないか」

武蔵は一人ごちた。

「で、げしょう。もう、緒方さんは探索に動いていらっしゃいますよ。とにかく、今日の夕方にでも夕凪に顔を出してくださいね」

「わかった」

とは言ったものの、今更、どう、動けばいい。そうだ、山猫の源太は骨董品を盗み出していた。ひょっとして、深川の一件と何か繋がりがあるかもと考えるのは虫がよすぎるであろうか。

武蔵は起き上がり、階段を下りていった。

早速、三吉と両国西広小路の雑踏で会った。

仕事の合間を縫ってやって来たようで、三吉は腹掛けに半纏を重ねている。

「旦那、下手人、わかりましたか」

期待を込め、三吉は問いかけてきた。

「そう、早く見つかるものか。それよりもな、山猫の源太は骨董品を盗んでいたんだったな」

「ええ……、それがどうかしやしたか」

「悪鬼の寅吉という、とんでもねえ、凶暴な盗人がいたんだ。そいつらが五年前、神田明神下の稲葉屋って炭問屋に押し入って、ずいぶんな骨董と金を奪い取ったんだ」

「その一件なら、知ってますよ。実はね、親分も稲葉屋には狙いをつけていたそうなんで、悔しがってましたよ」

「源太は、寅吉と面識があったのか」

「ええ、そうなんですがね」

三吉の声がくぐもった。

「なんだ、おまえ」

「いえ、何でもありませんよ」

「そう言うと、余計に怪しく感じるもんだぞ」

「なら、申しますがね、親分、寅吉一味が奪い取った、骨董を見かけたっておっしゃってたんですよ」

「上野の骨董市でじゃないのか」

「いや、思わぬところで見かけたって言ってましたからね。それこそ、灯台もと暗しだって」

「源太の住まいはどこだったんだ」

「深川富岡八幡の近くでしたよ」

「もしかしてあの質屋で見かけたのかもしれんぞ」

武蔵はにんまりとした。

「質草だったってことですか」

三吉は驚きの表情となった。

「面白くなってきたぞ」

「こりゃ、益々、親分の死がどじな転落死とは思えなくなりましたね」

三吉は言葉の調子を強めた。

「よし」

武蔵は肩を怒らせ、質屋へと向かった。


夜五つ（午後八時）、夕凪に御蔵入改の面々が集まった。

武蔵も加わったことに、但馬はにやっと笑った。

「鬼の武蔵は今回のお役目については知っておるな」

武蔵は喜多八から聞いたと答えた。

但馬はうなずき、小次郎を促す。

「緒方、探索の経過を述べよ」

「承知致しました」

居住まいを正し、小次郎はこれまでの探索について報告した。

元火盗改の同心笹野十郎太に会い、描いてもらった人相書きをもとに大黒屋を訪ねたことを語った。

「以上の探索を踏まえ、拙者が思いますに、寅吉は骨董市で盗品を処分し、江戸から逃亡を図るものと考えます。拙者、お頭の許可を得まして、今回の一件に限り、北町及び火盗改の助力を得、この人相書きを手に、江戸中を回ってもらおうと思います」

小次郎が言うと、

「おいおい、ということはおれたちの手柄はどうなるんだよ」

たちまち武蔵が抗議の声を上げた。

小次郎は冷静に返した。

「我ら五人だけで、寅吉を捜すのは無理です。悪鬼の寅吉は五年来の大物です。せっかく捕らえる好機が訪れたのです。それを逃すことはできません」

「なら、おれたちは何のためにいるんだよ」

武蔵は譲らない。

小次郎が、

「我らのお役目は御蔵入りした事件を落着に導くことでござるぞ。ですから、寅吉と仁吉の手配が済めば、それでよいではありませぬか。大門殿は褒美がなければ、働かぬということでありますか」

珍しく批難めいたことを言った。

「言ってくれるではないか。そうだ、おれは褒美目当てだ。蔑《さげす》むなら蔑めばよかろう。だがな、おれは養わなければならん、身内がおるのだ」

「それは誰しも同じです。大門殿だけではないのです。我ら同心、十手を預かる者のお役目は金が目的であってはなりませぬ。生きる糧を得ることを卑しいとは思いませぬ。しかし、節度というものが必要であると、拙者は考えます」

「すまし野郎が」

武蔵が反発したところで、

「我らで見つければよかろう」

但馬が言った。

「たった、五人でかよ」

武蔵は目を剝いた。

「そうだ」

但馬は首肯した。

「まあ、旦那、まずは人相書きを見るでげすよ」

宥めるようにして喜多八が、小次郎から受け取った人相書きを渡した。喜多八から受け取り、武蔵はいかにもやる気がなさそうにそれを横目に見た。

「ふん、しけたもんだぜ」

武蔵は寅吉の人相書きを見てくさした。次いで、

「これが子分の仁吉って野郎だそうでげすよ」

喜多八から紙を突き出され、

「そこに置け」

不機嫌な声で畳に置くよう言った。喜多八は首をすくめ、畳に仁吉の人相書きを置いた。

それに武蔵が視線を落とす。

途端に、

「おい、冗談だろう」

と、武蔵は小次郎を見たが、小次郎が冗談事などするはずがないと思ったようで、人相書きを手に取った。

「こいつは、三吉って、けちな盗人だ。悪鬼の一味のはずがねえ」

と、言った。

六

小次郎がまじまじと武蔵を見る。

武蔵は小次郎の視線を跳ね飛ばすように険しい顔をすると、おもむろに語った。

「三吉ってのはな、おれが三年程前にお縄にしたこそ泥なんだ。悪鬼の一味のような凶悪な盗みなんぞする度胸はねえよ。三吉は改心して左官をやっているさ」

これには喜多八が、

「真面目な左官の振りをしているだけかもしれないでげすよ」

こてで壁を塗る真似をして茶化したため、

「そんな奴じゃねえ」

武蔵は喜多八の襟首を摑んだ。

「大門の旦那、まあ、落ち着いてくださいよ」

お紺が宥め、

「鬼の武蔵、おまえが三吉にそこまで肩入れするには、何かわけがありそうだな」

但馬が興味を示した。

武蔵は喜多八の襟首から手を離し、但馬に向いた。

「実は、三吉から相談されているんだよ。深川の質屋に忍び入った老盗が死んだ一件についてな」

小次郎はおやっという顔で喜多八を見て、帳面を手にする。

「喜多八、口書が見たいと申した、この一件か」

「ええ、まあ、その」

喜多八は武蔵に視線を送る。

「そうだよ。北町が事故でけりをつけた一件だ。死んだ盗人は山猫の源太、軽業師上がりのすばしこい男だった。歳を取ったとはいえ、土蔵の屋根より頭から落ちて死ぬようなどじじゃない。そいつが三吉の親分であった関係でな、今は足を洗ったんだが、三吉も得心がいかないっておれに探索を頼んできたってわけだ」

武蔵は質屋、湊屋に行き、現場を見て、主人のお杉から話を聞いたことを打ち明けた。

その上で、

「源太が盗んでいた品、何だったたんだろうな」

と、小次郎に尋ねた。

小次郎は口書を捲《めく》り、

「陶磁器、掛け軸……ああ、掛け軸は弘法大師の書画ですな。これはひょっとして」

「悪鬼の寅吉は盗んだ品々を湊屋に質草として入れていたのかもしれんな」

武蔵は顎をかいた。

次いで、

「偶々《たまたま》でげすかね」

喜多八が首を捻る。

「そんなわけねえな。湊屋、怪しいもんだ。よし、おれはこれで失礼するぞ」

武蔵は腰を上げた。

「大門の旦那、どちらへ……まだ、話はすんじゃいませんよ」

喜多八が引き止めたのだが、

「またな」

武蔵は聞く耳を持たず、巨体を揺らしながら階段を下りていった。

但馬は、

「瓢簞から駒かもしれんぞ」

と、ほくそ笑んだ。

七

武蔵は両国東広小路の縄暖簾で三吉と酒を酌み交わしていた。

「何か、わかりましたか」

三吉は武蔵に酌をした。

武蔵は湯呑みで受け、三吉の目を見た。

「おまえ、悪鬼の寅吉一味に関わったことはないな」

「ありませんよ」

大きく頭《かぶり》を振り、神妙な顔で三吉は答えた。

「確かだな」

念押しをする武蔵に、

「間違いありませんって」

力を込めて三吉は答えた。

「山猫の源太はどうだ」

「親分も関わりありませんよ。盗んでも人を傷つけねえってのが親分の信条でしたからね」

「よし。なら、これを見ろ」

武蔵は悪鬼の寅吉の人相書きを三吉に見せた。三吉は一目見て、

「親分ですよ。なんだ、親分、人相書きが出回っていたんですか」

「こいつはな、悪鬼の寅吉の人相書きなんだよ」

武蔵が言うと、

「そ、そんな馬鹿な」

三吉は驚きの余り、猪口《ちょく》を落としてしまった。

「驚くのはまだ早いぞ。これを見な」

もう一枚、人相書きを武蔵は差し出した。

丸顔に団子鼻、鼻の横には黒子がある。

「あっしじゃござんせんか」

三吉がきょとんとすると、

「悪鬼の寅吉の手下、仁吉だそうだ」

「そんな……勘弁してくださいよ。旦那、こりゃ、何の冗談なんですか」

三吉は舌打ちをした。

武蔵は真顔で語調を鋭くし、

「おまえと源太、火盗改に捕まったことはないか」

「あっしは……お縄にはなりませんでしたが、火盗改の旦那から詮議を受けたことはありますよ」

「いつだ」

「もう、五年も前になりますかね」

「源太は」

「親分も話を聞かれて、結局、お縄にはなりませんでしたね」

「おまえと、源太を詮議したのは誰だ」

「笹野とかいいました。痩せた、目つきの鋭い同心でしたよ」

三吉の答えに武蔵はにんまりとした。

「詳しく話せ」

と、声をかけてから酒のお代わりを頼んだ。

あくる日の昼、小次郎は喜多八に連れられ、八丁堀の湯屋、鶴の湯の二階にやって来た。

曇天模様、肌寒い風が吹いているせいか湯屋は混んでいた。

武蔵はいつものように蓬莱屋の隠居、善兵衛と将棋を指している。

「負けた」

さばさばした口調で武蔵は一分金を善兵衛に渡すと、小次郎に向いた。

「どうだい、一局」

武蔵は小次郎を将棋に誘った。

「あいにく、将棋は指しません。囲碁ならやるのですが」

小次郎は丁寧な口調で断った。

「囲碁か……あんたらしいな。少しずつ、地道に陣地取りをするってのはあんたにぴったりだ。趣味もあんたとは合わねえってことだな」

武蔵はあくびをした。

善兵衛が今日は帰ると立ち去った。

「大門さん、拙者を呼んだのは将棋を指すためではないでしょう」

小次郎の問いかけに、

「あんたが懇意にしている火盗改の同心、笹野十郎太って男についてなんだ」

武蔵は言った。

「笹野殿がいかがされましたか」

小次郎の目に警戒の色が浮かぶ。

「笹野が描いた人相書き、あれは、悪鬼の寅吉と手下じゃないんだよ」

「何を捌り所にそう申される」

「捌り所は……おい、出てこい、捌り所」

武蔵が呼ばわると三吉が近づいて来て、武蔵の横に座った。

小次郎は目を凝らし、三吉の顔をまじまじと眺めた。

「こいつはな、昨日話したこそ泥、おっと、今はこの通りまっとうに左官をやっている三吉だ」

武蔵に紹介され、三吉は半纏の袖を引っ張り、ぺこりと頭を下げた。

小次郎が口を開く前に、

「ついでに、笹野が描いた悪鬼の寅吉だって人相書き、あれはな、こいつの親分だった山猫の源太だったんだ」

言ってから武蔵は三吉を見た。三吉はしっかりとした口調で間違いないと念押しをした。

「ならば、笹野殿は一体……」

小次郎は唇を噛み、首を左右に振った。

「三吉と源太は笹野に捕まったことがあるそうだ。五年前、火盗改が血眼になって悪鬼の寅吉を追っていた頃だな。三吉はこそ泥ってことで、きつく叱られただけで、見逃された。源太も放免されたんだが、それがなぜだかわからん。源太はこそ泥の類じゃなかった。専ら骨董品を盗む、名うての盗人だったんだ。それがどうして、放免されたんだろうな。緒方さん、あんたから笹野に訊いてみてくれ。これは、瓢箪から駒かもしれないぞ。いや、瓢箪から駒じゃないな。木乃伊取《ミイラ》りが木乃伊になるってことかもな」

「笹野殿は盗人に加担していたと」

小次郎は肩を落とした。

その日の夕暮れ、小次郎は笹野十郎太の屋敷を訪れた。鶴の湯を出た頃から雨が降り出し、笹野の屋敷に着いた頃には本降りとなっていた。

障子が開け放たれた座敷に子供たちの姿はなく、笹野は書見をしていた。背筋をぴんと伸ばして見台に向かう姿は、武士の品格を漂わせていた。

木戸を潜り庭を横切る。

縁側から、

「失礼致します」

と、呼ばわると、笹野はゆっくりとこちらを向いた。上がるよう言われ、小次郎は玄関に回り、番傘を閉じて格子戸脇に立てかけた。手拭で羽織の袖や小袖の裾に付いた雨露や泥を払い、中に入る。

大刀を鞘ごと抜いて右手に持ち、廊下を進んで座敷に入った。雨中の訪問を詫び、笹野と向き合った。

「足元の悪い中のご来訪とは、悪鬼の寅吉、探索に成果があったようですな」

笹野は穏やかな口調で問いかけてきた。

「笹野殿が描いてくださった人相書きのお陰で、大いなる成果がありました」

「ほう、それは何より」

「あの人相書き、山猫の源太なる盗人とその手下の三吉でござりました」

淡々と小次郎は告げた。

笹野の目がしばたたかれた。

「いかなるわけにござりますか」

小次郎の問いかけに笹野は答えない。

小次郎は続けた。

「源太は専ら骨董を盗んでおったとか。三吉はこそ泥……そして、二人とも笹野殿が捕まえ、詮議をされたとか。三吉は火盗改が捕縛するまでもない小物ゆえ、解き放ったというのはわかります。ですが、源太はいかがされましたか。なぜ解き放ったのですか」

笹野は二度三度うなずいてから、笑みを浮かべた。いかにもゆとりを示しているようだが目元が引きつっている。

「いかにも解き放った」

「何故《なにゆえ》ですか」

「火盗改が捕縛するに足りぬ盗人であったからだ」

「値の張る骨董を盗んでおった大物を解き放ったのですか」

「そうじゃ」

「何故ですか」

小次郎は半身を乗り出し、繰り返した。

「それは、あの頃は悪鬼の寅吉を捕縛することが最優先であったからな」

「源太は死にました」

「……そうか」

「深川、富岡八幡宮の裏手にある質屋、湊屋に盗み入り、土蔵の屋根から落ちたそうです」

「あいつも歳を取ったものだな」

笹野は煙草盆を引き寄せた。

「本当のことを申してくだされ！」

小次郎は声を励まし訴えかけた。

笹野の口がへの字に引き結ばれた。

屋根を打つ雨音と笹野の息遣いが、重苦しさを際立たせた。

「笹野殿……」

悲痛な顔となった小次郎に、笹野は重い口を開いた。

「悪鬼の寅吉はな、三年前に死んだ。湊屋のお杉の亭主だったのだ。実はな、わしは寅吉一味を捕縛する際、お杉に話を持ちかけられたのだ」

笹野は探索の末、寅吉が湊屋の主人であることを突き止めた。寅吉は盗んだ品物を、金以外は質草に見せかけて処分していたのだ。

笹野は寅吉をお縄にしようとしたが、お杉から金を握らされ、一味をお縄にする代わりに寅吉は見逃す約束をした。

「出来心だった。妻が病んでおってな。薬代が欲しかった。言い訳だがな」

笹野は最近、寅吉が盗んだ品の内、弘法大師の掛け軸の処分に困っているとお杉から相談を持ちかけられた。

「わしは、夜分、湊屋に足を運んだ。土蔵に質草として仕舞ってある弘法大師の掛け軸を確かめようとした。土蔵に入ったところで、源太の奴が掛け軸を盗み出す現場に遭遇したのだ」

笹野は石で源太の頭を殴り、殺した。

お杉に自身番に届けさせ、掛け軸はあくまで質草だと証言させた。

「掛け軸は、しばらく間を空けてから、上野の骨董市で若い男を使って売りさばいた。しかし、弘法大師の掛け軸、必ず足がつく。悪鬼の寅吉のことが蒸し返されるだろう。わしは、ひやひやしておった。そこへ、そなたが訪ねて来た。わしは、寅吉が生きており湊屋の一件とは関係ないと思わせるため、人相書きを描いた。咄嗟《とっさ》に源太と三吉を寅吉と手下として描いたのだが、まさか、源太の死が調べなおされるとはな。悪運が尽きたということか」

笹野は失笑した。

「源太を解き放ったのはいかなるわけですか」

「あいつは、骨董ばかりを盗むとあって、骨董の目利きは確かだった。そこで、あいつに寅吉が盗んだ骨董の目利きをさせたのだ」

笹野は、火盗改が盗人たちから押収したものと嘘をつき、寅吉の盗んだ品を源太に目利きさせたのだそうだ。

「ところが、源太は、今頃になって寅吉が稲葉屋から盗んだ弘法大師の掛け軸が湊屋の質草となっていることを知り、自分の物にしたくなったようだな」

笹野は、ならば奉行所に行こうか、と申し出た。

「貴殿をお縄にしたくはござらぬが」

「遠慮することはない。わしは、盗人の片棒を担いだ、罪人。いや、盗人そのものだ。火盗改が盗人の仲間になっていたとあれば、読売は騒ぐであろう」

笹野は腰を上げた。

と、次の瞬間、脇差を抜き、小次郎に斬りかかってきた。

咄嗟に背を反らす。

脇差の切っ先が小次郎の鼻先をかすめた。

小次郎も立ち上がりざま、腰の十手を抜き放った。

そこへ笹野の脇差が襲いかかる。

小次郎は十手で受け止め、同時に左の拳を笹野の下腹に叩き込む。笹野は唸り声を上げつつ、座敷を走り、庭に飛び降りた。

すかさず、小次郎も追う。

小次郎と笹野は庭で対峙《たいじ》した。
笹野の顔は子供たちに見せるのとはまるで別人、憤怒《ふんぬ》の形相と化している。
雨に降り込められ、小次郎と笹野は月代《さかやき》が乱れ、濡れ鼠となった。
「死ね!」
泥水を撥《は》ねながら笹野は斬り込んできた。
小次郎は腰を落とし、左足で水溜まりを蹴り上げた。
泥水が笹野の顔面に浴びせられる。
笹野はひるんだ。
間髪《かんはつ》を容《い》れず、小次郎は十手で笹野の胴を打った。
笹野は水溜まりの中にくずおれた。
「笹野殿、子供たちにそのお姿を見せられますか」
小次郎は静かに問いかけた。
笹野はうなだれ、脇差を逆手に持つと自らの腹に突き立てた。
雨で白く煙る庭に、笹野の真っ赤な血が流れ出した。
湊屋のお杉は北町奉行所に捕縛された。湊屋の土蔵からは寅吉一味の盗品が多数見つかった。

三吉は源太の死が無様な転落死ではないことが明らかとなり、満足そうだ。

結局、寅吉一味の盗品は全て幕府の預かりとなり、武蔵と喜多八はしばらく不平を並べていた。

小次郎は尊敬していた笹野十郎太の悪行を知り、益々自分の身辺をきれいにせねばと気を引き締めていた。

春が去ろうとしている弥生の晦日《みそか》、夕凪の二階で、但馬はお紺とお藤に三味線を聞かせている。心地よい川風が吹き込み、麗《うら》らかな日差しが溢れる昼下がりだ。

うっとりと聞き惚れるお藤に、

「あの三味線、高そうね」

お紺は言った。

「あたしが選んだんですよ」

「お藤さん、趣味がいいわ」

「きっと、いい猫の皮が使われているんですよ」

お藤が言った途端、三味線の調子が乱れた。うっとりとしたお藤の顔が険しくなり、お紺は耳を塞いだ。

但馬は汗をかきながら、撥を激しく動かし、騒音の源と化した三味線を、恐怖から逃れるように奏で続けた。

第四話　名門の穢《けが》れ

一

お紺は興行を終えた大道芸人仲間と両国西広小路で酒盛りをしていた。小路を入ったすぐにあるざっかけない縄暖簾だ。卯月《うづき》（陰暦四月）一日、日が長くなり、まだ、外には明るみが残っている。

筍《たけのこ》の煮物、木の芽田楽、鰻《うなぎ》の蒲焼《かばやき》を肴に半時程、飲み食いを続けた後、

「ちょっくら、外の風に当たってくるよ」

軽業師の伸助《しんすけ》は火照《ほて》った顔で立ち上がった。

「ちょいと、伸さん、飲み過ぎだよ。今日はもう帰ったら」

お紺が声をかけると、

「大丈夫だよ。これくらいの酒で酔う仲さんじゃないさ」

言葉とは裏腹によろめきながら土間に下りると、仲助は戸口へ向かう。誰も仲助に関心を向けない。みな、それぞれの話に興じ、酒を酌み交わしていた。お紺も仲助のことなど忘れ、談笑し続けた。

四半時も過ぎた頃であろうか。

誰からともなく、

「仲助、遅いな」

と、声が上がり、

「あいつ、金を払わずに帰ったんじゃないのか」

と怒り出す者もいたが、

「酔い潰れているんじゃないかい」

と心配する声も上がって、お紺はすっくと立ち上がり、土間に下りた。何人かが一緒について来て、表に出る。薄暮の小路に人通りはない。酔い潰れているとしたら、遠くへは行っていないだろう。

お紺は周囲を見回した。広小路に向かう小路の右手に天水桶《おけ》がある。その向こうに人が倒れていた。

仲間が、

「伸助だよ。まったく、あいつ、酔い潰れちまって」

苦笑混じりに言った。

お紺も、しょうがないね、と呟きながら伸助に近づく。

天水桶を過ぎ、

「伸さん、駄目じゃないか」

と、声をかけたもののそのまま啞然《あぜん》と立ち尽くした。

伸助は黒い布切れで目隠しされ、鼻や口から出血している。腕や足はぐにゃりと曲がっていた。骨折しているのかもしれない。お紺は伸助の手を取り、脈を診た。弱々しいものの脈動はあり、虫の息だが、息遣いはある。

「戸板を持って来ておくれな」

お紺が声をかけると、仲間の何人かはばたばたと走っていった。

「うっうう」

伸助が何か話そうとしたのを、

「話さなくていいよ」

お紺は留め、しっかりしなよと内心で励ましつつ、仲間が戻ってくるのを待った。

風に煽られ、洗い髪が乱れた。

「ひどいことするもんだ。許せないよ」

お紺はきっと目を凝らした。


伸助は近所にある診療所に運び込まれた。

診療所を営むのは本浦清吾《もとうらせいご》という蘭方医であった。長崎に遊学していたからか、お紺や伸助が長崎から来たということで親しみを覚えてくれ、親身になって伸助の治療に当たってくれた。

伸助は、全身に殴る、蹴るの暴行を受けたようだ。鼻やあばら骨、右膝を骨折し、打撲は至る所にあった。

一命は取りとめたものの、軽業師に復帰できるかどうかはわからないという。本浦は伸助に同情し、歩けるようになるまで診療所で療養させてくれることになった。

「先生、本当によろしくお願いします」

お紺が頼み込むと、本浦はしっかりとうなずいた。

五日が過ぎた卯月六日、伸助はどうにか口が利けるようになった。お紺が両国の自身番に届けたため、北町奉行所から同心が出向いてきて、伸助の調書を取ったそうだ。

お紺とも、片言ながらやり取りができた。

「やくざ者にやられたの」

顔中、包帯をぐるぐる巻きにされ、目と口だけが出ているという何とも珍妙な顔の伸助は、

「ひでえ目に遭った」

と、言ったのだろうが、前歯が折れているため、明確には聞き取れない。それでも、声音には張りが戻っていた。

「やくざ者にやられたのかい」

もう一度尋ねると伸助は首を左右に振り、

「相手は侍だった」

侍は黒い覆面を被っていたそうだ。いきなり、鳩尾を殴られ膝から崩れ落ちると、黒い布切れで目隠しをされた。それから、泣こうがわめこうが、無視されて、いいように暴行され続けたという。

「どうして、お侍があんたをこんなひどい目に遭わせたの」

「わからねえ」

「あんた、ちょっと、酔っていたじゃない。酔った勢いで、お侍に因縁でもつけたんじゃないのかい」

実のところ、伸助は酒癖がよろしくない。悪酔いして周りの者にからみ、喧嘩沙汰になることもある。しかし、摑み合いの喧嘩にまでなることは滅多にない。

「あいつは、元々気が弱いから酒が入ると気持ちが大きくなるんだ。それでさ、喧嘩しようとするんだけど、気が弱いもんだから、酔っていても、相手を見定めているんだよ」

とは、芸人仲間の伸助評であり、お紺にも異存はない。

つまり、自分よりも強そうな相手には喧嘩を売らないのだ。ましてや、相手が侍となったら、すごすごと退散するのがオチだろう。

「じゃあ、お侍の方から因縁をつけてきたの。肩が触れたとか、足を踏まれたとかって」

お紺は問いを重ねた。

「いや、そんなことはねえよ」

たどたどしい言葉での証言によると、伸助は縄暖簾で仲間に言った通り、酔い覚ましに夕暮れの小路で佇《たたず》んでいたという。

「あの小路は風の通りがいいからな。いい気持ちで酔い覚ましをしていたんだよ」

すると、前から黒覆面の侍が歩いてきた。伸助は道の隅に避《よ》けた。

「でもよお、侍はおれが避けた方に来やがって」

侍は伸助の前に立ち、いきなり拳で鳩尾を殴りつけてきた。

伸助は膝からくずおれた。すると、侍は伸助に黒い布切れで目隠しをした。

「目の前が真っ暗になってよお、あとは、殴られ、蹴られ、そりゃもうひでえ目に遭わされたんだ」

暴行はどれだけ続いたのかわからない。意識が朦朧《もうろう》となり気が付いたら、お紺たちに助けられていたのだそうだ。

「じゃあ、お侍はいきなりあんたを殴り、蹴り、で、気がすんだら、何処かへ行ってしまったというわけだね。何か言っていなかったのかい。たとえば、あんたへの恨み事とか」

お紺が確認すると、伸助は考えることもなく、即座に返した。

「何も言ってなかったよ」

「あんたの大道芸をけなされはしなかったの。とんぼを切ってばかりいるなとか、たまには駕籠抜けくらいやれとか」

「そりゃ、お紺姐さんがいつもおれに言っている文句じゃないか」

伸助は苦笑した。途端に痛みを感じたようで、「いてて」と舌打ちをする。

ごめん、とお紺は謝ってから、

「黒覆面のお侍、日頃の鬱憤《うっぷん》を晴らそうと思ったのかね。つまりさ、相手は誰でもよかったんだよ。人気《ひとけ》がなくて、弱そうな相手がいたらさ」

「こっちは堪《たま》ったもんじゃねえよ」

「もう一度訊くけど、あんたが、お侍に恨まれるようなことなんてないよね」

「あるわけねえよ。第一よ、侍の知り合いなんて、いないもんな」

語る内に伸助は怒りが蘇ってきたようで、声に怒気が含まれた。お紺だって面白くない。仲間がいわれもない暴行を受けたのである。侍だからといって、理由もなく、いや、理由があっても暴行していいわけがない。

「お侍は黒い覆面をしていたから面相はわからなかったとしても、姿形はどうだったんだい」

「姿、形……」

「だからさ、背は高かったのか低かったのか、太っていたのか痩せていたのか」

お紺は身振り手振りを交えて問いかけた。鳩尾を殴られて黒の布切れで目隠しをされたため、しっかりとは見ていなかったが、

「ええっと、そう……小《ち》っちゃかったよ。おいらよりも小さい。それで、何て言うかな……」

背が低い上に貧弱な身体つきだったという。

伸助は五尺（約百五十センチ）そこそこだから、五尺に満たない小男ということになる。

「ちゃんと、奉行所のお役人にそのこと、話したんだろうね」

念を押すようにお紺は確かめた。

「言ったんだけどなあ、どうもなあ……」

伸助は不安そうだ。

「どうしたんだい」

「相手が侍と聞いて、やる気が失せたみたいなんだ。及び腰っていうか、聞き取りもおざなりっていうか」

伸助の怒りは役人に向けられた。

「あたしが掛け合ってやるよ。北町の何て名前の同心だい」

お紺が聞くと、

「田端《たばた》とか言ってたよ」

「わかった。あんたは、ゆっくり休んどいで。とにかく、お医者の言いつけを守ってね」

「お紺姐さん、おれ、また、軽業出来るかな」

「出来るようになるまで、じっくりと身体を治すんだよ」

お紺は強く言うと、診療所を出た。

二

お紺はその足で両国西広小路にある自身番を覗いた。

運良く、八丁堀同心がいる。その八丁堀同心は町役人から田端さんと呼びかけられていた。中年で中肉、中背、のっぺりとした顔の男だった。

「なんだ」

田端はのっぺりとした顔を向けてきた。

「五日前、この近くであった、暴行事件についてなんですけどね」

お紺は中に入り、小上がりに腰かけた。

「それがどうした」

おまえとは関係ないと言いたげに、田端はぶっきらぼうに返した。

「殴られ、蹴られしたのはあたしの知り合いなんですよ。何も悪いことをしていないのに、いきなりお侍に痛めつけられたんです。こんな理不尽てないでしょう」

「それは、まあそうだな」

田端は言葉を濁した。

頼りにならない八丁堀同心だとお紺には思われた。それでも、八丁堀同心としての仕事はしてもらわなければならない。

「それで、下手人のお侍、目星はついたんですか」

「いや、まだだ」

「聞き込みはやっていなさるんですよね」

「むろんだ」

「お侍を見た者はいないんですか」

「人通りのない小路だったからな」

「でも、広小路まではすぐですよ。小路に出入りする黒覆面の侍を見かけた者がいそうですけどね」

お紺は首を傾げた。

「聞き込みはしておる」

不機嫌に田端は返した。

「相手がお侍だからって、遠慮なさっているんじゃないでしょうね」

お紺の追及に、

「無礼者!」

田端は目を尖らせた。ひるんでなるものかと、お紺は両目を見開いた。

「八丁堀の旦那はさ、町人の味方じゃないのかい」

「あいつは町人じゃないぞ。流れ者ではないか」

「だけどさ、江戸の町人地で芸を披露して、人々を楽しませているんだ。それにさ、江戸の町中で乱暴が働かれたんだよ。その乱暴者を見逃していいのかい。相手がお侍でも、市中で乱暴狼藉《ろうぜき》を働いたら、捕まえるのが八丁堀の旦那のお役目なんじゃないのかね」

お紺は捲し立てた。

町役人たちは素知らぬ顔で横を向いている。

「おまえに言われなくても、わかっているぞ。だがな、その侍の人相がわからんのだ。黒覆面を被ったまま、両国の盛り場をうろうろしておったわけではあるまい」

「伸助に聞けば……」

と、ここでお紺は言葉を止めた。

「だが、あいつは黒覆面しか見ていない。おまけに、ご丁寧にも、あいつも布切れで目隠しされていたんだぞ」

「汚い野郎だ。そこまでして、自分の顔を見られぬよう用心するなんて、侍どころか人の風上にも置けないよ」

　言葉を荒らげお紺はなじった。

「だからな、黒覆面の侍というだけでは追いかけようがないのだ」

　己を正当化するように田端は胸を張った。

「あ、そうだ。黒覆面侍は五尺に満たない小男で、華奢《きゃしゃ》な身体つきだったんだよ」

「そんな侍、大勢はおらんが珍しくはない。ま、災難だと思うことだな」

　田端は災難で片付けようとしているようだ。

「頼りないね」

「悪いが、諦めろ。命があっただけよかったと思うことだ」

「馬鹿なことを言うんじゃないよ」

「わしは大真面目だ」

「泣き寝入りしろって言うのかい」

「どうとでも思うさ」

「読売に書き立ててもらうよ」

「勝手にしろ」

　田端は帰れというように右手をひらひらと振った。

お紺は自身番を出た。

頭を冷やしてみると、田端の言うことにも一理ある。江戸有数の盛り場両国だ。町人ばかりか侍や僧侶も行きかう雑踏に紛れれば、小柄で華奢というだけで黒覆面侍を特定するのは困難だ。

田端が言ったように、災難だったと泣き寝入りをするしかないのだろうか。命があっただけでも儲けものと伸助を慰めるしかないのだろうか。

「許せない、あたしゃ、許せないよ」

お紺は声を震わせた。

それに……。

「やる、きっと、またやる」

黒覆面侍は犯行を繰り返すのではないか。恨みや金欲しさで伸助を襲ったのではないのだ。誰が相手でもいいから、自分の鬱憤を晴らしたかったのだ。

伸助への乱暴が癖となり、これに味をしめて凶行を繰り返すのではないか。

お紺はそんな予感に囚われた。

さらに三日後、九日のことだった。

両国の小間物屋、豊年《ほうねん》屋の娘と女中が被害に遭った。

薬研堀《やげんぼり》にある常磐津《ときわづ》の稽古所からの帰り、大川端《おおかわばた》に近い裏通りで黒覆面侍に襲われたという。二人とも黒の布切れで目隠しをされ、娘の方は手籠めにされた挙げ句に刃物で胸を刺され殺された。女中は同じく暴行されたが、命までは奪われなかった。人の気配がして、侍は逃げ去ったのだとか。

伸助の時と同様、小柄で華奢だったという体形以外の手がかりはない。

豊年屋の主、徳太郎《とくたろう》は町奉行頼みにはせず、報奨金をかけた。黒覆面侍を見つけ知らせた者には金百両を出すという。読売は黒覆面侍の凶行を面白おかしく書き立てた。すなわち、大身の旗本のお坊ちゃんが刺激を求めて凶行を繰り返しているというものだ。

ところが相手が大物ゆえ、町奉行所は及び腰になっているという。無責任な読売の記事とはいえ、それが事実として広まり、批難の矛先は南北町奉行所へと向けられた。

黒覆面侍が捕まらないまま日が過ぎ、その後もやくざ者が二人、殴られ蹴られ、命を落とした。二人の亡骸には、激しい暴行の痕があることと黒の布切れで目隠しがされていたことから、黒覆面侍の仕業であろうとみなされた。

やくざ者の他にも夜鷹《よたか》一人が暴行され死に至った。他に商家の手代が乱暴されたが命は取り留めた。いずれも両国界隈で被害に遭っていることから、一人歩き、夜歩きは控えるよう、自身番を通じて奉行所は呼びかけている。

一方で黒覆面侍に便乗する者の仕業ではないかという意見も聞かれた。

このままでは、同様の犯行が繰り返されるのではないかと、すでに読売のネタをはなれ、庶民にとっての恐怖になりつつあった。


二十日の昼、夕凪の二階に豊年屋徳太郎がやって来た。

お藤が徳太郎の来訪を告げたとき、但馬は袴を着けるべきかどうか迷っているところだった。

「このたびは気の毒なことであったな」

但馬は居住まいを正し、徳太郎を迎え、娘の死に悔みの言葉を述べた。徳太郎は悲しみよりも怒りが先に立っているようで、

「荻生さま、黒覆面侍を捕らえてください」

前置きもなく、両手をついた。

「まあ、面を上げろ」

落ち着かせようと、但馬は普段よりも穏やかな口調で語りかけた。

「申し訳ございません。取り乱してしまいました」

徳太郎は顔を上げ、手拭で額に滲んだ汗をぬぐった。自分を落ち着かせるためか、窓の外を見やった。青空が広がり、若葉の新緑が目に鮮やかだ。薫風《くんぷう》が吹き込む梅雨《つゆ》前の昼下がりである。平穏そのものの好日だが、それがむしろ娘を失った悲しみ、悔しさをかき立てたようで、徳太郎の表情は強張った。

おもむろに但馬は問いかけた。

「懸賞金をかけておるそうだな」

「はい」

「それで、成果はあったのか」

徳太郎は苦笑し首を左右に振った。賞金目当てに垂れ込む者、面白がって野次馬根性で垂れ込む者が後を絶たず、店の営業を混乱させているだけだという。

「それでも、中には信憑性《しんぴょうせい》のあるネタもございまして」

それは、直参旗本一之瀬多聞《いちのせたもん》の弟、民部《みんぶ》が下手人だと告げてきたそうだ。

「一之瀬民部、公儀目付一之瀬多聞の弟であるな」

面識はないが、但馬は民部を知っていた。評判の厄介者で、これまで何度も勘当されそうになり、その都度、兄多聞が庇ってきたのだそうだ。また、一之瀬の屋敷は浜町《はまちょう》にあり、豊年屋の娘と女中が襲われた薬研堀にも近い。

「お兄上の多聞さまは、それは優秀なお方だと耳にしております。御目付をお勤めになり、将来を嘱望《しょくぼう》されておられるとか」

「それに比べ、弟のひどさと言ったらないな」

但馬の言葉に徳太郎は困ったような笑いを返すに留めた。

「その民部が下手人だと見当をつけたのだな」

「さようでござります」

「理由は、密告以外にはあるか」

「お幹《みき》の言葉でござります」

お幹は娘と一緒に黒覆面侍に乱暴された女中であった。

「お幹は自身が暴行を受けたことと、娘のお澪《みお》を守れなかった申し訳なさとで、何日も言葉を発することができなかったのですが、やっと、黒覆面侍について話ができるようになりました」

お幹は目隠しをされていたが、

「聞き覚えのある声だったたと。それから、目隠しされる前に見た黒覆面侍の背格好が、民部さまに似ていたそうです。民部さまは五尺に満たない小柄、それに華奢な身体つきにござります」

　と徳太郎は言った。

「女中が一之瀬民部を見知っておるということは、民部は豊年屋に来訪したことがあるのだな」

「はい、何度か」

「小間物を物色にか」

「それに加えまして、お澪を好いておられまして。嫁に欲しいとまで言われております」

　複雑な表情を浮かべ徳太郎は言った。

「それで、お澪は……」

「正直申しまして、お澪は民部さまを嫌っておりました。目つきが嫌だとか、薄気味悪いと申しておりました。わたくしは、娘が嫌がるのも、もっともだと思います。民部さま、店にいらっしゃる時は大変に横柄でいらっしゃいます。町人だ商人だと見下し、好き勝手に店の品を物色された挙げ句、掛だということにしてお持ち帰りになり、掛け取りにお伺いしましてもなんだかんだ、品物にケチをおつけになり、けっきょく代金は支払わず仕舞い」

　たまりかねた徳太郎は兄多聞に訴えた。多聞は弟の非礼を詫び、代金を支払ってくれたという。

「それで、しばらく、寄り付かなかったのですが、今度は店の品ではなく、お澪に目をつけたというわけでござりましょう」

「厄介な野郎であるな」

「手前は、民部さまと娘とでは身分違いでございますからと、縁談は断ったのでござります」

「それで、民部は諦めたのか」

「いいえ、民部さまは身分の差を埋める手段はある。しかるべき武家にお澪を養女に出し、その武家の娘として自分に嫁入りさせればいい、とおっしゃいました」

民部に限らず、身分差を乗り越えるためには珍しくはない手法である。

「それくらい、惚れておったということか」

「どうも、そのようで。ですが、手前どもは受け入れられず、多門さまにあらためてお断りに上がりました」

「民部はお澪への未練絶ち難く、手籠めにして、自分のものにしようとした。しかし、それでもお澪が承知しないので、命を奪った、と考えるのだな」

「その通りにございます」

徳太郎の言うことは、筋が通っている。

「民部がお濠に懸想していたことを訴えても、町奉行所は動かんのか」

但馬の問いかけに徳太郎はうなずく。

「ならば、目付である兄の一之瀬多聞に訴えるのはどうだ」

「これまでにも何度か、多聞さまのお手を煩わせてきましたし、訴えたとしましても、民部さまが自ら評定所に出頭されるかどうか……むしろ逆恨みされて、手前や身内、奉公人、店に乱暴を働かれるのではないかと」

うつむき加減に徳太郎は民部への恐れを語った。

徳太郎の危惧《きぐ》は当然だ。

それに、評定所も動くかどうか。

民部を下手人とする裏付けは、女中のお幹の証言だけなのだ。いかにも心もとない。声と背格好が似ていたというだけでは、民部を弾劾するのは無理だ。

「あの……」

徳太郎は声を潜めた。

その表情と声音から不穏な考えを抱いていることが察せられた。

「どうした」

努めて冷静な口調で但馬は問いかけた。

「荻生さま、一之瀬民部を……一之瀬民部を亡き者にしてください」

言った途端に徳太郎は平伏《ひれふ》した。自分の願いが、いかに不穏で罪深いものかを自覚しているものの、たった一人の娘を殺された親の執念が勝ったのだろう。

但馬は黙って徳太郎を見下ろした。

平蜘蛛《ひらぐも》のように這《は》い蹲《つくば》っていた徳太郎であったが、やがて、恐々《こわごわ》、顔を上げた。但馬を上目遣いに見て、

「もちろん、大それたお願いであることは承知しております。ですから、それなりの金子《きんす》をご用意致します。いえ、銭金で動く荻生さまではないと存じます。しかし、私ども商人としましては、金子以外で誠意を示すことはできませぬ。失礼ながら、金千両でお引き受け願えませんでしょうか」

大粒の汗を額から滴《したた》らせ、徳太郎は懇願した。

「千両とはまた法外であるな」

乾いた口調で但馬は言った。

「不足でございましょうか」

「不足ではない。わしは、この世に生かしておいてはならぬ者を処罰するのがお役目だ。

御白州に引き出し、裁きを受けさせることにはこだわらぬ」

「では……」

　徳太郎の瞳が輝いた。

「わしが処罰するのは、死罪に値する悪事を働いた確かな証《あかし》がある場合だ」

「一之瀬民部さまが、お澪殺しの下手人ではないかもしれぬとお考えですか」

「女中の証言だけでは確かとは申せぬ」

　但馬の言葉に徳太郎はがっくりとうなだれた。次いで、弱々しげな笑みを浮かべ、話し始めた。

「荻生さまもお武家さまでございますな。武士は相身互《あいみたが》いと申しますように、やはり、商人の願い事など、聞く耳をお持ちではないのでございましょう」

「おい、言葉を慎め」

　むっとして但馬が返すと、

「これはご無礼申し上げました。ですが、わたくしは藁《わら》にも縋《すが》る思いで……一縷《いちる》の望みを荻生さまに託そうと、やって来たのでございます」

　涙で言葉を詰まらせ、徳太郎は嘆いた。

　但馬の胸が痛む。

娘を無残に殺された父親の力になってやりたいが、感情に流されての役目は失敗する。役目はあくまで冷静に遂行しなければならない。

「徳太郎、何も一之瀬民部を成敗せぬとは申しておらぬ。まずは、探索してからの話だ」

但馬は言った。

「探索でござりますか」

涙を袖で拭い、徳太郎は但馬を見返した。

「探索をし、お澪殺しがまこと一之瀬民部の仕業だと明らかになったのなら、瞬《まばた》きする程の躊躇いもなく成敗致す」

「わかりました。ただ今わたくしの申しましたこと、お腹立ちとは存じますが、どうぞ、お許しくださいさい」

徳太郎は一転して喜色を浮かべた。

「まあ、任せろ」

但馬は余裕たっぷりに言う。

「ひとまず、探索費代わりにお納めください」

徳太郎は百両を置いていった。

徳太郎が帰るなり、お藤が入って来た。徳太郎とのやり取りを聞いているはずはないが、

「豊年屋さんの訴え事、娘さんがひどい目に遭わされたことと関係していますよね」

「いい勘をしておるな」

但馬は三味線を取った。

「それくらい、わかりますよ。今、巷《ちまた》で評判じゃござんせんか。懸賞金までお出しになって、黒覆面侍を捜していらっしゃいますけど、どうもはかばかしい成果がないようですね」

「そのようだな」

「読売は書き立てていますよ。御奉行所は黒覆面侍の素性をわかっているんだけど、相手が身分のあるお侍さまだから、手出しをしないんだって」

「ほお、読売がそんなことをな」

「お惚《とぼ》けですか。ま、いいですけど。豊年屋さんは見当をつけていらっしゃるんじゃないんですか。その上で、但馬の殿さまにお願いにやってきなさった、そうでしょう」

「ま、そんなところだ」

「お引き受けになったんでしょうね」

お藤はきつい口調になっている。

「お藤、馬鹿に肩入れしておるではないか」

「当たり前ですよ。女を手籠めにした挙げ句に命を奪い、自分の顔を見られたくないから、覆面をし、おまけに、それだけでは不安なものだから、女に目隠しまでさせるなんて、侍どころか、男の風上にも置けない、卑劣極まりない輩《やから》ですよ」

お藤の怒りは留まるところを知らない。

「わかった、わかった」

但馬が宥めると、

「武士は相身互いなんて、庇うおつもりじゃないでしょうね」

「お前までそのようなことを……そんな気はない」

但馬は辟易《へきえき》した。

「なら、いいですけど。但馬の殿さま、お願いしますよ。女の敵を成敗してくださいな……この通りです」

お藤は但馬に向かい両手を合わせた。

暮六つ（午後六時）、御蔵入改の者たちが集まった。みな、今回の役目は何かと身構えている。

但馬はみなを眺め回し、おもむろに口を開いた。

「今回の一件はみなも聞き及んでおろうが、昨今、巷を騒がせている黒覆面侍だ」

「おっと、そうこなくちゃ」

即座に喜多八が手を打った。

立膝をついていたお紺は端座し、武蔵はにんまりした。小次郎のみはいつも通り落ち着いて但馬の話の続きを待っている。

「娘を殺された豊年屋徳太郎より、依頼があった。娘、お澪を殺した黒覆面侍を殺して欲しいとな。仕遂げた暁には千両をくれるという」

但馬が言うと、

「こりゃ、すげえ」

喜多八は扇子をひらひらと振り、お紺は視線をさまよわせ、武蔵は満面の笑みを浮かべ丸太のような腕を組んだ。

一人冷静な小次郎は、

「では、黒覆面侍の素性を割り出すところから始めねばなりませぬな」

「その通りであるが、豊年屋は既に一人の侍を下手人だと見当をつけておるのだ」

「へえ、そいつはいいでげすね。それなら、その侍を早速やっつけてやるでげすよ」

丸めた頭を行灯の灯りで光らせ、喜多八らしく安易に言い立てた。

「そうだ、それが手っ取り早い。今夜にも片付けて、明日、千両を貰おうではないか」

武蔵はおれに任せろと申し出た。

しかし、小次郎は、

「それは誰ですか。まこと、間違いないのですか」

と、質問を重ねた。

武蔵が嫌な顔をする。喜多八も口にこそ出さないが小次郎への不満を顔に出した。

但馬は言った。

「徳太郎が申すには直参旗本、一之瀬多聞の弟、民部だそうだ」

「一之瀬さまのお屋敷は浜町でげしょう。こっからすぐでげすよ。大門の旦那がおっしゃったように今夜にでも乗り込んでって、やっつけてやりましょう」

喜多八は勇んだ。端座したままお紺は口を閉ざし、暗く目を淀《よど》ませている。

「どうした、お紺」

但馬は見逃さず問いかけた。

「あ、いえ、実はその黒覆面侍に、あたしの仲間もやられたんですよ」

お紺が答えた途端、

「ほんとでげすか」

喜多八は驚き、武蔵は顔を歪め、小次郎は唇を噛んだ。

但馬は、静かに話の続きを促した。

「それは、いつだ」

「今月の一日のことでした」

「詳しく申せ」

お紺は伸助の災難を語り、黒覆面侍が五尺に満たない小男で華奢な身体つきだったという伸助の証言を言い添えた。

「黒覆面侍が一之瀬民部として、どうやら、民部は乱暴狼藉を楽しんでおるようだな」

但馬にも異存はない。

小次郎がおそれながらと但馬に断ってから、

「黒覆面侍の仕業と思われるのは、豊年屋の娘たちの他にも、お紺が申した伸助の一件ばかりか、やくざ者二人を殴打の末に殺した一件、それから、夜鷹、商家の手代一人が襲われた件、となっております。いずれも、布切れで目隠しされた状態で乱暴されて、お幹と手代以外は死に至っております。命を取りとめた手代の証言でも、相手の侍は小柄であったとのことであります」

「みんながみんな黒覆面侍の仕業とは限らんぞ」

武蔵が水を差した。

三

みなの視線を集めた武蔵は、

「そうだろう。別の小男の侍が便乗しておるかもしれんじゃないか」

と、喜多八に賛同を求めた。

それに対し小次郎が、考えを述べた。

「大門殿の申されること、もっともと存じますが、かりに便乗する者がおるとしましても、まずは黒覆面侍を退治する必要があります。悪の根源を絶たねばなりません」

「そらそうだ」

武蔵にも異存はない。

お紺が但馬に向き、

「豊年屋さんが目星をつけていらっしゃる、一之瀬ってお侍をまず洗いましょうか」

「うむ。何か手立てはあるか」

「あたしが囮《おとり》になるっていうのはどうでしょう。黒覆面侍はいずれも両国界隈で乱暴を働いていますよね。ですから、夕暮れ時、人気のない両国の裏道を一人歩きしてみますよ」

お紺の申し出に、

「姐さんらしいが、危ないでげすよ」

喜多八が言うと、

「あら、喜多さん、心配してくれるんだ」

「当たり前でげすよ。やつがれたちは御蔵入改の仲間でげしょう」

「確かにそうだけど、長崎からの仲間が黒覆面侍にひどい目に遭わされたんだ。仲助って、気のいい男なんだけどさ、仲助の仇を討たないことには眠れやしないのさ」

「いいこと言うな」

武蔵が言った。

小次郎が、

「疑問と申しますか、黒覆面侍には大きな特徴があります」

「黒覆面を被っていて小男だってことだろう」

それがどうしたというように武蔵が返すと、小次郎はやや声を大きくし、

「それもありますが、黒覆面侍は何故か、乱暴する相手に目隠しをしています」

「そう言われてみれば、そうでげすね」

喜多八がうなずく。

「それはあれだ。黒覆面侍は思う存分、相手を痛めつけたいのだ。相手を目が見えない状態にしておいて、いたぶるんだよ。まったく、悪趣味な野郎だぜ」

武蔵は怒りを募らせた。

「それは、そうなのかもしれませんね」

そう言いながらも納得がいかないのか、小次郎は首を傾げたままである。

「細かいことまで考え過ぎなんじゃないか」

武蔵はそっぽを向いたまま言った。

「大門殿が申された通りかもしれませぬ」

小次郎は引き下がった。

すると、武蔵が、

「おい、ちょっと待った。一之瀬民部だったっけ」

やおら、素っ頓狂な声を出した。

「今頃、何だ」

さすがに但馬はむっとした声を出す。

武蔵は軽く頭を下げ、照れ隠しのように頭をかき、

「いけねえ、うっかりしていたぜ。一之瀬って旗本、三年前にとっちめてやったことがあるんだ」

「ほう」

但馬は訝《いぶか》しみ、小次郎も武蔵に視線を向けた。

「いや、その時も乱暴を働いたんだ。両国広小路の酒場で町人相手にな、殴る、蹴るの暴行をしやがった。しかも年寄りにだ。偶々居合わせたおれはこらしめてやり、慰謝料を払わせてやったよ。支払ったのは本人じゃなくて、兄貴だったがな」

「兄貴に会ったのか」

但馬の問いかけに、

「会ったよ。乙に澄ました、そう、緒方さんみたいな男だったな。あらぁ、同じ種類の人間だな」

武蔵はがははと笑った。

小次郎は無表情である。

「病気なんだよ。一之瀬民部は」

武蔵は憎々しげに言い添えた。

「その時のことを、もっと話せ」

興味をそそられたようで但馬は命じた。

「両国の盛り場で暴れたのでな、とっ捕まえて自身番に引っ張っていったんだ。素性を語らせ、一之瀬民部とわかったんでな、屋敷に遣いを立てた。てっきり、用人がやって来るかと思ったら、兄貴がすっ飛んで来たよ」

一之瀬多聞は弟の乱暴を詫びた。

被害者の町人に武蔵を介して慰謝料を支払った。

「おれは、金で済む問題じゃないって、強く言い立ててやった。兄貴は十分に叱責し、二度とこのような不祥事は起こさせないと、請け合ったんだがな。おれは兄貴に、民部がどうして暴れるのか聞いたんだ。憎くも恨んでもいない、見知らぬ相手に乱暴を働く奴っていうのは、乱暴するのが癖になっているもんだよ。何かの拍子に鬱憤が爆発するんだ。だから、普段は大人しい男ってのが珍しくはないんだぜ」

気持ちよさそうに持論を展開する武蔵を、

「そこへいくと、武蔵の旦那は乱暴なのが普通でげすから、見境のない乱暴は働かないってわけでげすね」

喜多八が茶化した。

が、武蔵は笑みを浮かべ、

「そうそう、いつだっておれは適当に乱暴だ」

と、喜多八の頭を拳で小突いた。

頭を抱え喜多八は、「勘弁でげす」と詫びる。

但馬は苦笑を漏らし、

「それで……」

と、武蔵に話の続きを促す。

「それで……ああ、そうだ。おれは兄貴に、普段の民部の素行を確かめたんだ。兄貴によると、民部は父御から厳しく叱責されて育ったそうだ」

民部と多聞の父、右衛門《うえもん》は、目付を経て長崎奉行に栄転する直前に病死した。享年四十五、多聞は二十八歳、民部は二十三歳であったそうだ。右衛門の悲願は多聞と民部が共に幕府の要職を務めることだった。多聞は父の期待に応え学問と武芸に秀で、書院番を経て目付に就任した。民部も同じように名を成し、然るべき旗本家への養子入りを父から課された。ところが、優秀な兄と違って病弱だったこともあり、民部は不肖の息子と、父から叱責ばかり受けていたという。

「その結果、民部はやけになり、父御が亡くなると学問にも武芸にも身を入れず、ぶらぶらと江戸市中を出歩くようになり、酒を覚えたそうだ。酒で鬱憤を晴らすようになり、弱い者へ乱暴を働くようになったということだぜ」

どうしようもない野郎だと武蔵は話を締めくくった。

小次郎が目元を引き締め、

「多聞さまは、見過ごしになさっておられるのですか」

お紺と喜多八も同様の疑問を抱いたようで、揃ってうなずいた。

「母御を早くに亡くされ、多聞さまにとっては唯一人の身内だからな。いくら、不出来な弟でも、庇いたくなるのだろう」

そういうもんだよ、と、武蔵は訳知り顔で言った。

「兄貴が甘やかすから、いつまで経っても、民部は悪さを繰り返すのさ。兄貴に代わって、とっちめてやろうじゃないか。目付の弟だって、容赦することはないよ」

武蔵の話を聞き、お紺はより一層の闘志をかき立てられたようで、おちょぼ口を強く引き結んだ。

するとおもむろに但馬が、

「いっそ、わしがじかに確かめてやろう。その方が手っ取り早い。もし、民部が黒覆面侍であったのなら、お紺を危ない目に遭わせることなく、落着に導ける」

「お頭、民部が黒覆面侍とわかったとして、いかがされますか」

自分の身代わりになってくれるような気がしているのか、お紺は心配顔だ。

「まずは、評定所へ出頭するよう勧める。しかるべき、法の裁きを受けさせねばならぬ」

「でも、そんなことをしたら、一之瀬家に累が及ぶのでござんしょう」

但馬が答える前に、

「そんなもん、兄貴はちゃんと御家が残る算段をするに決まっているだろう。民部は勘当したってことにして御家を守るさ。さすがに、目付は辞さなくちゃなるめえが、いずれほとぼりが冷めたら、また何らかの役職に就くだろうぜ」

達観した様子で武蔵が見通しを語った。

「ほんと、お偉い方ってのは、要領がいいでげすよ」

喜多八も賛同する。

しかし、

「そうはさせぬ」

厳しい声で但馬は言った。

武蔵がおやっという顔をした。

「荻生但馬、御蔵入改方頭取の名にかけて、断じて許さぬ。民部が黒覆面侍であるのなら、民部に罪を償わせ、多聞にも相応の責任を取らせる。民部の不行状を見過ごしにしてきた責任は免れえぬ」

言葉通り、強い意志を示すように但馬は眦《まなじり》を決した。

温厚な但馬の意外に熱い面を目の当たりにし、みな、口を閉ざした。ぴんと空気が張り詰めたことに但馬は気づき、

「わしはな、権力、権威を笠に着て威張る者が大嫌いで、虫唾《むしず》が走るのだ」

と、頬を緩めた。

「さすがは、御蔵入改方頭取でげすよ」

喜多八は扇子をひらひらと振った。

四

善は急げ、あくる日の昼下がり、但馬は浜町にある一之瀬多聞の屋敷にやって来た。さすがに現職の目付を訪ねるとあって、着流しというわけにはいかず、紺地無紋の小袖に仙《せん》台平《だいびら》の袴、黒紋付を重ねている。

折よく、多聞は下城していた。

家士に名乗り、多聞への取次ぎを頼むと、待つほどもなく、屋敷の客間に通された。庭に面し、障子が開け放たれている。

若葉が匂い立つ庭は多聞の人柄が反映されているようで、手入れが行き届いていた。小判形の池の泉水は底まで透き通り、彩り豊かな鯉がすいすいと泳いでいる。

「お待たせ致しました」

多聞は裃《かみしも》姿のまま客間に入って来た。

文武に秀でると評判を取るだけあり、多聞は面長で切れ長の目、高い鼻に薄い唇といった聡明そうな顔立ち、すらりと背が高く裃の上からもわかるがっしりとした身体つきをしていた。西日を受け、丁寧に剃り上げられた月代が青光りしている。

「ご多忙の折、前ぶれもなく押しかけまして失礼致しました」

但馬は軽く一礼した。

「新設のお役目、早速のご活躍と耳に致しております」

多聞は言ってから、本日の御用向きはと問いかけてきた。

「一之瀬殿、近々にも長崎奉行に任じられると耳に致し、長崎奉行を務めた者として、助言に参った」

表情一つ変えることなく、すまし顔で但馬は返した。

「それはわざわざのご足労、痛み入ります。お言葉ながら、長崎奉行就任は内示の段階です。首尾よく、就任の暁には当方から出向きまして、ご教授願う次第にございます」

「なるほど、万事にそつのない御仁であるな。いや、本日参ったのは長崎奉行の教授などではない。長崎奉行を馘首になった者の教えなんぞ、役には立たぬしな。まことは、弟御、民部殿に用があってのことだ。民部殿を呼んでいただきたい」

但馬は切り込んだ。

多聞はわずかに表情を強張らせたものの動ずることなく、

「民部に何用でございましょう。呼ぶにやぶさかではございませぬが、兄としまして気にかかります」

「昨今、両国界隈に出没し乱暴狼藉を働く黒覆面侍のことは耳にしておられよう」

「詳しくは存じませぬが……」

「一之瀬民部こそが黒覆面侍ではないかという疑いが生じた。よって、じかに確かめようとやって来た次第」

但馬は多聞の目を見たまま言った。

「民部がそのような不逞《ふてい》の輩に疑われるとは、兄としまして不徳の致すところでござるが、民部を疑う拠り所をお聞かせくだされ」

多聞も但馬の視線から逃れることなく返した。

「黒覆面侍の犠牲となった豊年屋の娘、お澪に民部は懸想し、妻となるようしつこく迫っておったとか」

「豊年屋は娘を辱《はずかし》め、死に至らしめた黒覆面侍の首に百両の懸賞金を懸けておるとか。ま、そのことはよいとしまして、承知しました。しばし、お待ちください」

多聞は家人を呼び、民部をこれへ、と命じた。

民部を待つ間、多聞は表情一つ変えないばかりか、身動《みじろ》ぎもしなかった。唇を引き結んで口を閉ざしたため、庭から吹き込む薫風が淀んでいるようだ。

やがて、濡れ縁を踏む足音が近づいてきた。

「兄上」

大きな声と共に民部が客間に入った。

なるほど、五尺に満たない短軀《たんく》、肩幅が狭く薄い胸板、袖から覗く腕は細い、いかにも華奢というか貧弱な身体つきだ。

小袖の胸元ははだけられ、袴は襞《ひだ》がなくなっている。昼間から飲んでいたのか、目は充血し、頬が赤みを帯びていた。月代こそ剃っているものの、無精髭が伸び、兄とは対照的な姿であった。落ち着きのない所作と相まって、不出来を絵に描いたような男である。こんな男がやくざ者二人と渡り合ったのかと、但馬は驚きを禁じえなかった。

弟のだらしなさを恥じ入るように多聞は但馬に浅く頭を下げ、

「民部、着座せよ」

と、鋭い声を放った。

民部は客間の隅にあぐらをかいたが、多聞が拳で畳を叩くと、端座した。多聞は民部に但馬を紹介し、

「荻生殿はそなたを、黒覆面侍などと申す不逞の輩ではないかとお疑いだ」

「なんだって、なんで、おれが……」

民部がいきり立つと、

「たわけ、言葉を慎め。そのように、やくざ者の如き口を利くゆえ、疑われるのだ。きちんと、武士らしく荻生殿の詮議を受けよ」

ぴしゃりと多聞は命じた。

民部は但馬に向き直った。

但馬はおもむろに切り出す。

「ずばり、お尋ね致す。貴殿が黒覆面侍でござるか」

民部は両目を大きく見開き、唇を曲げ黙り込んだが、多聞の視線に気づき口を開いた。

「何を証拠にそのようなたわむれ言《ごと》を申される」

「ふん、罪を犯した者の常套句だな。何を証拠に……」

但馬は冷笑を浮かべ言い放った。

「なにを、無礼者！」

民部は腰を浮かした。

「控えよ！」

多聞の叱責が飛んだ。

浮かした腰を落ち着け、民部は黙り込んだ。

「返答やいかに」

但馬は問いを重ねる。

「おれは……いや、拙者、黒覆面侍などではござらん」

伏目がちに民部は答えた。

「民部、なんじゃ、そのだらしなさは」

やおら多聞は立ち上がり、民部を足蹴《あしげ》にした。民部が畳に転がる。怯《おび》えの色がその顔に浮かび、部屋の隅で小さくなった。

「民部、しゃきっとせい」

容赦なく多聞の叱責が飛ぶ。

「も、申し訳ござらん」

しどろもどろとなり、民部は平伏した。表情を落ち着かせ、多聞は元の座に戻り、

「きちんと、お答えせよ」

と、民部を促す。

それでも、民部は唇が震え顔面蒼白となって黙り込んだ。多聞は睨みつけ、

「答えぬか」

「は、はい。あの、せ、拙者は……」

必死の形相で民部は釈明しようとするが、やはり言葉が出てこない。玉の汗を浮かべ、両目を吊り上げるや、

「ひ、ひ、ひ、ひえ〜」

訳のわからない言の葉を口走り、泣き叫んだ。

まるで、親に叱られた幼子のようである。多聞は小さくため息を吐き、但馬に向き直った。

「荻生殿、まこと、みっともないところをお目にかけ、申し訳ござりませぬ。民部は病でござりましてな。幼さを引きずったまま歳だけを重ねたような者です。拙者、幼き頃より

民部が怠けていると思い、ずいぶんと、口うるさく叱責を加え、鍛えもしてきたのですが、一向に態度が改まらず、ついには医者に診せました。何人もの医者に診せ、ある蘭方医が申すには、気の病だと……」

多聞の話している間、民部は泣き続けた。

気の病と言われても、このまま見過ごすことはできない。

「荻生殿、民部が落ち着きを取り戻しましたら、拙者から黒覆面侍であるかどうか確かめます。民部は拙者には嘘は申しません。もし、黒覆面侍であったなら、民部を同道し、評定所に出頭致しましょう。武士に二言はござらん。武士の情け、どうか、拙者の願い、お聞き届けくだされ」

真摯《しんし》に頼み込む多聞に、

「そこまで申されるのなら、お任せ致す。念のため申しますが、猶予はなりませんぞ。黒覆面侍に乱暴を働かれた者の一人、両国の大道芸人であるが、仲間の女が黒覆面侍を見ておる。むろん、覆面を被っておったゆえ、面相はわからぬ。しかし、背格好は覚えておる。その女、一之瀬民部さまを見れば黒覆面侍かどうかわかると吹かしておるとか」

但馬が話を締めくくろうとしているところに、

「ちょいと、民部さまに会わせておくれな」

けたたましい女の声が聞こえてきた。

家士と揉み合っている。

但馬が、

「あれは、今申した女だ。我慢ならず、無礼を承知で押しかけて来てしまったな。多聞殿、この際だ。女に民部殿を会わせてやりたいが、不都合かな」

「いや、拙者に異存はありませぬ」

呑まれるように多聞は承知し、家士に女を中に入れるよう命じた。民部は客間の隅で小さな身体を縮こまらせ、座った。

やがてお紺が入って来て、庭から客間を見上げる。

但馬は民部の襟首を摑んで立たせた。

民部はうなだれ、お紺を見ようともしない。

紫地の蝶を描いた派手な小袖に紅色の帯、真っ赤な鼻緒の草履を履いた素足の指に紅を差した若い女、洗い髪を風になびかせた伝法なお紺は、一之瀬屋敷の中に咲いた一輪のあだ花のようだ。

お紺は民部をにらんだまま、

「このお侍だよ。間違いない。頭隠して、身体隠さずってね。その小っちゃな身体を見りや、黒覆面侍に間違いないさ。あんた、観念しな。往生際の悪い真似をしたら、御奉行所へ駆け込むからね」

臆することなく言い立てた。

「多聞殿、明日、間違いなく評定所に行かれよ」

但馬は淡々と念押しをした。

多聞はうなずき、

「民部、幼き頃より申し聞かせたな。自分の不始末は自分で落とし前をつけよと」

多聞は切れ長の目で民部を射すくめた。

五

その日、夕凪の二階に但馬は御蔵入改の面々を集めた。

「餌は撒いておいた」

但馬は一之瀬屋敷での多聞や民部との面談の様子を語った。

「出来のいい兄貴と比べられていじけてしまった、駄目な弟ってとこだな」

武蔵らしく無遠慮にくさした。

小次郎はあくまで冷静に問いかけた。

「お頭の目からご覧になられて、一之瀬民部、黒ですか白ですか」

但馬は腕を組んだ。

みなの視線が但馬に集まる。

「黒だな」

明瞭な声音で断定した。

お紺が、

「多聞さまは、ちゃんと弟を評定所に連れて行くでしょうかね」

「どうだか、わからねえな。おれは、十中八、九、知らぬ顔を決め込むと思うぞ。確たる証がないとか言い訳してな」

武蔵は懐疑的である。

喜多八も舌打ちをして、

「違いねえや」

小次郎は口を閉ざしているが、みなとおなじく否定的な表情を浮かべている。

「お頭、あたし、やっぱり囮になりますよ」

お紺は訴えかけた。

「民部はまだ、凶行を繰り返すと思うか」

　但馬の問いかけに、

「やるでげしょう」

　喜多八が答え、武蔵も、

「ああいう手合いはやる。ましてや、今回のことで追い詰められたんだ。おれはな、今回の事件、兄貴の多聞は見て見ぬふりをしているんだと思う」

　これにはお紺が気色ばんだ。

「それって、どういうこと。兄貴は厳格で、弟を厳しく指導してきてるんじゃないの」

　喜多八も納得いかないように、

「そうでげすよ。目付で、しかも長崎奉行に栄転しようってお方でげすよ」

「だから、見て見ぬ振りなんだ。お頭の話じゃ、多聞は、民部は病気だって言ってたんだよな。ということはだ。常軌を逸した弟の行いを、あくまで病気が原因としかみなしていないってことだ。下手すりゃ、民部は病気療養ってことにしちまうぜ」

　武蔵の考えに、

「じゃあ、このまま、知らぬ顔を決め込むんでげすか」

　喜多八が、そいつは汚ねえと口にした。

「いや、そうではない。もっと、汚い野郎だよ、その兄貴は。おれはな、お頭が聞いた、多聞が民部を叱責する際の言葉、自分の不始末は自分で落とし前をつけよ、というのが気にかかったんだ」

武蔵の言葉を受けた但馬が、

「ほう、そうか、それで」

うれしそうに問いかける。

「今頃多聞は、民部に自分で責任を取れと叱責してると思うのだ」

「ということは」

「お紺だよ」

武蔵はお紺を見た。

お紺は笑みを浮かべ、

「そうだろう。あたしも、そう思う」

屋敷に乗り込んで民部を挑発したことを誇った。

「やっぱり、お紺姐さんの囮が生きてくるってわけでげすな」

「しかも、今夜だよ」

お紺は決意を示すように目をしばたたいた。

「やるのか」

お紺の決意を認めるように但馬は言った。

「やるとも」

お紺は強くうなずいた。

それまで黙っていた小次郎がおもむろに口を挟んだ。

「一つ、気がかりなことがあります」

途端に武蔵が嫌な顔をする。

但馬が、小次郎に促す。

「申せ」

「先だっても申しましたが、黒覆面侍は何故、乱暴を加える相手にまで目隠しをさせるのでござりましょう」

すぐに武蔵が小次郎を見返し、

「だから、思う存分乱暴を加えるためだよ」

「そうでござろうか」

「民部は気の弱い、貧弱な小男なんだぞ。相手に舐められるのが嫌なんだよ」

「ですが、襲う前に顔は見られなくとも、身体つきは相手にも見えていたんですよ」

「だから……」

小次郎にやり込められ、武蔵はむっとするが、

「一々、細かいことまで気にしていられるか」

「お言葉ですが、これが細かいことだとは思えませぬ」

「なにを！」

「細かいことどころか、事件の核心ではないかとさえ拙者は考えます。それと、お澪のみ、刃物で殺されたということも……殴る、蹴るの末ではなく、刃物を使ったということはどういうことなのでしょう。明らかな殺意があったのではないでしょうか」

考え考え小次郎は疑問を呈した。

「今夜、民部をとっ捕まえて、本人から聞けばいいじゃねえか」

武蔵はむくれた。

小次郎は黙り込んだ。

但馬は、小次郎と武蔵を見回して後、

「それでは、わしと緒方、大門でお紺を守るぞ」

すると喜多八が、

「あっしもお仲間に加わるでげすよ」

「やめとけ、幇間野郎は足手まといになるだけだ」

武蔵が邪険に制すると、

「そいつはつれないでげすよ」

喜多八は顔を歪める。

「花見に行こうってわけじゃないんだよ」

尚も武蔵は言い立てたが、

「いいじゃありませんか。喜多さん、心強いよ」

お紺が受け入れたため、喜多八も加わることになった。


お紺は、伸助が襲われた両国西広小路を入った小路にある縄暖簾にいた。但馬と小次郎、武蔵、喜多八もいる。みな、一塊ではなく、お紺は喜多八と一緒に酒を酌み交わし、但馬、小次郎、武蔵は一人ずつ酒を飲んでいた。

但馬と小次郎は程々に酒を飲んでいるのだが、武蔵はいつもの調子で次々と酒のお代わりを頼んでいる。

「まったく、大門の旦那、お役目中だっていうのに」

喜多八は危ぶんだが、

「大門の旦那らしくていいんじゃないかね」

お紺は目を細めた。

やがて、

「それなら、そろそろ」

お紺は立ち上がった。

「お紺姐さん、くれぐれもお気をつけくださいね」

喜多八に言われ、

「任しとき。黒覆面野郎にひどい目に遭わされた者たちの仇を討ってやるからさ」

お紺は胸をぽんと叩き、表に出た。

但馬もゆっくりと店を出る。小次郎も続く。

「大門の旦那」

喜多八は、まだ腰をすえて飲んでいる武蔵の肩を叩いた。

「わかってるよ。慌てるな」

武蔵は悠然と立ち上がった。

お紺は店を出るとゆっくり広小路に向かって歩いた。既に夜の帳《とばり》が下り、森閑とした闇の中にある。

夜風が吹き、今夜は更待月《ふけまち》とあって月の出は遅く、今は闇夜であった。

お紺は酔ったふりをして、よろめきながら、酔いを覚ますかのように天水桶にもたれかかり、袖で顔をばたばたと煽る。

すると、広小路から小さな人影が近づいてきた。

店の軒下に身を潜ませ但馬たちはじっと窺っていた。武蔵が人影を見て、

「きやがった」

と、飛び出そうとした。

それを、

「待て、もう少し待て」

但馬が止める。

小次郎は動かず目を凝らした。


夜目に慣れたお紺の目には、人影が黒覆面を被っているのがわかった。

お紺は身構えた。

黒覆面侍はお紺に近づくやいなや、お紺の鳩尾に拳を叩き込んだ。

お紺は膝からくずおれた。そこへ、黒覆面侍は蹴りを入れた。お紺は往来に倒れ、苦悶《くもん》の声を上げる。洗い髪を飾る鼈甲の櫛が飛んだ。真っ赤な鼻緒の草履が脱げ、素足が泥にまみれる。

「よし」

武蔵が飛び出そうとするのを、

「待て」

小次郎はその袖を摑み引き止めた。

「何しやがる」

武蔵は怒声を放った。

黒覆面侍は抜刀したものの、武蔵の声に棒立ちとなった。そして脱兎《だっと》の如く逃げ出す。

六

但馬は追いかけようと走り出した。

すると、

「にゃあお」

黒猫が但馬の前を横切る。

「ううっ」

たちまちにして足がすくみ全身に鳥肌が立つ。胸の鼓動が高鳴り、額から脂汗が滴り落ちた。

「どうしたんでげすか」

喜多八が声をかけてきた。

武蔵は但馬の脇をすり抜け、広小路に向かって走ってゆく。

小次郎はお紺を抱きかかえ、介抱していた。

「大丈夫ですよ」

お紺はよろめきながらも、小次郎の手を借りず立ち上がった。

「思い切り睨んでやったら、あいつ、びびっちゃって顔を蹴らなかったわ。ほんと、肝っ玉の小っちゃな奴」

お紺は蹴られた腰をさすった。小次郎は往来に転がる鼈甲の櫛を拾い、丁寧に泥を払ってお紺に手渡した。

「お優しいんですね」

お紺が笑みを送ると、小次郎は気難しい顔をして横を向いた。

そこへ武蔵が戻って来た。

「てめえのせいで、黒覆面野郎を逃がしちまったじゃないか」

武蔵は摑みかからんばかりの勢いで小次郎に迫る。お紺が間に入り、

「逃がしたって、一之瀬屋敷に行けばいいだけじゃござんせんか」

「そりゃ、そうだが……」

武蔵が口ごもると、

「黒覆面侍、今夜は目隠しをしませんでしたね。それに刀を使おうとした」

小次郎は疑問を口にした。

「あんた、まだ、そんなことにこだわっているのか」

武蔵が鼻で笑った。

但馬はお紺を労《いたわ》り、小次郎と武蔵に眦を決して告げた。

「一之瀬屋敷に乗り込むぞ。民部はお紺の口を封じるのにしくじった。民部の一存による凶行ではあるまい。自分の不始末は自分で落とし前をつけろと多聞に命じられたのだろう。とすれば、民部のしくじりにより、敵は身構えておる。心して乗り込め」

喜多八が自分も行くと言い立てる。

「今夜は御蔵入改方、総出だ。我らの意地を見せてやろうではないか」

力強い但馬の言葉にみな雄叫《おたけ》びを上げた。

半時後、荻生但馬は緒方小次郎、大門武蔵、幇間の喜多八、すりのお紺を引き連れ、一之瀬屋敷にやって来た。

一之瀬多聞は但馬たちを迎え入れるかのように表門を開けていた。

邸内には篝火《かがりび》が焚《た》かれ、夜風に炎が揺らめいている。

但馬は陣笠を被り、火事羽織に野袴を穿き、サーベルを手にしている。小次郎は八丁堀同心の身形のまま、武蔵は六尺棒を肩に担いでいた。

屋敷の濡れ縁に多聞と民部が立っている。多聞は額に鉢金を施し、襷《たすき》を掛け、袴の股立《ももだち》を取り、腰には大小を落とし差しにして、一角《ひとかど》の武芸者の威風を漂わせてもいた。横に立つ民部が華奢なだけに武者ぶりが際立つ。

「一之瀬多聞、武士に二言はないのではなかったのか」

但馬が語りかけると、

「二言はない。拙者、民部に黒覆面侍かどうか、確かめた。民部は違うと答えた。よって、評定所にまいる必要はない。それより、そなたら、夜更けに公儀目付の屋敷に無断で踏み込むとは盗人、押込みの類。よって、成敗するは当然のことじゃ」

居丈高《いたけだか》に多聞は言い放った。

「我ら、盗人、押込みの類ではない。黒覆面侍を成敗せんとする御蔵入改ぞ。一之瀬民部、言い逃れはできぬ。ここなお紺を殺《あや》めんとしたこと、我らがしかと目撃した」

但馬は民部を指差した。

「てめえ、性懲りもなく、弱い者に乱暴しやがって。今度こそ、年貢の納め時だぜ」

武蔵は六尺棒を振り回した。

「知らん、おれは知らん、そんな女、知らん」

民部は喚き立てた。

それを横目に、

「民部はこう申しておる。その女に乱暴を働いた証でもあるのか。狼藉者は黒覆面を被り、おまけに闇夜。いくら目撃したと言い張っても、不確かなものだ」

多聞は冷笑を浮かべ言い放った。

「あんた、それでも御公儀のお偉いさんでげすか。とんだ野暮でげすよ。往生際が悪いなんてもんじゃないでげすね」

喜多八は扇子をひらひらと振った。

「幇間風情の戯言《ざれごと》なんぞ、聞く耳を持たぬ」

多聞は渋面を作った。

すると、お紺が一歩前に踏み出した。

「そんなこったろうと思ったさ。卑怯未練に言い逃れるだろうってね。でも、相手が悪かったね。長崎のお紺姐さんを舐めちゃいけないよ」

お紺は懐中から財布を取り出した。値の張りそうな代物である。民部の顔が強張り、慌てて袂《たもと》を探り、

「ない」

と、呟いた。

お紺は財布の中に手を入れ、印判と書付を取り出し、民部と多聞に見せつけた。

「間違いなく、あんたのもんだ」

お紺は民部から乱暴を受けていた最中、見事にすり取っていたのだ。

「民部！　たわけが！」

烈火の如き怒りを多聞は民部にぶつけた。次いで、

「民部め、拙者に嘘を申しおった。荻生殿、ただいまの拙者の暴言、お許しくだされ。必ず、明日、評定所に……」

早口に言い訳を並べる多聞を但馬は遮り、

「貴殿は無関係と申されるのだな」

「……むろんのこと。全ては民部の不始末。当然ながら兄として監督不行き届きの責めは負わねばなりませぬ」

弁舌爽《さわ》やかに言い立てる多聞に、それまで黙っていた小次郎が、

「無関係ではございますまい」

「いや……な、何を申される」

「拙者、黒覆面侍の凶行は民部さまと多聞さまお二人の仕業であると考えます。黒覆面侍は凶行に及ぶ時、相手に目隠しを施します。自分の面相を隠しながら、それだけでは足りぬとでも言うように、目隠しをするのです。それがどうも引っかかっておりました。で、考えました。黒覆面侍は自分の凶行を見られたくないのではないかと。相手に見られることなく、思う存分乱暴を働きたいからだとも考えられますが、それよりは、一人でないことを知られたくなかったのではないか。つまり、黒覆面侍の凶行にはもう一人が加わっていたと考えると腑に落ちます。やくざ者二人を民部さまだけで殺せたとは思えません。すなわち、多聞さまと民部さまのお二人で乱暴をなさっていたのです。お澪を殺したのは、お二人であることをお澪に気づかれたから。それで、多聞さまが民部さまに殺させたのでしょう。お紺も口封じをするため、刃物で殺せと命じた、そうですね」

あくまで冷静に小次郎は自分の考えを披露した。思わず武蔵が、なるほど、と大きくうなずいた。

「好き勝手に妄想したに過ぎぬ。証はあるのか」

顔面蒼白となった多聞は吐き捨てた。

小次郎に代わって但馬が、

「ふん、証があるのかは、罪人の常套句だ！　証はある。おまえの右の拳だ。人を殴り過ぎて腫れておるではないか」

語調鋭く言い放つ。

苦みばしった男前がきりりと引き立つ。

はっとした多聞が、自分の右拳をしげしげと眺めた。

「馬鹿めが、引っかかりおって」

但馬は呵呵《かか》大笑した。

「おのれ、たばかりおって。もうよい。者ども、屋敷に踏み入った賊徒を成敗せよ」

多聞は叫び立てた。

庭に大勢の武士が雪崩《なだ》れ込んできた。

「やっと暴れられるか。まったく、焦《じ》らしやがってよ」

武蔵は嬉々《きき》として六尺棒を振り回し、敵に向かっていった。群がる敵の足を払い、転倒した者を踏みつけ、斬りかかる刃は払い除ける。

地べたに大刀が転がり、敵は悲鳴を上げる。興に乗った武蔵は逃げる敵を追いかけ、

「頭を冷やせ」

と、蹴飛ばし、棒で殴りつけ、池に落とした。泉水が撥ね上がり敵は手足をばたつかせる。

喜多八は植込みの陰に身を潜めた。

ところが、そこへも侍が二人、刃を向け迫り来る。

咄嗟に喜多八は、

「あ、ああ、うう、く、苦しい」

と、苦悶の表情を浮かべ両手を胸に当てたまま昏倒した。二人は顔を見合わせ、喜多八を打ち捨てて小次郎に向かった。敵が去り、喜多八はうつ伏せのまま、

「死んだふりも楽じゃないでげすよ」

と呟き、息を潜めた。

次いでそっと顔を上げたところ、武蔵に追い立てられた侍たちが喜多八の背中を踏んでいった。

「ううっ……我慢でげす」

喜多八は歯を食い縛った。

小次郎は右手に十手、左手に脇差を持ち、敵と闘争する。動きに無駄がなく、敵の動きを見定め、落ち着いた所作で敵を倒してゆく。

いつしか十手と脇差を交差させ、防御の姿勢を取りながら敵中に踏み込み、

「悪党ども、成敗致す！」

と、阿修羅《あしゅら》の形相で叫び立てるや、二人の顔面を続けざまに十手で殴りつけた。頬骨が砕ける音がし、鼻血を飛び散らせ、二人とも絶叫しながら地べたをのたうつ。

普段の沈着冷静な小次郎を知らない敵の目には、鬼同心と映っただろう。敵は後ずさり、お互いの顔を見合わせた。

「手向かい致さぬ者は去れ」

小次郎の一言で敵は算を乱して逃げ出した。

敵味方入り乱れての刃傷《にんじょう》沙汰の隙を縫い、お紺は民部に近づいた。民部は濡れ縁にしゃがみこみ、ぶるぶる震えていた。

草履を脱ぎ、素足で濡れ縁を進む。紅を差した足の爪が濡れ縁に映え、洗い髪が夜風にたなびく。

「だらしないね、それでも、侍、いや、男かい」

お紺は民部の髷を摑んで引っ張り上げた。民部は怯えながら立ち上がった。

民部の顔を正面に見据え、お紺は右手を伸ばし、洗い髪を飾る鼈甲の櫛を取った。

「この腑抜け野郎!」

渾身《こんしん》の力を込め、お紺は民部の顔面を櫛で殴りつけた。

民部は悲鳴を上げ、濡れ縁を転がった。

但馬は多聞へサーベルの切っ先を向けながら、問う。

「何故、乱暴狼藉を働いたのだ。日ごろの鬱憤晴らしか」

「そんなところだ。三年間、民部の乱暴を押し留めておる内に、ふと自分もやってみたくなった。一度やってみると、気分が晴れ、病み付きになったのだ」

開き直ったのか、多聞に悪びれた様子はない。

「おまえは、人の屑だな」

「黙れ!」

多聞は腰を落とし、大刀の柄に右手を添えた。

「居合いか、面白い」

但馬も腰を落とし、左手を腰に当て、右手でサーベルを突き出した。苦みばしった顔が引き締まり、精悍《せいかん》さをたたえる。

気《け》おされたように多聞の目が見開かれた。

じりじりと間合いを詰めてゆく。

緊張で空気が張り詰める。

多聞の左足がさっと引かれ、同時に大刀が鞘走った。

但馬は右足を踏み出し、サーベルで大刀を払い、多聞の懐に飛び込んだ。

次いで、左手で脇差を抜き、横に一閃させた。多聞の髷がぽとりと落ちた。

多聞は、呆然《ぼうぜん》と口を半開きにしながら、尻餅をついた。


皐月《さつき》（陰暦五月）、入梅を迎えた。

但馬は夕凪の二階からそぼ降る雨を眺めている。

一之瀬多聞、民部の罪状は明らかとなり、両名切腹の上、御家断絶となった。伸助は全快とまではいかないが、そろそろと軽業の稽古を始めているそうだ。

お藤が文を持って来た。

差出人は白河楽翁、すなわち松平定信である。今回の一之瀬兄弟成敗を賞賛し、近日中に五十両の褒美をくれるそうだ。

褒美といえば、武蔵は豊年屋徳太郎からの礼金に期待している。

定信の文には追伸として、そろそろ、長崎抜け荷の一件、本腰を入れて探索すべき時期だと記してあった。

但馬を失脚に至らしめた抜け荷について、松平定信は探索への協力をほのめかしている。

但馬は三味線を引き寄せたが、

「今日はお藤が弾いてみろ」

と、それを渡した。

「但馬の殿さまにはかないませんよ」

「三味線はな、上手、下手ではない。気持ちだ」

「そうは言ってもねえ」

言いながらお藤は撥を持ち三味線を弾いたが、やっぱり殿さまの三味線が聞きたいとねだった。

「ならば……」

但馬は三味線を受け取り、一本の弦だけを使って弾き出した。

曲ではない。

ぽつりぽつりと、区切られて弾かれる三味線の音色は雨音のようだ。

但馬は撥で弾き続ける。雨音は次第に激しくなり、やがて止んだかと思うと、雨垂れが軒先からぽたぽたと落ちて演奏が終わった。

弦一本で但馬は雨を表現してみせた。

「なんて、お見事なんでしょう。あたしとっても、得した気分ですよ」

お藤は声を弾ませた。

「さて、梅雨を楽しむか」

但馬はお藤の膝枕で昼寝をした。

本書は書き下ろしです。

中公文庫

御蔵入改《おくらいりあらため》 事件帳《じけんちょう》

2020年2月25日　初版発行

著　者　早《はや》見《み》　俊《しゅん》

発行者　松田陽三

発行所　中央公論新社
〒100-8152　東京都千代田区大手町1-7-1
電話　販売 03-5299-1730　編集 03-5299-1890
URL http://www.chuko.co.jp/

DTP　嵐下英治
印　刷　三晃印刷
製　本　小泉製本

Published by CHUOKORON-SHINSHA, INC.
Printed in Japan　ISBN978-4-12-206842-1 C1193

各書目の下段の数字はISBNコードです。978－4－12が省略してあります。

中公文庫既刊より

は-72-1
常世《とこよ》の勇者 信長の十一日間
早見 俊
桶狭間から一年後。隣国・美濃との盟約に執着する織田信長。そのとき何が身に起こったのか。天下布武を決意するまでの十一日間を描く。〈解説〉縄田一男
206361-7

は-72-2
最後の名裁き 大岡越前ふたたび
早見 俊
老境に達したかつての名奉行と、評定所の若き留役。かけ離れた境遇の二人が、藩主押し込めに端を発した、老中による御家乗っ取りの陰謀と対決。書き下ろし。
206638-0

す-25-27
手習重兵衛 闇討ち斬 新装版
鈴木 英治
江戸白金で行き倒れとなった重兵衛は、手習師匠・宗太夫に助けられ居候となったが……。凄腕で男前の快男児が謎を斬る時代小説シリーズ第一弾。
206312-9

す-25-28
手習重兵衛 梵 鐘 新装版
鈴木 英治
手習子のお美代が消えた⁉ 行方を捜す重兵衛だったが……（「梵鐘」より）。趣向を凝らした四篇の連作が織りなす、人気シリーズ第二弾。
206331-0

す-25-29
手習重兵衛 暁 闇 新装版
鈴木 英治
旅姿の侍が内藤新宿で殺された。同心の河上が探索を進めると、重兵衛の住む白金村へ向かう途中だったらしいと分かったが……。人気シリーズ第三弾。
206359-4

す-25-30
手習重兵衛 刃《やいば》 舞《まい》 新装版
鈴木 英治
親友と弟の仇である妖剣の遣い手・遠藤恒之助を倒すため、新たな師のもとで〈人斬りの剣〉の稽古に励む重兵衛だったが……。人気シリーズ第四弾。
206394-5

す-25-33
江戸の雷神
鈴木 英治
その勇猛さで「江戸の雷神」と呼ばれる火付盗賊改役の伊香雷蔵は、府内を騒がす辻斬り、押し込み、盗賊らを追うが……。痛快時代小説シリーズ開幕！
206658-8

おなかがすいたハラペコだ。③

オダンゴまつり

誠

集英社文庫

目次

挿絵　西巻かな

おなかがすいたハラペコだ。③　オダンゴまつり

ホテルの朝食ブッフェで逆上する

このあいだ久しぶりに神戸に行った。ホテルは以前から行っているところにする癖があるからなじみのポートピアホテルにしたけれど、高層階から海を眺められる部屋に泊まるのは気持ちがいいですなあ。

で、今回は旅先のあさめしについて語ることにしたい。以前にも同じテーマで書いた記憶がかすかにあるけれど数年前のことであり、時代も場所もかわっていますからまあ続篇《ぞくへん》ということで。

この頃のホテルはたいていブッフェ、もしくはバイキングスタイルになっていて、基本は食いたいヒトが食いたいモノをというわけだからあれでいいのですな。

三十階にあるそのホテルのレストランは広くて料理も多岐にわたりたいへんうまかった。このごろぼくは小食になってしまってそんな心配はないのだけれど、あれだけズラリといろんな種類の料理が並んでいて、しかも追加おかわりどんどん自由、というわけだから若い頃はひとめで逆上しちゃってあれもこれもと何皿にもいろんなものをのせてきてしまった。しかし逆上していたからどうしても沢山とりすぎてしまって、あれ残して立ち去るとき実に恥ずかしいですなあ。

今回はようやく大人の裁量で自分が好きな食べきれるものを皿にのせていった。やきたてのパンケーキ、チーズ、バター、つくりたてのオムレツ。ヨーグルトにサラダ。そしてコーヒーにミルク。

食い過ぎに注意しているつもりでもけっこうな分量になってしまった。でもみんなうまかったからそれでいいのだ。

神戸では客のこっちが気取っていてその程度だったけれど、思えば一週間前に宮古島《みやこじま》のホテルに泊まりホテルのあさめしとなったけれど、このときはごはんにした。朝の刺し身、というのが目に入ったからだ。小さな皿に赤身魚がフタキレずつ。だからそっと二皿もってきた。それにモズクと何かわからないけれどどうまそうな魚の切り身。そのすぐそばにカレーがあった。朝カレーというの、けっこう魅力的だから深皿にそれも加える。自分の席をさがす途中で「宮古そば」があったのでガツーンときた。南島のそばはうどんぐらいの太さがあって沖縄も先島諸島《さきしま》もそれらを呼ぶときは「そば」でも「うどん」でもなく「すば」といいますな。

これがあるのを知っていたらほんの少しのごはんにカレーをかけて、あとは「宮古そば」だけでよかったのに。

でもまた戻しに行くのもみっともないから結果的に宮古そばを加えてしまって気がついたらおなかを出っ張らせてレストランを出ることになっていた。満足だけどハラが苦しいのさあ。

そうだ。神戸でパンケーキなどにしたのは一週間前の宮古島の逆上記憶があったからだと思う。最近のこの二回はたいへん満足すべきものだったけれど、旅の多いわが人生、ホテルのあさめしにはいろいろ苦難の記憶が積み重なっている。

この話はある有名観光地のホテルだったけれどレベルは中クラス。まあそのなかから適度のものを皿にのせて食べていると、中国人の観光ツアーの大集団がどっと押し寄せてきた。五十〜六十人はいただろうか。みんなしてわあわあいろんなことを言っているので朝の人間津波に出合ったみたいだった。

ぼくは一瞬の差で自分のものを確保していたからよかったのだが、彼らはたぶん珍しい日本の食い物に逆上していたのだろう。口々にいろんなことを喋《しゃべ》りまくり陳列料理の前は押すな押すなの行列になった。

たちまち席がたりなくなり六人ほど座れるぼくのいた自由席のテーブルにも子供連れのおばさんが隙間なく押し寄せてきた。

予想したとおりどの人の皿や鉢にもすんごい種類、すんごい量の食べ物がのっている。いろんなことを喋りながらすぐさまもの凄《すご》いスピードで次々に食べていく。さすが中国。

そのうち一人のおばさんがバッグからなにか袋らしきものをひっぱりだし、隣の自分の子供になにごとか言っている。子供は素直にその袋らしきものを持って食物行列の方向に走った。やがて戻ってきたその子供のさっき渡された布袋に、はちきれんばかりのいろんな種類のパンが入っていた。おばさんはその収奪品を自分の大バッグにあけるとまた何ごとか子供に言い、子供はさっきと同じようにすっ飛んでいった。

やがて帰ってきた子供の収奪品は各種の果物類だった。さすが中国。

会場はまるでイナゴの大群に襲われたような気配だった。そういう風景を見ながらぼくは自分が中国にいったときのことを考えていた。北京《ペキン》や上海《シャンハイ》のホテルはもう我々の国とあまりかわらない。中華系の料理は幅が広く、いままで食べたことのないものもたくさんあって目がまわる。

でもぼくは成都《せいと》とかクンミンといった中くらいの都市やもっと田舎《いなか》の街のあさめしが好きだ。中国人は日本人よりも朝食を外で食べることが多いようで、外の屋台で朝食をすませて職場なり学校に行く、というスタイルが多いらしい。

そうして中国でぼくが一番好きなあさめしは屋台の饅頭《まんとう》（中に何も入っていないのやザーサイその他の漬物系、軽い味の薬味などが入ったやつ）がホカホカで出てくる。ちょっとした赤ちゃんの頭ぐらいの大きさがあるから一個で十分。それにラーメンドンブリより少し小ぶりの鉢にアチアチスープが入っているのがあればもう何もいりません状態になる。饅頭と並ぶのは「お粥《かゆ》」だ。白粥が多いけれどものすごく強い火で炊くから芯まで熱い感じだ。これに中国醤油《しょうゆ》（魚醤《ぎょしょう》）や塩ラー油をかけただけで三杯ぐらいは食えてしまう。

これらの朝食メニューが食い物大国「中国」の代表だろうと思っている。

カツオ命

宮古島の話のつづき。東京から直行便で約三時間。寝不足だったので飛んでいる時間の九割はここちのいい眠りで、目が覚めたら違う国に来たみたいに太陽の光も吹いてくる風もきらきらして南国そのものでしたよ。

この島は以前からよく来ていた。隣接している小さな池間島《いけまじま》にカツオ漁専門の船が何隻かあって若い頃にカツオ大好きのぼくはその船に乗り込んでカツオ釣りを取材していた。

ここらの漁師はカツオを「カチュー」と呼ぶ。最初、交渉に行ったときはまったくの邪魔者扱いだった。話しかけてもまともな返事さえかえってこない。とくに「うみんちゅう＝海人」と呼ばれる漁師は普段の仕事が荒々しいからだろう。言葉つきがいかにも乱暴で方言のつよさもあって殆《ほとん》ど話が通じなかった。ぼくの目的はただもうカツオ船に乗せてもらうことだった。そうしてあわよくば自分もちょっとだけでいいからカツオの一本釣りをさせてもらいたかった。

そこを母港にしているカツオ船は四隻あった。断わられ続けて最後の四隻目でやっと「賃金などないぞ」という条件で乗せてもらった。もとよりカツオ釣りの邪魔にはなるだろうが役にたつとは思えなかったので乗せてもらえるだけで十分だった。つまりは下働き居候。出船は朝四時となかなか厳しい。それに遅れたらもう乗れない、ということはいわれなくてもわかっていた。

で、まあなんとか緊張しまくって早朝のカツオ船に乗せてもらった。沖に出ていくと、いったんとまって漁師の何人かが海に入り、カツオの生き餌にするヒコイワシの幼魚をタタミ八畳ぐらいはある網でどっさりとり、船倉《ふなぐら》に入れる。それから本格的に南海の海に出てカツオの群れをさがすのだ。

めざすはナブラ（鳥山）である。海面近くに沢山の海鳥が群れて文字どおり「鳥の山」を作っている。海面近くまでカツオの群れに追われてきたイワシの幼魚がいて、それを海鳥の群れが空から襲っているのだ。海中からのカツオと空からの海鳥に挟まれて気の毒にイワシは逃げ場を失う。漁船はその鳥山の上にくると船首から何本ものホースで海水を放出し、海面をバシャバシャ騒々しくさせてあたかも小魚がたくさんいるようにする。続いてさっき捕ってきたイワシの幼魚をじゃんじゃんまいてそこに餌のついていない釣り竿《つざお》を投じると餌なしの釣り針にもコーフンしてるカツオはじゃんじゃん食いついてくる。その釣り針には「かえし＝とがった先を内側にまげてすぐに抜けないようにする」のしくみがないのでやっこらしょうと海から引き抜いて背後の甲板の上にたたきつけるとその衝撃で自然にカツオは針から外れて釣ったカツオの溜《た》まり場にどんどん送られる。この何十匹ものカツオが暴れるバタバタいう音がずーっとものすごい。

釣る者はカラ針の竿をすぐに海の中にいれて何回でも釣り上げる。大きいカツオだと五〜六キロはあるから海水から引き上げる、というよりぶっこぬくときに力がいるが、慣れてくるとぼくでも三分間で十本ぐらい釣り上げることができた。でもその三〜五分でカツオの群れはたいていどこかへ移動してしまうのでタタカイは常にその三〜五分なのだ。

痛快で、漁業というよりもむしろ狩猟という感じだった。鳥山を三つぐらいやると五、六人の〝うみんちゅう〟で百五十本ぐらいのカツオを釣り上げてしまう。

そのあいだに若い漁師が最初に釣れたカツオを手早くさばきいくつもの大きな半身のサクにしてバケツに入れる。バケツの中には「酢」がどっさり入っている。それとは別に洋ガラシが皿にドサッ。昼頃までにはめしが炊かれ、巨大なカツオの酢漬けのサクはヒトキレで百グラム以上あるでっかい刺し身となって何百もドサッと並べられている。初めて知ったけれどイキのいいカツオと酢と洋ガラシというのは相性がいいんですねえ。あつあつごはんにこれがもう悶絶《もんぜつ》するほどうまいんですよお！

そのほかにもドンブリに入れた醬油にコーレーグースー（トウガラシの泡盛《あわもり》漬け＝沖縄地方には必ずある必須調味料）をまぜたもので味つけて食ったり、醬油にマヨネーズをまぜたもので食ったりする。どれも悶絶級にうまい！　ぼくは常に食いまくって死にそうだった。

カツオの群れのなかにはたまに近海ものの小型のマグロがまざっている。こういうマグロは商品にはならないから釣れるとマグロの刺し身がそこにドッサと加わるわけだ。メバチやキハダマグロの七〜八キロクラスのやつで、ホンマグロよりも脂がくどくないのでトロの部分などアブラのテカリもなくやわらかい色でふんわりとやさしい。

海苔《のり》とごはんにくるんで一本巻きのようにして食ったらたまらないだろうなあ、と悔しく思うのだが、戦場のような船の甲板ではそんな手間のかかることはしていられません。

でもめしは誰でも何時《いつ》でも食ってもいいので、三時頃にぼくはマグロの中落ち（＝骨のまわりにどっさりついているマグロで一番うまいところ）をスプーンでごっそりこそげとってあつあつドンブリごはんに三〜五センチぐらいの厚さでドバッとのせて、醬油をかけてかき回していたらそれを見ていた漁師が「これもいれろ」といって生タマゴを渡してくれた。ドンブリのフチで生タマゴを割って中に加え、ずんずんかき回してすぐさま食ったら当然ながらあれまあ！　うまくてうまくて。アタマがおかしくなりそうだった。

これこそ都会の高級寿司《すし》屋に行ったって絶対に食えない逸品なのだあ、と船端を叩《たた》いて感涙しましたね。

カツオの「血あい」は普通は捨てられてしまうけれど、釣ったばかりの新鮮なやつはよく冷やしてタタキにして、そいつとカツオの刺し身を一緒にして食べる。ここにも好みによって醬油マヨネーズやコーレーグースーが投入される。これはごはんのおかずよりも泡盛の肴《さかな》にしたほうがうまい！　ということを知ってしまった。帰港するとカツオを一本くれる。民宿に帰ってこれを自分でさばき、夕食のおかずにするんですよ。とても一人では食いきれないからあとは民宿のおばちゃんにあげる。くやしいけれどなあ。

Mayonnaise

円卓でのいろんな食い方

中世の食事を書いた本を読んだがすさまじいことが書いてあっていろいろ考えさせられた。中世にも食堂があって、そこでの食べ方がもの凄い。

まずテーブルがあるが、その上に食器というものがない。テーブルの上にはおわん状の穴が等間隔に削りあけられていて、それが「皿」である。六人がけのテーブルの上には六つの穴があけられている、というわけだ。ナイフとかフォークといった食器はない。

やがて店のシェフが大鍋に入れたあつあつの料理を持ってくる。そしてそのテーブルにあけられた穴に等分に料理を注いでいく。

お客は自分の前のテーブルの穴に入れられたできたて料理を手指をつかって食べていく。鍋に残りがあればおかわりができる。

まあなんというか理屈はわかるがいかにも中世ヨーロッパ風でお行儀がいいんだか悪いんだか。

シェフが鍋に入れた料理からそれぞれにできたて料理をわけたりせず、あとはお客に任せるときもあるらしい。客は競って自分の手で料理を自分の皿——というか「あなぼこ」に持ってくる競争になる。

そのときのためにグルマン（グルメ＝日本では食通というふうに認識されているが、正しくは大食いのこと）は熱い料理にもひるまない（熱に耐えられる）強い手指にしていくために毎日熱い湯のなかに手を突っ込んで熱さへの耐久力をつける特訓鍛練をするらしい。

さらに舌にも熱さの防御をするために羊の膀胱《ぼうこう》で「舌カバー」というものをつくり、食事の「タタカイ」のときにそれを舌にはめるそうだ。恐ろしき執念。

以上は中世ヨーロッパの食事にかんする本で知ったことの受け渡しだが、そこに書いていないことでどうも気になったのは、食器洗いはどうしたのか、ということだった。洗うって言ったってでっかい重たい中世の頃のテーブルである。食事が終わるたびにそのテーブルを「どっこいしょ」と言って従業員がいちいち引っ繰り返してひとつひとつの穴を掃除していたとはとても思えない。

結局客の残した食物やスープを布などでぬぐう必要がある。

そのテーブルの穴には長いこと繰り返されて盛られていた料理の煮汁などがまんべん

なくしみわたっていることが想像できる。季節にはそこがカビだらけになることもあったろう。でもそんなカビなども食事前に布などで拭いて「はい、いらっしゃいませ」などと中世のコトバで言っていたのに違いない。

それから多くの人に勘違いしてつたわってしまったものに「乾杯」がある。めでたいときにつきものと思われていたが、これのもともとを書いた本を読んでみると、中世の頃も、あちこちで絶え間ない「いくさ」が行われていた。

劣勢になって城や要塞などにたてこもり、もはや勝利はありえない、と一軍の将が判断したとき全員の自害を決めた。ワインに毒を入れて、皆で一斉にその毒ワインの入った器を飲みほす。しかし何時《いっ》の世にも「狡《ずる》い奴《やつ》」はいるもので自分の器だけは毒を入れない工夫をしたりした。だから乾杯はそういう者の器の中にもまんべんなく毒が飛び散るように力まかせに打ちつけたのだという。当時の飲み物の器は木でつくられていたので思いきり打ちつけても割れなかった。

そういう乾杯の本来を知ると、命をかけた古来の乾杯に比べて今の乾杯はいかにも安易きわまりないヘナチョコだ。ただし稀《まれ》にむかしのように毒入りのワインで乾杯し、集団自殺の道連れを、と考える者がいるかもしれない。事前に厨房《ちゅうぼう》でコソコソやっている奴がいたら用心しよう。

でも今のワイングラスでガシャンと叩きつければ殆どのグラスは割れてしまい、誰が下手人かわからなくなる。乾杯しても一滴も飲まなかった奴が容疑者だが店内に監視カメラを設置してスローで再生してみればそれもわかるだろう。

ロシア式乾杯もヒトによってははなはだ危険だ。酒はウオトカのストレート。円卓に七、八人が座り一人一人が立ち上がって三～五分のスピーチをする。スピーチの内容はどうでもよく、しめの言葉に「では世界平和のために乾杯！」とグラスをかかげ、みんなで一斉に飲み干す。ウオトカはショットグラスに入っているが四十度以上六十度ぐらいまである。グラスがカラになるまで全部飲み干さないとゆるしてくれない。ぼくはこれを体験した。一回りすると、また最初の人から同じことが繰り返される。そのときにはすでに全員七、八杯のウオトカをストレートで飲んでいる。ロシア人はバカみたいにめちゃくちゃサケが強いから東洋からの客は次々に倒れていく。デスマッチ乾杯なのだ。

これとそっくりなのが先島諸島の宮古島の「オトーリ」だ。システムは驚くほどロシアのそれと似ている。違うのは飲む酒がウオトカではなく泡盛で三～四分のスピーチのあとみんなで一斉乾杯。これも慣れて鍛えているから地元の人が断然強い。

食卓問題からはじまってとんだ方向に進んでしまったが、最後に中国人のテーブルマナー。大きなレストランなどにいくと円卓に白いテーブルクロスがかかっている。

中国人は食べ物で汚れた手や口をこのテーブルクロスで拭う。魚の骨などかみ切れないものはテーブルクロスの上に「べっべっ」とそのまま吐き出し、テーブルクロスのない店だと自分の席の横の床に吐き出す。酒宴がすんで客が去っていくと店の人は食器を片づけた後のテーブルクロスに各自の吐き出したものを丸めて持ち去っていく。それからテーブルの下に落ちている食べ滓《かす》を竹箒《たけぼうき》でじゃんじゃん掃いていく。すぐ隣でほかの客が食事しているのなどおかまいなしなのだ。竹箒でかまわずじゃんじゃんやっていくからそこらはホコリですごいことになっている。中国レストランはたいてい暗いからわからない。よく見るとタンや手洟《てばな》などじゃんじゃんだ。中国はやっぱりすべてに強い。

冷し中華敗退の記

コンビニの冷し中華、数年前までちょっとバカにしてたけれどアレけっこううまいですね。もっともチェーン店によって厳然とした落差があるようですが。

しかしさすが日本、ああいう芸のこまかいことをよくぞやってくれるものだ。とにかく感心します。

ところで前にも書いたけれど日本蕎麦《そば》屋では冬になっても冷たいもりそばを堂々と出してくれるのに冷し中華は寒くなってくるとやめてしまう。いまはよほど空《から》っ風の屋台などではないかぎり、屋内のちゃんと温度調整されたお店なら季節に関係なくうまい。町の小さなラーメン屋などはかえって暑いくらいだからそういう店のカウンターでよく冷えた冷し中華を「あいよ！」などと言って出してくれたらオレ即座にその店に走っていく。

ところが十月の声を聞くと大きな店も小さな店もどんどん冷し中華をやめてしまう。

あの張り紙を見るときのやるせなさといったらないですな。

ああ、もう本当に秋になってきたんだなあ、わが人生と同じだなあ、という深い哀感を刺激してくれるのだ。それも冷し中華が奥深くもっているヨロコビの味のひとつだ。

全国各地でバタバタと冷し中華が終わってしまうのは、なにか国家の上のほうの規制とか管理とか規約なんていうのがあるのかなあ、とあるとき思ったことがある。

「冷し中華は六月から十月までの営業が望ましい。理由はとくにない」なんていうものものしい業界むけの監督省庁の指示が出ている可能性もある。この規制を破ると経営者は逮捕、罰金。それでも言うことを聞かないでいるとやがて獄門、打ち首……なんてのがあるわけないだろうが、こうして全国でバタバタ冷し中華をやめてしまうのは情けない。威勢のいい店が出てきて「当店は通年冷し中華やってます!」なんてのが出てきてもいいではないか。


で、話はそれでコンビニの冷し中華がどうなるのか、という問題に戻る。

本来の問題に戻ってはみたけれどそれ以上深い話はないのですな。「あんたのとこはやめないで下さい」と哀願するしかない。でも結果はわかっている。「来年七月まで待っていて下さいねえ」そういってケケケケなどと笑ったら諦めるしかない。

かくなる上は自分で冷し中華を作る、という作戦がある。

アレ結構簡単な筈《はず》なんだ。町を歩いていると商店街のはしっこのほうで調味料ばっかり売っている店が時々ある（中野《なかの》区と渋谷《しぶや》区の境目地帯にあった）。間口半間ぐらいの駄菓子屋みたいな店だがいろんなだしの素《もと》が瓶詰から顆粒《かりゅう》の小袋まででいろいろあってこれは見ているだけで楽しい。そこで醬油、味噌《みそ》、塩のそれぞれのラーメンの素（液体）が小袋に入って売られていた。そうしてよーく見ていくとありました。

「冷し中華の素」があったのだ。

「やでうでしや」とマンガ言語化しつつ十袋も買ってしまった。申し訳ないくらい安い。

翌日、早速作ってみた。ラーメンはスーパーで売っているむかしからあるごく普通のラーメンでいい。それからモヤシとネギと緑野菜（名前がわからん）を用意した。キクラゲが欲しかったけれど急場のコトなので妻もおらずどこかに乾燥キクラゲがある筈だが簡単にはみつからない。

ドンブリに水で薄めた冷し中華の素をいれる。すぐよくかきまぜて箸でちょっと味をみる。酢がものたりないような気がする。辛味も足りない。でもそれはできあがってから食べるときに足していけばいい話だ。野菜類を炒《いた》める。通常の野菜炒めのように塩、コショウをしてまずはできあがり。

ラーメンは順調にゆであがってきているようだ。これをザルにあけ冷水にさらす。よく水を切って皿にいれ、まずは主人公である「冷し中華の素」をといたものをその上にかけていく。二倍希釈となっていたが、どうも全体に「たっぷり」行き渡ったとはいえない気がしたので思い切ってもう一袋あけて加えてしまった。今度は二倍希釈せずにストレートだ。

その上に別途用意してある野菜炒め軍団をのせる。

で、ほぼ計画した工程をたどったつもりだったが、どこかで根本的に間違ったような気がした。ひとことでいうと本来は冷し中華というくらいだから全体が冷たくていいはずだがなんだかだらしなくナマヌルイ。

すぐに理由はわかった。炒めた野菜が熱かったのだ。さらにあとで気がついたけれどぼくはヤキソバとどこかで混同していたところがあり、具は炒めものは必要なく生のキユウリ、ベニショーガ、ネギ、ハム、海苔。できればタマゴヤキを加えた千切り一族を投入すればよかったのだ。

初の冷し中華づくりに逆上していたようだ。こういう発作的料理は最初はやはりレシピというものに忠実に従ったほうがいいようだ。

「無念なり」と思いながらなんといっていいのか「ナマヌル中華」としかいいようのないものをズルズルやった。やはりスープの量が多すぎたようで味もどこか国籍不明の問題料理としかいいようがなかった。

敗北感に沈み、強いハイボールでも飲みたくなった。そこでまたコンビニへ。

ウイスキーをレジに出すと「目の前のボードを押して下さい」とレジの若い娘が言う。「あなたは二十歳以上ですか」などと問う例の不思議な装置だ。

「あんたは目の前にいるこの冷し中華づくりにやぶれたヨレヨレ老人が二十歳未満に見えますか。そっちで判断できないんですか」と言いたくなったがまあヤツアタリですな。ああいうシステムを設置させて不毛なヤリトリを強いているコンビニチェーンのウエのほうの人たちはみんなバカである。

小腹はどこだ

よく「小腹がすいた」などといいますな。昼食と夕食のあいだの午後三時頃とか深夜の十一時頃とかが「小腹かいわい」であり「小腹すきタイム」だ。

若い頃は冷蔵庫をあけて躊躇《ちゅうちょ》なく「小腹を満たすものをみつけて食べた」。若いというよりも小学生や中学生の「子供」のじぶんだ。

世の中平等に貧しかったから、こういうとき一番簡単かつ、けっこううまいのが朝の味噌汁の残りに朝の残りのごはんをいれてぐつぐつ煮て熱くなってきたら生タマゴをかけて蓋をして二分。

別に母などに「二分よ」などと教えて貰《もら》ったわけではなく自分でその適正時間を発見した。小さな鍋の蓋をあけるといくらか味噌汁の水分の減った中の具のあいだに火のとおったおじや系のごはんが「ま、本日はこんなとこですわ」などとまだ多少グツグツいって全体に明るい顔をして待っている。あれ、じつに嬉《うれ》しいね。

「おお、同志よ」

といいながらごはん茶碗《ちゃわん》によそって食べるときにぼくは人生のシアワセというものを感じていたものだ。まあ味噌汁の分量もごはんの分量も同じぐらい残っていたのはそういうこともあるだろう、という母のやさしい気づかいだったのだろうか。

でもぼくは兄弟が五人もいたからそんな微調整はできなかった筈だ。各自のお弁当も作らねばならないからまあごはんの量は絶対に適当。

それで兄弟のなかでいちばん「がっつき」のぼくが満足する分が残っていたのだから当時のごった返しの時代の母のあたたかさを素直に受け止めるのだ。

大人になっての「小腹」はちょっと曖昧だ。その日仲間同士で酒を飲んで、どっちかというと話に夢中で酒に比重がいって固形物をあまりとらなかった場合、寝る時間の少し前にいきなり、そうだ今日はあまり固形物をくわなかったし、〆《しめ》の蕎麦とか雑炊にも手をつけなかった。

激しい空腹というわけではなくそういう一日を思いだし「なんか悔しい」という気持ちが酔い覚めと一緒に次第にむらむらと理由のわからない怒りとともに膨らんでくるような気がする。

なんとなく「父の仇《かたき》」、という好戦的な気分になって布団からガバッと半身をおこし、しばし迷う。

理屈ではそのまま気をまぎらわせて寝入ってしまうほうが体のことを考えるといいのだが、ゴソゴソ起きだしてきてトーストなんか一枚焼いてこのあいだ妻がみつけてきた「チーズの粕漬《かすづ》け」という夢のように美味《おい》しいものをひっぱりだし、少し焦げたパンの上にのせてあまり厚くないトーストに薄く塗るのである。これが信じがたいほどうまいのだ。「ああ、やっぱり、コレ、うめえなあ」と深夜に呟《つぶや》く。

少しだけ形ばかり逡巡《しゅんじゅん》し、でも手だけは確実に動いて「もう一枚だけ」なんていいわけをして二枚目を食べる。少し罪悪感が頭のうしろのあたりでチラチラする。

むかしおかあさんは「ごはんを食べてお腹《なか》いっぱいですぐに寝ると牛になりますよ」と必ず言った。その後こちらが大人になってわかってきたのは睡眠神経はやすまるが消化器官はいきなり起こされて「深夜労働」を強いられるのだ。消化器官はむかしからこの理不尽にいつも憤慨してきた。

「我々をいきなり深夜に働かせるのはその人の口をはじめとしたイブクロまでの消化器官どものだらしない〝快楽〟のためにむりやり超過勤務を強いられているのにすぎない。しかもその労働は深夜遅くにまで及ぶことがある。超過残業だ。ブラック企業の疑いもある」。「消化器系党大会」などやると必ず出てくる問題だ。

問題の小腹とはどのへんにあるのか――？　という視点を少し変えた意見も出てきている。

「まあ語感からいって胃袋のどこか端のほうにあるんじゃないいんですか」

「胃の裏のほうっていうか、少し陰のようになったあたりに……」

小腹容認派の空腹細胞が小さな声でいう。

「小腹というのはそれぞれ個人によっていろいろ性能、機能が違うもののようです。噂《うわさ》によると小腹などない、という人もいるようなのでそういう詰問にはなじまないように思うのですが」

思いがけない意見が出て会場は少ししずかになった。しかし会場ってどこにあるんだ。

「小腹は胃ではなくそれにつらなるもっと強大な大組織大器官が母体にあります。そこから大小さまざまな〝小腹のもと〟とでもいうゲリラ組織になってそこでの勢力争いが問題の軸になっている、という報告も得ています」

そのときまさしくその小腸からの伝令が到着し、苦しい息の下でそのようなことを言った。

「わたしども小腸、大腸、直腸連合組織はイブクロや脾臓《ひぞう》や十二指腸など上部の部位とちがって深夜から朝までの長い時間の消化吸収活動をおこなっています。そういう労働についている若い細胞が同じ消化器系のうちにあるといってもわたしらだけあまりにも手ひどい超差別化のなかにいる。しかも味覚細胞が皆無だから〝味〟という単語も独学で知ったものがほとんどです。そういう甘美なる上部器官にいつか這《は》いのぼっていってそれこそ〝小腹の夢〟の片鱗《へんりん》でも知りえたい。そこで違法と知りながらこっそり這いのぼっていって十二指腸や胃の壁にたどりついてこのあまりにも境遇の違う現実に気がつき、いつか革命を起こしたい、という運動をおこす準備中にあります」。伝令は小さな声のままにけっこう長いこと思いがけない話をしていた。

「そういう過激分子をあんたがたはなんと呼んでいるのですか」

消化器系会議の委員長がきいた。

「ピロリ菌いいまんねん」

伝令は応えた。関西系らしい。

マーフィーの法則

世の中にはマーフィーの法則というものがありまして、これはある日突然現れます。現れるといってもオバケじゃないからマーフィー語で「うらまひやあ」などと両手を前に下げて暗闇から出てくるというわけではなく、いま「法則」と書いたようにこれには「超常的愉快犯的暇神様」のようなものがからんでいるような気がする。なんのことかわかりませんね。こういう長たらしい精神構造学などというものが学会にあるのかどうかはわからない（たぶんないですな。いま自分で勝手に思いついた名称なんだからなあ）。

まあしかし少し落ちついてください。そしてとにかくはなしを聞いてほしい。

これまで何度もこの法則が現れて安定した生活のリズムを乱されているのでワタクシはこのへんでせめて事件の概要をきっちり書いておきたい、と思ったわけであります。

忘れもしない昨日のことだ。

これはたぶんぼくの職業と関係しているのではないかと思っている。

ぼくは文章を書く仕事をしている。このテの軽いエッセイならストーリーを考えたり用語確認などという面倒なこともなく大抵そのとき頭に浮かんだことをすぐ書いてしまうから楽なんですがぼくの仕事のなかには連載小説というものがあり、いまそれを並行して三本書いている。

連載回数がかさなってくるとどうしてもその世界に思考を集中させ、過去に書いたこととの整合性みたいなものも考えなければならず、ただでさえ残り少なくなっている上、故障している脳細胞もいっぱいあるなか、それらをフル出場、フル稼働させ、深夜まで残業させて古物脳にムチを打つ、という脳虐待、いうところのブラック企業的過重作業を強いている。

だから仕事が終わると疲弊してすぐ寝てしまう。タイミングによっては翌日すぐ次の小説に入るから毎日机にむかって原稿を書いていることもある。書いている物語世界は登場人物があっち行ったりこっち行ったりして忙しいのだけれどそれを書いているぼくは机の前に座って手を動かしているだけなのだ。

座っているだけだけどときどき空腹になる。先日妻が旅立ったので——あれ？　そんなふうに書くと冥土に行ってしまったようだけれどライフワークで福島の被災地の人々から聞き書きをもう七年ぐらいやっていて、そのための旅に出たのですな。味噌汁と野菜とおかずが数回ぶん用意されていて、ごはんを炊いてそれをおにぎり状にしてラップにくるんで冷凍してある。これをレンジで解凍すると二分ぐらいでほかほかの炊きたてのようになるんですなあ。味噌汁は小鍋に入れて冷蔵庫に入っている。夏場はすぐ悪くなるから用心しないとね。

熱くなってきたらそこに生タマゴを一個割り入れる。あれ楽しいですね。でも早く火をとめてはいけません。だからといってあまり煮こむと茹《ゆ》でタマゴみたいになってしまうからそれもだめです。

食器をだしたりの基本動作を入れても五分ぐらいのものだからいたって楽なもんです。で、そういう作業をやっているとマーフィーが現れるのです。

たいてい電話からはじまります。

「どうかな？　ちゃんとごはん食べている？」

福島の妻からだ。

「いまつくり出したところ。忙しいからじゃあまたね」

そうやって素早く電話を切ると携帯電話が鳴っている。さして番号を知っている人はいないから時間で相手が誰か大体見当がつく。

やっぱりぼくの事務所からだった。締め切りが接近していて催促の電話がきています。話が終わらないうちに門のピンポンが鳴る。むかしは「呼び鈴」といったけれど今はピンポンですね。なんか「おこちゃま」みたいで恥ずかしい。

宅配便だった。

玄関に行くまでに「そうだ！」と気がついて味噌汁鍋の火を消す。電子レンジは勝手にとまるからまあいい。

で、ドドドドっと階段を降りて行く。一階まで木の階段だけれど玄関から門までは固い石段でここをドドドっと行くのはちょっと危ない。門扉をあけるときに「そうだ印鑑だ」と気がついてまた玄関に戻る。

で、荷物を前に印鑑を用意すると「受け取り人払いです」なんて言われちゃう。

「なんだ、それを先に言っておいてくださいよ」申し訳ないが思わず不満顔になる。

「さっき言いましたよ」

どうもぼくには聞こえていなかったようだ。「ちょっと待って下さい」と言って財布のあるぼくの部屋の四階まで、今度は登りだからドドドドっとはいかずワッセワッセと頂上まであともう少しだ。

言われた金額の端数まで計算して（妻にそうするもんよ、とよく言われているので）

さっきよりも遅いド・ド・ドで降りて行き、お金を渡すと「あっ、二円足りないです」などと言われる。

「そのくらいいいじゃないですか」

とは言えないからまた「ワッセワッセ」だ。やっと台所に復帰するとまた携帯電話。NTTのなにかの新機能サービスの案内だった。その人は悪くはないのだが、なぜこんなタイミングで電話してくるのだ。

「今、まにあっていますから」

ついつい冷たい口調になってしまう。

ついさっきまで家のなかはずーっとシーンとしていたのだ。そうしてこの一連のことは連続していっぺんに起きた。これが「マーフィーの法則」なのである。また沈黙空間だ。ぼくはマーフィーさまが一休みしているきわどい時間をねらってそおっと味噌汁の蓋をあける。心配したとおり茹でタマゴ状態になっていた。それではダメなのである。

熱い炊きたてのようになったごはんの上に味噌汁の具に絡まった半茹で状態のタマゴをのせて「ジャーン!」と言いながら箸をいれる。たったそれだけのシアワセを望んでいただけなのになあ。

ピンポーン

伊勢うどんの衝撃

二十代の頃、ぼくはサラリーマンで、銀座《ぎんざ》にあるチビ会社に勤めていた。男ばかり三十人ほど。業界新聞や専門雑誌を発行していた。日本が高度成長に浮かれていたときで社員の入れかわりが激しかった。ほかで給料のいいところが見つかるとどんどんそっちへ行ってしまうのだ。でもすぐに代わりの社員が入ってきた。

戦争のときにシベリア送りになりそうだった二人が列車から脱走して日本まで逃げてきて、その二人ではじめたという強者《つわもの》の会社だったのでなにかと大雑把でぼくにはそれがたいへん居ごこちがよかった。欠員を補充するとき、新聞の求人募集の三行広告をだすとすぐ数名が応募してきたそうだ。経営者はペーパー試験など面倒だし、本人に直接会ったほうが人間性や度胸や仕事能力がわかる、というので入社試験は面接だけだった。面接のときのチェック項目に「度胸」が入っているのが面白かった。ぼくはアルバイトのつもりでペイのいい正社員募集の枠にもぐりこみ三カ月でやめるつもりだったけれど結局そこに十四年もいたのだった。

初めての会社勤めというのは想像以上に面白くて社員の一人一人を見ているだけでまず楽しかった。社長はじめ社員全員、みんなどこかヘンだったのだ。社長は大柄の馬面で馬みたいな喋り方だった。って、馬はどんな喋り方をするんだっけ。

シベリアからの脱走の相棒は専務。小柄でやや逆三角形顔はコブラ型というか可愛《かわい》い蛇顔だった。事実、その人の変人ぶりは超俗級で自宅に三百匹ほどのいろんな種類の蛇(毒蛇も大蛇もいた)を飼っていて、その頃デパートなどでよく開催されていた「世界蛇展」なんてのに出品要請されるとそのレンタル料が個人的な収入になっていてそっちのほうがよほど儲《もう》かる、なんて堂々と言っていた。

そのとき、人間はあるものに没頭するといつの間にか顔つきや全体の雰囲気が「それ」に似ていく、という法則みたいなものがあるのじゃないか、ということに気がついた。

蛇顔専務は大抵深ミドリ色のツイードのスーツを着ていて本人も「自分はヘビだ」と意識していたフシがある。

そういうコトに気がついてくるとある種の生き物が大好きな人はどこかその生き物に顔が似てくるのだなあ、という法則？　に気がついてきて世の中が急に楽しくなった。

裏銀座に住んでいてよく近所を散歩しているざあますおばさんはいつもプードルを抱いているのだがあれではプードルの散歩にならないんじゃないかと心配だった。でもそのおばさんの髪型や顔や痩せた体つきの全体がプードルそのものだったからあれはあれで一体化しているからいいんだなと思ったものだ。

サラリーマンをやめてモノカキになり、行動範囲がやたらでっかくなるとこの「顔面相似形」の発見率はさらに増した。

仙台から山形までいく仙山《せんざん》線の電車で山寺《やまでら》という駅から乗ってきた少年三人は、小さな玉コンニャクが三個串にさしてあるのを持っていたが玉コンニャクは三兄弟とよく似ていて面白かった。ずっと見ていたかったけれど玉コンニャクがどんどんなくなっていくのが残念だった。

やはり別のどこかの地方取材のときに一両電車に乗ってきた田舎の高校生は大切そうにかじっていた大きな堅焼きせんべいにそっくりだった。あから顔とニキビ満開のところがせんべいと完全に一致していた。

鉢巻きをしたタコ焼き屋の親父《おやじ》の顔がタコそっくりなのはずっと焼いているタコ焼き器の放射熱で顔が真っ赤になるからだろう。

アマゾンにもう三百回ぐらいは行っている探検家の松坂實《まつざかみのる》さんは古い知り合いだ。彼につれられてイスタンブールにヨーロッパ大ナマズを釣りに行ったのが初対面だった。そのときひと目で「この人は自分自身がナマズではないか」とつくづく感心したものだ。四十年近くナマズを追いかけていて簡単に三メートルぐらいの大ナマズを捕まえてくるのだから似てしまうのは仕方がない。本人も「ナマズそっくり」と言われるとけっこう喜んでいるのだった。

十年ほど前に「麺の甲子園《こうしえん》」という二年がかりで日本中のあらゆる麺を実際に食べて取材し、編集部の人と五、六人で勝手に優勝麺を決めていく、というバカバカしくも真剣な取材をしていたとき、はじめて伊勢《いせ》うどんに遭遇し、ややたじろいだものだ。知っている読者には説明する必要はないだろうがここまで麺好きのぼくが初対面だったのだから知らない読者も沢山いると思う。

あれは「麺」とか「うどん」というすべての常識的な概念からはずれた信じられないほど太く、信じられないほど柔らかい面妖なるもので、つゆのないどんぶりの中でしずかに勝手にぬるぬる蠢《うごめ》いている「うどん生物」のように見えた。そのどんぶりを持ってきたおばちゃんの顔というか全体の無表情およびのったり度具合が「伊勢うどん」にそっくりで、ぼくはたじたじとなった。

伊勢うどんに似た顔ってどんな顔ですか！　と聞かれると困るのだが、伊勢うどんを初めて見たショックの残像が、店のおばちゃんにかぶさって見えたのではないか、としか説明のしようがない。

南洋の島などにいくとタロイモやヤムイモに似た色と顔つきの部族の長などとよくであう。これは生まれてからずっとそれを食べていたから相似形になってしまった、という生物生態学的な見地から説明できそうな気もするがどうだろうか。

もやしバリバリ丼夢

深夜から明け方にかけてのどうしようもない時間とか、人里離れたキャンプ地のテントのなかなどでむしょうに食いたくなるものがあり、それを思うココロが全身を襲い、もだえ苦しむようなことになる。

たとえば「もやし」だ。サラダでもいいけど少し煮たぐらいのミデアムレア状態のがいい。

いっぺんにできるだけたくさん食いたい。ドンブリにやまもりいっぱいのをムシャムシャバリバリ口のあらゆる端からもやしのシッポ（いやあたまもあるな）が出てきてしまうくらい乱暴に、一心不乱に急いで食っていきたい。

①ゴマ油ピチピチ。醬油少しにカツオブシ　②酢醬油さらり　③強火で炒め、できあがり寸前に醬油系の味つけ。薄めたラー油が入ってもいい　④キリゴマに酢醬油。加減してマヨネーズ少々　⑤醬油に程よく溶かしたバター　⑥しょっぱいなかに甘味を感じ

る塩田製の高級塩パラパラ　⑦軽くゆでて酢醤油にゴマ油、ラー油。

今思いついたものを並べてみただけなんだけど全体に「醤油」が制覇していますな。これはぼくが醤油好きだからです。

注意すべきはあまり複雑なものを考えないことですかね。どうせ作れないけれど、なにか野菜の細切りを炒めて甘味あんかけにしてシナモンをパラパラ。

なんてやると作っているうちにさっきのいきなりガバッと起きて「そうだモヤシだ！」というバクハツ的動機と期待と希望感がどこかへいってしまうから注意しましょう。


キャベツも夜中に「ハッ」と気がついてバリバリやりたくなる危険物だ。人間青虫化に近い症状だが、これには幼少期の貧しくともシアワセだった記憶が根底にある。

幼少期といっても二十歳ぐらいの頃の経験でぼくは同じ歳《とし》の仲間四人で東京の下町のボロアパートで二年間共同生活をしていた。

極貧生活でもちろん自炊だ。

近くの八百屋さんと魚屋さんと仲良くしていた。わざと夕方ちかくそれらの店に行ってウロウロしている。店じまいの頃、魚だとトロ箱、八百屋だとダンボールなんかの片付け仕事を手伝ってあげる。段取りがわからないからはじめの頃はかえって余計な邪魔者だったらしいがだんだんコツがわかってくると少しは店の役にたつ。

そのうち店主と仲良くなってダンボールにいれた形の悪い野菜などを「ほらコレもってけ」などとそっくり貰うことになっていた。

魚も同じで足の早い種類の魚が余るとそれをドサッとくれた。

こういうものをアパートに持っていくとその晩は豪華チャンコ鍋風になってうまいのなんの。

その頃、キャベツが単独でけっこう活躍していた。これはタカラモノのようなものだった。ほかの貰った野菜の中でひときわピカピカ輝いていた。こういうときは最初はほかの野菜を入れない。

大きなフライパンでさっとキャベツを炒め、カツオブシと醬油をかけて素早く食べる。それだけが夕食のおかずだった。

その次に我々が何よりも大切にしていたのはタマネギである。赤茶系の網袋に入れたタマネギは鴨居《かもい》にひっかけて空中につるしておいた。ぼくたちのシャンデリアであった。

それを見ていると食うものが何もなくなったら「タマネギ」がある。あすへの生きる力が湧いてくる。安心して眠るのである。タマネギのみじん切りに醬油とカツオブシを入れてあつあつゴハンにパラパラまぜたら無敵のおかずになった。

誰か千円札を拾ったとか、パチンコでとってきた「サバの水煮」のカンヅメが六個もあるようなときには「祝い鍋」というものをやる。

サバ缶の中身を一ケ鍋の真ん中に置いて水をいれてぐずぐず煮立ってきたら我々の部屋には冷蔵庫がなかったから新聞紙に広げて保管してある野菜などが悪くならないうちにドバドバ入れ、煮立ってきたら味噌の味つけだ。わすれもしない高級感溢《あふ》れる「キャベサバ鍋」。

これをみんなで競争するようにして食うのだ。だからいまだにこのときの夢をときおり見るのだろう。そして潜在意識のなかでキャベツが突出してくるのだろう。

もうひとつ真夜中とか明け方にいきなりすぐさま食いたくなるものがある。

それは自分でも意外なのだがモナカアイスというものがありますね。甘党ではないので暑くてもどうせウタカタのものだから普段アイスクリームをそんなに食べたいとは思わないのだけれど、モナカアイスだけは別だ。

実際、クルマで移動しているときなどサービスエリアなどに寄って誰かが「モナカアイス食う人?」などと言うと「ハーイ」と手をあげてしまう。乗っていた男たちが全員手をあげる。男はモナカアイス好きなのかもしれない。ほかのアイスクリームを頼む奴はすくなくともぼくのまわりにはいなかった。

ぼくが見た夢のように、夜明けにモナカアイスばかりドンブリに入れてわしわし食っているおっさんの姿は異常なんだろうけれどわしらにはしあわせなのだ。もっともそういうことを夢と思うだけで実際にモナカアイス丼を食ったことはないのだけれど。

でもぼくはむかしからなにかのドンブリを見ると箸で全体をぐちゃぐちゃにして食いたい欲望にコーフンした。一度ぐらいやってもいいだろう、というドンブリ界の常識破壊の深層心理があるのかもしれない。

いちばんやりやすいのが「うな丼」だ。名古屋のひつまぶしはそれを公然とやっている。だからあの方式だと「かつ丼」が出てきたらぐちゃぐちゃにしてしまう。「天丼」なんかやりやすい。「鉄火丼」もいけそうだ。でもどれもまだ一度もやったことがないのはどうしてなのだろう。

カキピーガリポリ実記

ビールに枝豆プチプチの季節がほぼ去っていった。と、言いつつこれを書いているのはまだ八月最後の週なんです。意外にいきなり涼しくなり、草の虫なんかもチリチリ鳴いて、あの殺人的な凶悪猛暑がやっと一歩後退しはじめたのかな、と一瞬思ったからだ。しかし、いえいえそうではありませぬ。

あのお風呂ぐらいの暑さである四十二〜四十三度ごえの熱風と熱暑の空気が好き放題にあばれていた凶悪な気圧配置がいつ戻ってくるかまだわからない段階です。とテレビの気象解説者が言っていた。うーむ。こういう気象解説の人は世のなかの人々が朝方からちょっとやる気になるようなウソをついても許されるような気がする。

冷え冷えビールに枝豆プチプチのアチアチ熱気が「いやちょっとばかし留守にして悪かった」などと言いつつ、いつ戻ってくるかわかりません。用心せねばなりませぬ。

アレ、変だな。今回なんでこんな武家の奥方みたいな口調になってしまうのだ。

　ここでぼくは正直に告白しますと、枝豆というのは山形県名産「だだちゃ豆」以外の、そこらの平凡なものはあまり好きではないのです。カレーには上等肉よりも絶対に雑バラ肉がいいけれど、枝豆はそうはいきません。だだちゃ豆は全体にふっくらピチピチしていて、ビールをゴクゴク飲んでプハーッとやっているあいだに右手で簡単にサヤからプチプチはじき出せる喜びというものがあるけれど、そこらのいいかげんな店で「約束ごとですから」と言い訳しつつ出てくる身元不明のしなびた枝豆はこのプチプチ動作の連続が難しく「まだ出ぬか　枝豆に気をとられて　もらい水」という名句があるようにそれらはあまり信用できないのです。

　信用できない、ということになると、このヘンな文章を書いているモノカキが一番信用できませぬ。おのおのがたナギナタを持て！　とまた武家の奥方に怒られてしまいます。

　ぼくはひっきりなしにビールを飲んでいるバカ者だから、わざわざ茹でなくても食える、そこらのコンビニで簡単に売っている通称「カキピー」なんかでツマミは十分です。これを袋から適当につまみだして口の中に放りなげ、ガリガリポリポリやっているだけで十分なのです。

最近はここにカシューナッツなどという舶来ものをまぜた三種混合がキヨスクなんかで簡単に買えるから文明開化とはよかですばい、といま人気の西郷どんも言っています。さらにここにクルミや炒めたソラマメなんかも投入した五種混合なんていう連合軍みたいなのもあって、これらを掌《てのひら》いっぱいにして口の中に全部放りなげると口の中は阿《あ》鼻叫喚《びきようかん》と化してもう大変。歯はまあなんとか粉砕努力、いや奮闘努力か。まあ必死で嚙《か》み嚙みして胃袋方面のために頑張っているけれど、長く続くと顎が疲れてくる。

モノゴトというのは面白いもので、こういうカリカリコロコロ固いものを長く食べて、いきなりおでんなどを食べるのはいけませぬ。と、また奥方が出てきてナギナタ構えて裾など払いつつ叱責いたします。

清少納言《せいしようなごん》なども「ようよう長きにわたって柿ピーなど嚙み嚙みしつつ、いきなり味噌田楽《でんがく》など口にせば、歯は踊り、舌は丸まりて筒巻き煮と変じ、のけけじみて、いといみじきものなり」と『田楽史』で警告している（注・のけけ＝イカの丸煮のこと）。

電車のなかであまり下品なガリガリ音をたてないようにカンビールなどを飲むときには昔はイカクンなどが幅をきかせていた。そうなると黙ってはいられないのがタコクンだがこれはあまり目にしない。やはりサイズの問題があるのだろうか。

むかしぼくが好きだったのは塩マメだった。これをしっかり噛みしめていると少年時代に母と親戚の家に行くのに夜行列車で新潟県の柏崎《かしわざき》まで行ったことがあり、当時は駅のホームに弁当や各種オツマミなどを売るおじさんがいて、母はぼくに塩マメを一袋、というか、当時は経木《きょうぎ》（木を削って作ったお皿がわりのもの）を器用に丸めた三角筒のようなものに入れて売っていた。それを買ってもらい「お母様。これをぼくが全部食べていいのれすか」と少年マコト君は育ちのよさを隠せない言葉づかい（一部素養破壊あり）でそう聞いたのだった。

「いいからそれでも食いながら早く寝ちまいな。寝る前にションベンすんのをわすれんじゃないよ！」

と、母は身分を隠し、わざと乱暴にそういうのだった。しかし母の身分っていったいなんだ？

戦国時代に兵《つわもの》たちがそれぞれ兵糧として携えていたのはすぐには腐らないカツオブシやコンブ。場所によっては煮干しなども空腹のときにボリボリかじっていたらしい。よく見るとこれらはみんないい「出汁《だし》」になります。山の猪《いのしし》を捕まえると焼いてそのまま食べたというが、猪など捕まらないときはそこらの畑からほうれん草や大根を盗んできてこの出汁で煮て「野菜鍋はコレステロールの心配もないから体にようござる」など言ってそこらの竹林から切ってきて作った竹の節を利用したウツワでアヂアヂズルズルなどやっていたのも「いとおかし」と清少納言は竹林の端のほうで眺め、筆でサラサラその感想を書いていたのだろう。

位の高い将兵は「いいぼし」などを袋に入れて腰にぶら下げていたという。いいぼしというのは米を炒《い》って乾燥させたもので、本など読むかぎりではなかなかうまそうである。

戦場では敵の襲撃がまず考えられないところでは、この「いいぼし」を腰の袋から出してポリポリやっているうちにのんべえの大将などは家臣に民家に押し入ることを命じ「どぶろく」などを徴収し、グビグビ、ポリポリやっていた夜などもあったろう。

ながもの料理

いまはあまり一般的な料理として食卓にあがることはないようだけれど、田舎のほうに行くとまだ「どじょう」をよく食べているようだ。

旅のつれづれにひなびた温泉付きの民宿でどじょうとゴボウを煮たものをだしてもらった。

どじょうは一部の地域では栄養があって「精」がつく、などと言われてなかなかの高級料理だったりする。

浅草《あさくさ》のほうに行くと今でもどじょう料理は人気で老舗《しにせ》の店が何軒かある。その場合は暖簾《のれん》やメニューに「どぜう」と書いてある。

ある老舗では小型の鉄鍋にどぜうを横たわらせ、その上に大量のネギがのっていてこれにトウガラシの粉など好みの味つけをして食べる。そして酒を呑《の》む。うまい。江戸前である。

山陰《さんいん》のある安宿で聞いた話だがたしか「どじょうの隠し豆腐」と書かれた料理があり、これは薄味のついたたっぷりの汁に豆腐を一丁いれ、同時に数匹の生きているどじょうをいれる。数匹といわれても困るがたぶん五、六匹だろう。でもって火をつける。当然ながらゴトゴト煮立っていく。

こういうことをされて困るのはどじょうだ。当然あちち、あちち、ということになる。あたりの出汁よりも豆腐が煮立つのは時間差があるから、どじょうたちはみんな出汁よりまだ冷たい豆腐の中にもぐりこむ。

でも気のどくながら豆腐も煮えていき、そこに潜りこんだどじょうもやはり豆腐と心中。「あちち煮」となる。

あくどい宿なんかではその段階で鍋の蓋をあけて客にみせる。あれれ。さっきその鍋のはじまりの頃は熱心に泳いでいたどじょうたちの姿がまるで見えない。「ふひひ」などと笑いながら宿の人は煮立った鍋の真ん中の豆腐をまな板にのせ、包丁で切っていくと、世にも稀な「とうふドジョウ煮」というものを誇らしげに見せてくれる、というわけらしい。

もう少し山の中に入っていくとヘビがごくごく当たり前の栄養食品として存在する。ヘビ料理はいろいろあるが、日本のある山村では「ヘビのまぜごはん」というものをつくっているそうだ。ヘビといってもいろいろあるが、そのまぜごはんは小さな「ヤマカガシ」が一番うまく、いろいろとあんばいがいいという。つくりかたは簡単で研いだコメの水加減を通常より多めにし、火にかける前に生きたヤマカガシをそこにいれる。

そうして釜の蓋におもしをのせて、炊けるのを待つ。この釜の蓋には仕掛けがあって二〜三センチの穴があけてある。

釜のなかで「なんだなんだ」とうろたえていたヤマカガシは米と一緒にどんどん炊かれていくから苦しさのあまりやがて蓋の穴に気がつき、そこから脱出しようとする。それを待っていたのが山の宿の料理人。

ヘビは頭だけなんとか外に出せてもそれより太い胴体までは穴から出せない。もがいているうちに胴体も煮えてしまう。

山の料理人はめしが完全に炊けたのを待って、蓋から出ているヤマカガシの首を持ってぐぃーんと引っ張ると煮えた胴体は釜に残り、ヘビの頭と骨だけが外にひっぱりだせる。

そののち味をつけてホカホカのヘビのまぜごはんが出来上がる、というわけだ。石川ゴエモン状態となったできたてヘビのまぜごはんはたいそうおいしいらしい、という。

――しかし、このドジョウにしろヤマカガシにしろ、この話は全部ウソである。

まことしやかに山宿の人が旅人に話しているうちに、少しずつ知れわたり「なるほど。そういうものがあるのか」と信じられていったらしい。

日本の山人のなかで「まむし」が食べられているのは本当である。若い頃、ぼくはいろんな山に登っていたが幾度かマタギに会い、一晩泊めてもらったりした。そのとき囲《い》炉《ろ》裏《り》の上にタケの長串などにくねくね状態に突き刺されたヘビの燻製《くんせい》っぽいものをよく見た。燻製っぽいじゃなくてまさしくマムシの囲炉裏いぶし、というものだった。

「何よりも元気がでるぞい」

などと言われてその燻製マムシのいくらかをいただいた。ぼくはヘビに弱いのだが、その燻製は味が深くてうまかった。本当にそこからさらに高い山に登っていく底力になるような気がした。

沖縄方面に行くとハブになるが、これはもっぱらハブの泡盛づけ、が一般的だ。ひときわハブの多い奄美大島《あまみおおしま》ではハブ料理専門店というのがある。いろんな料理があるがあまりはやってはいないようだった。

沖縄でもっともよく食べられているのが海ヘビで通称「イラブー」「エラブウナギ」とも呼ばれている。

ぼくは若い頃スクーバダイビング（タンクをしょって海に潜っていくやつ）をよくやっていたが場所によってはこの海蛇イラブーだらけのところがあったりする。猛毒でハブの七十倍の毒がある、と言われている。平均一メートル以上あり、こいつに遭遇するとあまりいい気持ちはしないが、毒牙は口の奥のほうに生えていて、指など出して「おいエラブウミヘビよ」などといって口のほうに持っていかないかぎり噛まれることはない。

このイラブーは乾燥させて巨大な蚊とり線香型にしたりステッキ型にしたりしてそこらでいっぱい売っている。これを出汁にスープにするとたいへんうまい。体が元気になり、風邪《かぜ》などひいたときにそれを呑むと本当に一発で治る。日本のヘビのなかでは最高にいい奴なのだ。ぼくはこのイラブーだけはシッポを摑《つか》んでぶらさげることができる。海蛇は浮力のあるところで生きているから腹筋も背筋もよわく、シッポを摑んでもぶらさげているぼくの手まで口が届かないからだ。

「もってのほか」日記

いろんなものがおいしい季節になった。

家の食卓がいろとりどりで見た目ですでにおいしい。食べるともっとおいしい。思いだしてみると、まず季節限定の「もってのほか」。

赤や薄桃色の菊の花を酢でしめたものが猪口《ちょこ》ぐらいの小さな器にちょこんと入っている。菊の花はシャキシャキした歯ごたえで気持ちがいい。そんなに沢山食べるものではないから酒の肴の前菜にちょうどいい。

しかしこの「もってのほか」という名称が不思議である。広辞苑《こうじえん》でひいてみると「以《もっ》ての外《ほか》」と書いてあり「とんでもないこと。常軌をはずれたこと。思ってもみないこと」とある。まあ考えてみると花を食っちゃうんだからそうかもしれないなあ、と少し反省した。

菊の身になって考えると、本人（菊の花のコトね）は綺麗《きれい》に咲いて、そこらを飛んでいるトンボやアブなんかに「どうかしら」などとシナをつくるつもりでいたのにたちまちむしられてヒトに食べられてしまう。ほかの花はそんなことはないのに、と思っているのにちがいない。

「菊の花は観賞するものであってそれを食べてしまうなんてとんでもない！　常軌を逸しています！」と怒るのも仕方がないのでしょうなあ。

「すいません、すいません」と詫《わ》びながら食卓の次の鉢にうつる。

カボチャとワカメを煮たもので、まだ湯気をたてている。カボチャは見るからにホクホクして、その隣に少し戸惑ったような黒い顔のやわらかそうなワカメが寄り添っている。陸のものと海のものがこのようにいきなり隣あわせになるなんて本人たちはあまり考えていなかった筈だ。

小さな椀《わん》にはダイコンの葉とアブラゲを炒めたものがあり、これは前日の残りだ。ビールにあうので数日保存して食卓にだしてほしい、と頼んでおいたものだ。ダイコンの葉もアブラゲも色彩的には地味だけれど味に深みと実力がある。これは朝の熱いごはんのおかずにしてもたいへんおいしいんですねえ。

その隣の鉢にはトマトとチーズを角切りにしたのをなにか白いソースでまぜ合わせたものがあり、白と赤の組み合わせがうつくしい。

その前には本日の主賓であるマグロの赤身の刺し身とアボカドを刺し身のように切ったものがよこたわっている。こっちは赤と緑の組み合わせだ。

マグロの赤身とアボカドを一緒に食べると大トロの味になる、ということは前に書いた記憶がある。不思議なことに本当にそうなのだ。だからマグロは中トロを売っていてもわざと赤身を買ってきてくれる。

よく考えるとこっちも陸のものと海のものの組み合わせだ。しかし結果的にはアボカドが助太刀《すけだち》をしてマグロを大トロにしているのである。だから「もってのほか」ではなく「かたじけない」と呼ばれているのである。これは本当はウソですが。

翌日は盛岡に行った。いろんな成り行きでいまぼくは一年に四回盛岡に行って「食べ物」の話をしている。その前の年は「映画」についての四回話だった。

食べる話はそのあとに希望者三十人ほどとその回のテーマである食べ物をだす店に行ってみんなで乾杯し、その日の話にちなむものを食べることになっている。

そして今回のテーマは「麺類」であった。

盛岡は「麺」の街で、いろいろ変わった麺がある。有名なのは「わんこ蕎麦」だけれどあれはなんというか、一度見たことがあるけれどどこか別の章で語りましょう。

その日の我々はとにかくいろんな種類の麺を食べるのだった。もちろん少しずつだ。最初はここらの名物「せんべい汁」でラーメンを食べる、というものだった。続いて名物のじゃじゃ麺。肉みそがのっている。次は冷麺。そして焼き冷麺。出てくるまで想像が難しかったが、その名のとおり冷麺を焼いたもので、意表をついていたがなかなかおいしかった。そういうものを肴にしていろんな酒を飲んでいったわけだけれど、宴なかばにしてちょっとざわめきがおきた。

なんだろうと思ったら、その店はいわゆる「大食い」イベントをやっていて、その挑戦者が入ってきたのだ。

聞けばラーメン玉七個の超大盛りという。出されたそれは大きな植木鉢のようなウツワにあつあつラーメンがどさんと入っていてまあ一般的にいえば十人前だ。それを三十分以内に食べることになっている。

挑戦者は三十代ぐらいの若い男だった。どうやって食べるのかぼくはすぐそばに行ってじっくり観察していたけれど最初は麺だけ普通のラーメンドンブリにいれてフウフウ息で冷ましながら食べる。汁なしでも何回もかき回して食べるのは回転させて空気に触れさせて冷ましているのだという。なかなか科学的なのだ。

「食うのはいくらでも食えるけれど熱さにやられるとペースがおちるんだ」とその男は

言っていた。もう何回も「大食い」に挑んでいるんだという。

見ているととにかくその単純作業をどんどんやっていく。二十分ぐらいで麺は殆どなくなった。しかし洗面器二杯ぐらいの熱いスープがまだ残っている。男はペースを緩めることもなくそれを通常のラーメンドンブリに移してとにかく地道に飲みはじめた。もう食物摂取というよりなにかの「運搬工事」のようだ。そうして見事に時間内にからっぽにして賞金五千円を貰って出ていった。

いやはや常軌を逸したそれも「もってのほか」の出来事だった。

輝け駅弁大賞「海老づくし」

毎年そうだが秋はスポーツ、読書、味覚に食欲、そして文化の季節といわれている。理由はよくわかりませんけどね。

スポーツはわかるけれど、活字ばなれのいま、秋の声を聞くと「そうだ！　読書だ」といってにわかに自分のまわりにいろんな本を山にするというヒトがどれだけいるかちょっと見当がつきません。山にしただけでヒルネの枕にする、というケースのほうが増えているような気もしますがね。

ま、そういうことはともかく、こういう風潮に巻き込まれてこの秋は晩秋にいたるまで作家としての講演仕事が五、六件連続してました。作家も三十年以上やっているとそこそこ対応できるもので、要請されるテーマによってはそれがきっかけになって今まであまり傾倒してなかったテーマなどに首をつっこみ、新たな思考の刺激になったりしていろいろタメになります。

講演などは夕方からが多いのでむかしは講演が終わると招聘《しょうへい》してくれた組織なり機関などがいわゆる「うちあげお座敷」をしつらえてくれて、まあ一杯やってその地に泊まって帰ってくる、ということが多かった。

たいてい十人ぐらいの規模だが、当然ながら酔ってくるといろいろ大騒動になり、いつのまにか随分飲んでしまう。その結果酔ってしまう。まあ地元名物の御馳走《ごちそう》がいろいろ並んで楽しいのだが、最近は歳相応に酒量もへり（若い頃は日本酒でいうと七〜八合は飲んでいた）、飲みすぎて翌日起きて帰りの列車に間に合うように支度をして駅に行くのがたいへん面倒になってきた。

歳をとってくるとそれが面倒なのと、新幹線をはじめとして交通の利便がだいぶよくなり遅くなってもその日のうちに帰ってくることができるようになった。それを理由に、主催者などとの宴席をスリヌケ一路帰宅、ということが可能になった。そうなるとたいてい夕食前に帰路につくから、そういう場合は駅弁にビール、という黄金的単純な組み合わせになる。これはかえって楽しいですなあ。

その土地の名士と飲むのもそれはそれで豪華だし楽しいものだけれどお酒をやったりとったりの儀式というのは（こっちは一人だから）結構疲れるもので、ひとつの仕事を終えたあとは黙って一人になるのが至福なのですなあ。だいたい遅い時間だから列車もすいているし。

駅で売れ残った駅弁を買う。最近はむかしのように「名物お弁当屋」などというのがすっかりなくなり、駅構内に「コンビニ」ができていて、いかにもコンビニらしいものをならべています。しかしこれ超つまらないね。

あるときサンドイッチしかなくてよく見たら製造元は東京だった。なんだか怒り、すぐさま足で踏みつぶしてしまいたくなったが、そうすると空腹で東京まで帰らなければならなくなり、そうするとぼくは東京サンドイッチの単なる運び屋、ということになる。

はっきりいうが日本のサンドイッチはみんな圧倒的、決定的にまずい。パンはほぼ固くなっているし挟んであるものがベニヤ板みたいなハムにまともな味のしないタマゴ。肉はこれをつくる直前までビニールパックに入っていたものです、とわかるくらい冷たく各種保存調味料のかおりがただよう。シクラメンのかほりとは随分違う。

アメリカでおにぎりを絶対買ってはいけないように日本のサンドイッチは欧米のものとはまったくちがう。互いに味づくりの歴史と伝統が違うものなあ。

本場のサンドイッチは絶対冷凍なんかしないしホワッとしてジュウシーだし、一口食べて「あっ、もうひとつ買っておけばよかった！」とおもわせるしあわせの味だ。これはホットドッグでもパイでも同じ。ミートパイなんかウワーウメー！　と叫ぶとまわりの人が「あっアジアのヒトだ」といって笑って見ていたものなあ。

この秋ぼくはやたらと北の町での講演会が多かった。毎年行っている盛岡は「冷麺」を食わないと話にならない。しかし冷麺弁当はまだ開発されておらず代打の切り札「鮭《さけ》はらこめし」で十分満足する。これは何年か前に全国駅弁コンテストで一位になったものでシャケとイクラのまぜごはんだ。それだけの単純なものだがこれはごはんもおいしいので、もうなんにも文句ありません状態になる。ビールだってすすむ。駅弁の食い方はビール（もちろん日本酒でも）をごくり。それを味わいながら本体をパクリ。これを順番にやっていく。なくなればおしまいだが、ぼくは遠くアルファケンタウリ迄《まで》の七万八九五日、これをひたすら食べ続けていたい。

このイクラとタラコをペアにしたらどうかって考えたのだろう。北陸のある駅の売店は「イクラ・タラコ弁当」というものを売っていた。すぐさま買ったけれどコシヒカリを売り物にしている産地なのでおかずをふたつにわけて（それもちょびっとずつ）という、まあ意図するところはわかるが所詮、新参者の「思いつき」というのがすぐにわかり落選（食ってしまったけれど）。

ぼくが一番うまいと思う弁当は、ちょっとうろ覚えだが岡山だったか駅のホームでミズテンで買った「アナゴ弁当」だ。

これはアナゴをウナギのカバヤキふうにしたものを小さく切って屋根瓦状にしたものでアナゴ煮でしたな。

さして期待して手にしたものではなかったが、これは旨《うま》かったですぞう。瓦状になったアナゴがそれぞれ「ええでしゃろ」とほんわり言っているのだ。「めっちゃええですねん！」とぼくは抱きしめんばかりに答えた。相手はアナゴなので無理でしたけどね。

昨日。ぼくは慌ててかけつけた東北新幹線。そのとき車内ワゴン売りのウックシイおねえさんが運んできた「海老《えび》づくし」というのがうまかった。本当にごはんもおかずも海老だらけなのだ。時期も時期。これを本年個人的駅弁大賞の第一位にしましょう。

お餅の記憶

子供の頃冬休みになってだんだん師走となってくると近所のお米屋さんが大きな木の入れ物を肩にして「あいよ」と言って重そうなものを届けてくれた。

何がきたのかすぐにわかった。頼んでおいたつきたての餅が届いたのだ。何枚もの「のし餅」と大小いくつかの丸餅で、一番大きなのは床の間に飾られた。大きな餅とその上の小さな餅のあいだになにやら綺麗でいかめしげな飾りものがついており堂々として横綱の土俵入のようだった。

「このお餅は神様に捧《ささ》げるのだからあちこち指で押したりしちゃいけませんよ」

と必ず母は言った。もっともその前にぼくはいつも素早くあちこちを指で押し、昨年とくらべてどうか、弾力などをはかっていたのだけれど。

本当のつきたて餅は底に板などしかないと全体が変形してしまいそうにやわらかく、うっかり触るとたちまち怒られたので、床の間の真ん中に置かれてしばらくしてから今回の弾力具合をたしかめた。ほどよくやわらかく、しかし確実にはねかえってくると「今年はいい餅だぞ」などと弟に言ったりした。

何枚もある「のしもち」は、母が全体の弾力具合など見て、包丁でそれを切るだいたいの時間を姉などに言った。

のしもちを切るのはけっこう難しく、最初は母が切る前に全体を眺め、物差しも使わずまっすぐに端のほうから切っていった。

一本の細長いのができるとそれを物差しがわりに次の細長いのを切っていく。

一枚ののしもちがそういう短冊状になると今度は横にこまかく切っていく。こまかくと言っても、わが家でお正月になると兄弟姉みんな仲良く揃《そろ》って二日の夜にやる「百人一首」の手札一枚ぐらいの大きさだ。

手伝いのために集められたぼくたちはそれを手長盆に並べる係だった。手に触れる餅の感触がなんとも言えずここちよかった。

母の包丁切りがおわると沢山できた切り餅を三十分ぐらいそのまま乾燥させ、いくつもの大きなザルに入れて直射日光のあたらない縁側にならべられた。

そのくらいで大体ぼくたちの仕事は解放されるのでそのうちの何個かを持っていってコンロの火で焼いた。

コンロの火はあらかじめ弱火にしてあったけれど丸い餅網の上にのせるとすぐに膨らみはじめる。それをアチアチアチチなどと言いながら表裏さっと焼いて、すぐ食べるのが旨かった。

何もつけなくても十分モチゴメの味が旨かったけれど、姉は自分が好みの醤油に少し砂糖を入れたのをちょっと餅の一部を浸して食べるようにしてくれた。

これが旨かった。そのうちに母親がやってきて、彼女は自分が好きな焼いた浅草海苔をハサミで切ったのを餅にまいた品川《しながわ》巻きをいくつもつくり「さあ食べなさい」とどっしりした顔で言った。それを口許《くちもと》にもってくるとプーンと潮のかおりがして、さらに大人の気配もしておいしかった。

そうしてその切り餅は元旦のお雑煮として主役然として出てくるから、日本の餅というのはたいした役割を果していたことになる。

お餅はゴチソウだけれど十数個まとめて机の引き出しなんかに隠しておくことができた。いつかよほど空腹のときに自分で焼いて食べるための備蓄食料だった。

それをぼくと兄と弟までやるものだから、あれだけいっぱいあったのがみるみる減っていくのを母が気づき、それらを隠匿しているのがぼくたちだということも発覚した。

「みんな自分のところにしまいこんであるお餅を出しなさい！」

確固たる隠匿物供出命令が下る。

その頃の母の威力は絶対だった。

ぼくたちはみんなで隠してあった餅を持って自首する。

それは家の餅が極端に少なくなって発覚した時期だから一月十五日をとうにすぎた頃だった。

当時の餅は防腐剤などいっさい入れていないのでみんなが返しに持ってきた餅のいたるところにカビがはえていた。カビはいろんな色をしていて、こいつも生物なんだな、とじっくり見ながら思ったものだ。

兄弟三人は次の母の命令に従ってそのカビを包丁やナイフを使ってはぎ取る仕事を命じられる。弟にナイフは危ないのでぼくと兄が切りとったカビつき餅をかたづける仕事を命じられた。

餅のカビの多くは表面にとりついているものだったが、よく見ながらやっているとときどき例外的に餅の奥深くまで入り込んでいるのがある。

子供心にも、そういう浸食したカビは「よくない」ものなんだろうな、と思った。

兄と相談して三分の一ぐらいまで浸食しているそういうのは思い切って半分ぐらい切

っていまいましいけど捨てることにした。

「こういうのを食べるとどうなるのかな」

ぼくは兄に聞いたことがある。兄は高校生にしてはいろんな本を読んでいて家庭のなかでも「物知り」と言われてそこそこ評価されていた。

ぼくが本好きになったのはその兄に影響されているところがある。ぼくがいろんなことを質問するので兄はすぐには答えられなかったりしたがあとで必ず本で調べて教えてくれた。

その頃からぼくは友達とよくキャンプに行った。冬は無理だから春から秋までだった。キャンプといっても中学生だから自分の住んでいる町の海べりとか町の背後にある小さな林の中などだった。

味噌汁みたいなのを作って、家で作ってきたオニギリを食べたりしていた。そのとき、餅があればなあ、としみじみ思ったものだ。

おじいのおじや

長い時間をかけて原稿仕事をし、フと気がつくと午前三時ではないか。おなかがすいた、ハラペコだあ、と思ってもこんな時間に大きな声でそんなこと叫んでたら叱られるだろうなあ。

いいえ、誰が叱るものですか。マコト君はこんな時間まで本当によく勉強していました。と、世間は言う筈だ。

しかしそう書きつつ思ったのだが「世間」というのはけっこう冷たいものでたぶんそんなふうに簡単には褒めてくれない。

その世間というのはどこでなにをしているのだろうか。演歌なんか聞いていると世間がよく出てくる。しかも世間は強い力を持っているのだ。昨年の大晦日《おおみそか》も「世間」がいた。一番ハラたつのは「昭和枯れすゝき」のなかにいる世間だ。さくらさんと一郎《いちろう》さんは張り裂けんばかりにしてまだ歌っていた。恋人同士の二人を世間はなぜ引き裂くのだ。

二人はあんなにも愛しあっているんだから許してあげればいいではないか。しかし「なに」を許してあげればいいのだろうか。世間の居所がわかればマコト君が訪ねて行ってかけあってやりますよ。

でも、なにをどこから交渉していいのかよくわからない。ひとつだけわかるのはこういうコトを何時《いつ》までも書いているとこっちが世間に怒られるんだろうなあ、というコトである。とくに本誌（『女性のひろば』）の読者はいろいろ正しそうな人ばかりのようだから気をつけなければいけません。

でもそんなことを言っているうちにどんどんマコト君の空腹がつのるのですよ。ん？しかしこんな用語はあったのだろうか。募る、というのは募集するというコトバがあるように集まるという意味が八割ぐらいあるような気がする。だから「空腹」は募らないのではあるまいか。空腹の人が一万人集まると暴動がおきます。では「満腹」なら募っていいのだろうか。

こういうコトを書いていると本誌の世間が怒りだすような気がする。どうしたらいいのだ。ヘンなところで深みにはまってしまった。

そうだ。おなかがすいたハラペコだ、と幼児のようなことを言っていたのだった。今はそっち関係のほうをなんとかしなければいけなかったのだ。そこでさくらさんと一郎さんにはこたつにでも入って愛について語りあってもらってマコト君は台所方面にむかい、なにかうまいものがないかなあ、と物色したのだった。

でもウチのやつ（妻ともいう。テキともいいますな。うちの娘と息子の母ともいいます）はマコト君とちがって人生も毎日の生活もいろいろキチンとしていて食品関係なんかでは残ったものはみんなタッパに入れられている。

冬眠あけのクマのようにあちこちひっかきまわしていると「世間」より先に「うちのテキ」に怒られそうだからしばし考えた。なにか簡単にぼくにも作れそうなうまいものはないだろうか。

よく見ていくと夕べいただいた味噌汁があった。長ネギとアブラゲの具だ。

「あっ、そうだ！」

いいことを思いだしてマコト君は喜び、ネコはこたつで丸くなるのですよ。コレコレさくらさんと一郎さんの愛の邪魔をしてはいけませんよ。

味噌汁にごはんを茶碗一杯ぶんぐらい入れてぐつぐつ煮込み、ほどよいところで生タマゴをポトンと割り入れる。

おじやである。

夜更けのじいちゃんが作る深夜じいやの深夜おじやである。これわかりますね、世間のみなさん。

ばあやにはつくれないおじやですね。

うちのテキは余ったごはんをおにぎりにしてラップにくるみ冷蔵庫に入れていることがよくある。これをわが家では「ごはん玉」と呼んでいます。ごはん玉はいいやつです。さがすとわりあい簡単に見つかった。やれうれしや。犬はよろこび庭かけまわるのです。でもうちには庭なんかないんだけれど。

ゆうべの味噌汁の残りをガスコンロにのせて火をつけます。現代だからこのあたりまでまったく簡単ですがぼくが子供の頃は、七輪で炭火をおこし、シブウチワでパタパタやってその上に鍋を置かなければならなかった。

夜更けの三時頃にそんなことをやっていたら母に絶対怒られます。庭の犬も異常を察してワンワン吠《ほ》えます。

子供の頃に住んでいた家にはけっこう犬も駆け回れる広い庭がありました。犬の名は「パチ三号」。ポチではなくパチです。なぜそんな世間の常識にはむかうような名になっているかというと、ぼくの父は公認会計士という仕事をしていて、いつもソロバンパチパチだから世田谷《せたがや》にいた頃飼った最初の白い犬が「パチ」という名なのです。それいらい初代の犬が死ぬと次は「二代目パチ」となりました。なんか歌舞伎役者みたいでしょう。

父が年寄りになって千葉に越したとき飼ったのが「三代目パチ」。ぼくが拾ってきたノラ犬はいつの間にか「ジョン」になりました。その当時は庭でも外でも放し飼いでした。ネコはもちろん世間の犬もみんな放し飼いのよき時代があったのです。

さて煮えてきた味噌汁にごはん玉を入れて弱火でさらにゴトゴト。全体がアチアチ状態になった頃、生タマゴを割ってポトンとその中に入れます。あっ、この話、少し前に書いたような気がするなあ。じじいになって昨日食べたものも忘れてしまっているのです。だからそのへん世間も大目に見て下さい。

蓋をして数分。この時間、とても楽しいね。鍋だって嬉しくてゴトゴトいっています。まだかな、もういいかな、ちょっと早いかな。でもまだならもう少し煮ても世間はめくじらをたてたりしない筈です。しかし、今思ったのだけれど「めくじらをたてる」って何をどこにたてるのですかね。

特製もんじゃ焼き

若い頃、いろんなアルバイトをした。

「フーン世間はこうなっているのか」と驚きつつ感心したのは屋台店の仕事だった。

その屋台の親父は「なんじゃもんじゃ焼き」といっていたが仕事を手伝いながらぼくは「なんでもかんでも焼き」という言葉のほうがぴったりだなあと思い、それはそれで感心していた。

ぼくの仕事は夕方三時ぐらいにそのぶっこわれ屋台に出勤して下準備をするところからはじまった。

たいがい祭りが行われているところで店を開くから東京周辺のけっこういろんなところに行った。賃金は高校一年にしては「まあまあ」だったがきっとそうとうなピンハネ料金だったろう。内実のところはわからないけれど。

仕事は簡単だったのでぼくはそれで納得していた。まず取水できるところを探すことからはじまった。神社の境内や学校の庭にある足洗い場のようなところだ。

今は水が結構大事、ということがわかってきているから公園などに水道の蛇口があっても元栓が閉められていてタラリとも水が出てこなかったりするが、当時はおおらかだった。ただし今とちがって行政が清掃をしてくれないのでまずは掃除だ。

小さな公園の便所なども水確保には便利だった。屋台の客にはけっして見せられないようなところでバケツを洗い水を汲《く》んだ。

そいつを屋台のあるところに運んで来る。親父がボコボコにへっこんだり出っぱったりしているボウルを出してきてそこにうどん粉を入れ、いかにも年季の入ったちょうどいいくらいにバケツの水をいれる。

ぼくは親父から渡された竹のササラのようなもので注意深くそれをかき混ぜる。ここがいちばん大事な仕事だった。あまり乱暴にかきまわすといっぱいダマが出来て、これを全体になじむようにするのが非常に厄介だ。

あまりゆっくりではなく、かといって性急に乱暴にやっても駄目なのだ。

親父はそれを「混ぜ込み三年。かきまわし七年！　なんじゃもんじゃ道だ」などと言ってエバっていた。

神社の境内などでそういう作業をしていると暗くなるのが早く、テキパキやらなければならない。水に溶いた粉にダマもなく全体がいかにも安定してデコボコがないようにするのが基本だった。暗くなるとそういう様子がよくわからないので親父はアセチレンランプというものに点火し、手元あかりにしてくれた。アセチレンランプは二種類の燃える気体のノズルを向かいあわせにして点火すると「ポワッ」というけっこう凄い音をたて、それからシュウシュウいいながら元気よく燃え続ける。その賑《にぎ》やかなアカリの下でボウルの中身をよくかき回す。

するとい灯をつけて五分もしないうちに境内にいるいろんな虫がものすごい早さで飛んできてそのうちの何匹かはボウルの中に突進する。つまり落ちる。ぼくがいちばんはじめに「あっ！」と驚いたのは結構大きな「蛾《が》」が飛び込んできたことであった。これで最初のこのボウルの仕込みは駄目になってしまったのか！　悲嘆と怒りのなかで親父にその「事故」の模様を報告した。「すいません。うっかりしちゃって」

意外なことに親父はさして気にしていない様子で「それはそれでいいんだよ。そのまま一緒にかき回しちまいな」

「え？」

「蛾の鱗粉《りんぷん》も味のうちだよ。だけどカナブンなんかの甲虫は全部が溶けないからそれはつまみだせ。蛾も大きいやつはアタマが残るからそれも取り除いてな」

ひええ、そんなもんなのか。と驚き感心したが、考えてみればシュウシュウいうアセチレンランプはその光とともに虫にとっては魅力的な「餌よせ」の組み合わせになっていたようなのだ。

蛾のほかにもっと小さな虫がわんわんいって飛び込んでくる。これは体が柔らかいので思いきりかき回しているとすぐに全体に同化していく。

ある程度練れてくると親父はそこに小さなエビとかこまかくブツギリにした貝みたいなのをドサッと放り込んだ。

ボウルの中身はどんどんかさを増し、蛾や小さな虫もまるで区別がつかなくなっていった。そんな頃にいいあんばいに最初の客がやってくる。

「匂いに誘われてきたよ。こいつでいっぱいやっていこう」

仲間連れの客はそんなことを言っている。

この人たちもアセチレンランプに誘われてやってきた蛾みたいなもんだな、と思った。そう思ったがもちろん口にはしない。

親父がうまいことその客に口をあわせ「ベニショーガ最初から混ぜときますか。あとでのせてシャキシャキいきますか？」なんて言っている。

時間がたつにつれて浴衣《ゆかた》をきたお姉ちゃんというくらいの若い娘なんかもやってくる。

「うーん……」

ぼくは一瞬考えるが熱い鉄板の上でジュウジュウいって焼けているもんじゃ焼きはけっこううまそうなのでまあいいか。

蛾にはとくに凶悪な毒などないはず（あくまでも推測）だし、あったとしてもこれだけ熱い鉄板で熱せられているんだからなにも問題はないはずだ（これもあてずっぽう）。

このようにして大体十一時ぐらいまで営業していた。

「タネがなくなりましたので」と親父はその頃やってくるヨッパライに閉店を告げ、ぼくは後片付けの仕事に入る。結構みんなきれいにたいらげてくれるので助かる。鉄板などは便所の水道のところにいって灰と砂を混ぜたものをつけたタワシでゴシゴシ洗う。賃金は安かったがけっこういろんな客が「ここのはとびきりうまい！」などと叫ぶのでグフフなどとひそかに笑い、とても楽しい仕事だった（昭和三十年代の話です。今はもっと衛生的です）。

ぬり ぬー

エビセン体質

いつだか長距離の列車でポケットウイスキーを飲みつつ、一緒に買ったツマミの袋をぼんやり見ていて疑問に思ったのはそこに「特選珍味」と書いてあることだった。

その袋の中身はピーナッツと柿の種だった。ふたつともありふれている。二種類揃っているとはいえどうしてこれが「珍味」なのかフト疑問に思ったわけですよ。ピーナッツとカキノタネ、どちらもありふれていて「珍味」というにはちと過剰表現ではないですか。でも多くの素直な人はこれらが無くなるまで笑ってポリポリやりつづけてしまうから「珍味とは大袈裟《おおげさ》な」などと文句を言ったりする人はいなかったのですね。

時々これにイカクン（イカの燻製）が加わって三種混合になることがあるが、それとて珍味などと言われたら「どこが？」と逆らいたくなる。

さらにこれらのツマミは一度ポリポリやりだすととまらなくなる、という弊害が共通しています。

なにかの広告に「やめられない、とまらない」というのがありましたな。

ああ、かっぱえびせんでしたね。

たしかにあのエビセンはやめられなくなるが、ピーナッツ、カキノタネ、イカクンが三種連合で攻めてくるともっとやめられなくなり、とまらなくなる。

子供の頃、ぼくはシオマメをかじりだすとやめられなくなっていた。家で客が帰ったあと客間を覗《のぞ》くとたぶん引っ込めるのを忘れたのだろう。塩豆が小さな菓子盆に小山になっているのを見つけるとちょっとした宝物を発見したようなヨロコビにふるえたものだ。

あれをそっくり片手に握ってひとつひとつつまみながら縁側から遠い空など見ているうと、それをすっかり食べてしまうまで無心の境地になっている自分に気がつき、塩豆は偉い！　と心から思ったものです。

ポリポリ噛みつつその感慨のために、

「人の世に生まるるや、一の味を飽きるなかれ。ひとつの物を静けさの内にポリポリ食らわば我もいつしか栄華のもとに」

というような心境をぼくは吐露しているのである。

しかしこれは嘘《うそ》ですね。小学生のマコト君がそんな詩を詠《よ》めるわけないですね。だいたいこの詩みたいなのがでまかせですから。

大人になってから食べた軟《やわ》らかいグリーンピースというものも無くなるまで食べてしまったものでしたね。ああ、そうだどんどん思いだしていくのだけれどそら豆を煎《い》ったやつもありましたな。ちょっと塩味がするの。あれは大物だったので食べ続けていると途中で休憩時間をとらないと顎が痛くなってしまい、さすが大物！　と感心したものだ。

ぼくの友人に歌舞伎揚を与えると一袋食べ尽くすまでボリボリゴリゴリ食い続け、途中で少しこっちにもよこせ、などというと袋を胸に抱きしめ「ウーッ！」などと唸《うな》っていた。あいつも「エビセン体質」なんでしたね。でも三人ぐらいで齧《かじ》り続けているとその匂いにややたじろぐ人もいた。食っている当人たちはまるで気にならないのだけれどね。

それにしてもあんな下品な匂いのするやつをどうして歌舞伎揚などというのだろうか。歌舞伎座にいるお客がみんなしてあれを齧っていたらもの凄い匂いでしょうなあ。

ポップコーンも功罪あいなかばするだろう。都会の一流映画館ではポップコーンのみ客席で食っていいことになっていて、大きな紙コップにあれを山盛りいれたのを売っている。口の中にほうりこむとあれこそずっと齧っていたくなって困りました。もともとあれはアメリカ人が野球やフットボールなんか見ながら齧っているものだったらしい。だから都内の一流映画館は大きめな紙コップ一杯まで、と数量規制しているのでしょうかね。

口のなかに無意識のうちに連続投入していく食べ物は、眼前で見ている風景なりテレビの中のスポーツなりとつよく関係しているようだ。だからカウチポテトなんていうのが出てくる。

ポップコーンと並んでポテトチップスなんかはもっともアメリカ的な「エビセン体質」の無意識連続食だろう。

あのポテトチップはそれそのものをじっと見ているとたいした食い物じゃない、ということがわかってしまう。そうしてこういうものを一袋も二袋も食っていたらメタボまっしぐらに違いない、という理性が生まれるようになる。だからああいう単純連続食い物はスポーツ観戦などと結託している、と考えたほうがいい。

話は最初にもどるが、日本の「三色珍味」などは列車のガタンゴトンの振動および車窓の変わる風景と結託して味覚を助けてもらっているのである。

以前、日本海沿いをずっと行く列車の窓べで外の風景を楽しみながら二合入りの日本酒と一緒に買ったのは名称は忘れたが、乾燥させた日本海の二センチぐらいの小魚を中心にした地域限定ものみたいなツマミだった。

小魚が三種類ぐらい。それに肩幅一センチもないような小さなカニとやはり豆粒みたいなタコが入っていた。タコはちゃんと足が八本あって「これでもタコだかんな」と威張っていた。

この小さな海のおもちゃ箱みたいなツマミがうまかった。そして楽しかった。「珍味とはあのようなものをいうんですよ。ピーナッツとカキノタネ君」

わが人生のなかであのひと袋が列車肴の代表だった。あれはいまでも探せば世の中に出ているのだろうか。金沢から福井にいく間の出来事でしたよ。

反対に見ていて一番嫌だなあ、と思ったのは中国の長距離列車に乗っているとき、むかいのおとっつぁんが食っていたひまわりの種だった。彼らはそれを上手に歯と歯の間にはさみ、プチンといって種の中身を嚙みくだき、皮をプッとそこらに吐き出すのだ。皮はこっちの方までとんでくる。それもまたいつまでもやめられないとまらない状態になっていましたなあ。

世界ラーメン事情

ぼくの娘はニューヨークで弁護士をやっていてこの春、久しぶりに一カ月の里帰りをした。ものすごく「のんべえ」になっていてぼくのいい酒飲み相手になっていた。

ぼくはこの十年ほどアメリカに行っていないから最近の話が面白い。

ニューヨークは空前のラーメンブームになっているらしい。もともとナンデモアリの街だから十年前にすでにラーメン屋があったけれど、その頃の客は日本人が多かった。でもラーメンを作っているのがどこの国のヒトかわからないことが多く、たいていヘンテコでまずかった。

しかし、いまはいろんな味のラーメン屋がいっぱいあって、日本みたいに行列ができる店もあるらしい。行列を作るのは日本人だけではなくむしろニューヨーカーのほうが多いという。

「ふーん変われば変わるものだなあ」

その晩、娘とワインをのみながらしばしニューヨークのラーメン事情を聞いていた。人気が出たのは本当にちゃんと作ったおいしいラーメンを出すようになったからのようだ。

世界のあっちこっちに行っていた頃からぼくは気がついていたが、たいていひとつの国の都市には数軒の日本食の店があり、そのメニューのなかに「ラーメン」があった。ダメと知りつつどうしても注文してしまうが、たいていい信じられないくらいまずかった。だってパプアニューギニアの味噌ラーメンがうまいわけないでしょう。

それらのなかでも最低だったのは、モンゴルのウランバートルにある「タケちゃんラーメン」で、あまりのまずさにどうやったらこんなにまずいラーメンを作れるのか頼み込んでしばし厨房を見せてもらったら、ドンブリに中国から仕入れた醬油（たぶん魚醬）とお湯をいれ、そこに茹でたラーメンをぶち込んでいるだけなのであった。

いまや日本の最大国民食となっている「ラーメン様」をそもそも舐《な》めているのだ。おーいせめて羊のガラダシでも仕込めよ、と思ったがその店は二年でつぶれたらしい。当然だろう。でもモンゴル人が食べて、日本人はこんなにまずいのをありがたがって食っているのか、などと思われたらハラたつよなあ。

ラーメン屋はパリにもけっこうある。オペラ座通りの裏筋あたりに数軒並んでいて、日本人が関係している店が多いからまあそこそこいける。

しかし欧米の人々はおしなべて「麺をススル」ということがうまくできない。習性というか肉体的な機能というか、とにかくそういうものが我々とちがっていて「簡単にススレない」のだ。だからスプーンもしくはレンゲのでかいのを片方の手に持ち、いったんそこにドンブリから麺をもちあげて箸でからめとる、というヘンテコな順番で食っている。空中でしばし冷やしているようにもみえる。あれじゃあなあ。

スパゲティなどをいったん皿の上のスプーンにのせてそれをフォークでくるくる巻いて食っているイタリア人の食い方の流れからきているのかもしれない。ドンブリから溢れるようにわきあがる湯気の中に顔をつっこんでラーメンをわしわしズルズルするのでなければラーメンを味わう資格はないのだ。

しかし娘の話を聞くと、最近のニューヨーカーはだいぶうまくススレルようになってきているという。ただし日本風の単純なラーメンは少なくて、たとえば「ボカノバラーメン」（ボサノバじゃないのね）という店はグリーンカレーラーメンにレモンと黒コショウをかけて食うという。聞いただけではどんな味がするのかわかりませんなあ。豚だしのツユの「トン・つゆだく」というのも人気らしい。でもやっぱりあまり食いたくないなあ。フツーのラーメンはないのか。

イーストビレッジにある「モモフク」は台湾系のつけめんが主力で、麺の上に海苔、シナチク、チャーシューがのって十四ドル（千五百円）。トンコツだしのスープにパクチーと煮タマゴ、モチが入った白濁ラーメンは千九百円。これなどだいぶ日本の南のラーメンに近づいてきているが、やや高いのでこの店に入るかどうか迷うところですな。

ウエストビレッジにある「焼き肉タカシ」の麺は徳島県のウノ木《き》出身の人がNY現地で製麺しているというから本格的なはずだ。牛をベースにしたスープで、チャーシューにやわらかい茹でたまごがのっていて十ドル。二十四時間営業でなかなか流行《はや》っているらしい。ここなど飲んだあと気軽に入っていけるかんじだ。

ブルックリンにある「ＣＨＵＫＯ」はついに出ました！　のキムチラーメン。ジェームズ兄弟と日系人サトウの三人チームで作っているという。みんな知らないヒトだが。

ここではこの韓国スタイルのラーメンのほかに「カナディアンスタイル」というラーメンがあってメニューを見ただけでは注文するかどうか勇気と決断がいります。ここで食べたことがあるというヒトにくわしく聞くと、全体がスモークベーコン風味のタレでポーチドエッグにペコリーノチーズが加わっている、という。

さらに韓国風味にもカナディアン風味にも「うまみ」という謎のプラス１があって勝

負技だというが、想像がつかない。

もうひとつ「ベーコンラーメン」というのがあってこれはつまりはベーコンのダシ。アメリカ人はベーコンが好きだもんなあ。

ニンニク、レモングラス、ショーガ、細切りのホウレンソウがのせられているそうだ。味の予想がまったくつきませんですわ。ラーメンはこのようにこれからさらに世界各地でとんでもなく変化、進化していく可能性がある。

ぼくはずいぶんムカシ、南洋の島、パラオの村長のお宅でだしてもらったラーメンに感動したことがある。聞けば日本から輸入した「サッポロ一番」がその正体であった。うまいわけである。村長は毎日一個食べないと気がすまない、と言っていた。ギラギラ太陽の下の「サッポロ」だものなあ。

カウボーイはつらいよ

テレビドキュメンタリーの撮影だったがすこし前ぼくはブラジルでカウボーイを体験したことがある。でも全ルートちゃんと地元のカウボーイ（ポルトガル語でピオンという）の十一人チームの一員として働いたのだ。甘ったれのちょいとのアルバイトではなくじつに働かされた。

ブラジルにはパンタナールという世界最大の湿原がある。日本列島がいくつもその中に入ってしまうくらいの、とにかくでっかい湿原だ。

乾期の頃だったがあちこちにまだすっかり乾燥しきれていない巨大な水たまりがいっぱいあり、そこにはカイマン（ワニの一種）がうじゃうじゃいる。変温動物なので水に入っていないときは沼のまわりをぐるりと三百匹ぐらいがとりまいてじっと日向《ひなた》ボッコをしている。

ジャララカというガラガラ蛇系の毒蛇が湿地にひそみ、プーマ（アメリカチーター）

なども茂みに住んでいて油断のならないところだった。

ピオンはアメリカの西部劇に出てくるのと殆ど同じいでたちだった。テンガロンハットをかぶり大きなネッカチーフをし、長い革のムチを持つ。ぼくはそれまで世界のいろんな馬に乗ってきたのでどんな馬でも乗れるようになっていた。だから正式な見習いとして労働した。そしていろいろ体験的に教えてもらった。

カウボーイがテンガロンハットをかぶるのは陽除《ひよ》けのためでもあるが、馬に乗ったまま いくつもの水たまりや川を越えていく。激しい労働だから喉が渇くが、そのときによくあるアウトドアなどで使っているしゃれた金属のカップなど取り出して馬から身をかたむけて水を汲むなんて余裕はない。テンガロンハットのツバを左右の手に持ってそれで走りながら水を汲んで飲む。残った水があるとそのまま頭からかぶる。涼しくていいのだ。激しい動きだから水筒とか行動食なんてすぐ振動で落ちてしまうので持てない。

ネッカチーフはオシャレで首に巻いているのではなく乾燥したところを通過するとき四百八十頭の牛によって巻き上がるもの凄い砂埃《すなぼこり》で視界がなくなるような場所もある。そんなときネッカチーフで鼻や口を覆うのだ。おしゃれや伊達《だて》であれを巻いているのではない、ということを知った。

逃げる牛を追いかけたり、藪《やぶ》にかくれた牛を追い出したりと、もの凄い重労働の連続なので腹が減る。その日我々が出発するよりも少し早く老人の食事係が二頭のロバの一頭に荷物をのせ、あらかじめ決めてあった小さな川の流れ込みのようなところに行って昼飯の支度をして待っていた。ああこういうふうになっているのかと納得した。

短い時間のひる休みも兼ねての昼飯はそのあたりの川でとれるピラニアの唐揚げと固いパンだった。川から水を飲み原始的な昼飯をガツガツ食う。

午後からも同じような牛追い旅だ。みんなを元気づけるために小さなホルンを吹いている牧童頭がいる。

夕刻、湿原に陽がおちるかおちないかの頃にその日の野営場所に到着。さあいよいよ焚《た》き火で肉など焼いてサケ（ラム酒）など飲めるのだ！　と期待に満ちたが、一日中馬に乗っていたので馬からおりると足がガニマタ化し、三十分ぐらいはまともに歩けない。プロの牧童もぼくほどひどくはないが動作がややぎこちなく、誰も焚き火のための枯れ枝集めなどやらない。

めしは大きな鍋にサイコロ型に切った干し肉の炊き込みごはんで、それだけだった。みんな並んで粉っぽいコーヒーとその炊き込みごはんを持ってすわる。アヒというトウガラシを漬け込んだ調味料をおかずにしてただもうそれを食べる。質素だが腹が減っているのでしっかり噛みしめるとうまかった。そいつを食うと疲れがどっと押し寄せてきて、誰も焚き火なんかやる無駄な労力をつかわない。

そこらにある疎林にハンモックをわたしてそこに倒れ込む。めしを食ったあとはとにかくヨコになりたいだけだった。アメリカの西部と南米ではいろいろ条件が違うのだろうが、パンタナールはじつにまったくそんなもんだった。とにかく限界まで馬をとばしたり回転させたり牛の群れを脅かすあらっぽい行動をとっていく連続なのだった。

翌日は幅五十メートルぐらいの激しい流れの川をわたらねばならなかった。そこにはピラニアがけっこういる。雨期の頃だとその川は倍ぐらいの川幅になるが水域がひろがるぶんピラニアの生息地もバラけてかえって安全だという。

そういう難所にくると牛たちも動物的なカンで危険を察知するのかなかなかわたろうとしない。それを牧童たちが後ろから大地に激しくムチを打ったり拳銃を空にむけて撃ったりしてとにかく徹底的に追い立てる。

後ろから押し込まれてやがて川の目前にいた牛からヤケクソのようにして川に入っていった。主に大きな雄牛がその役目になっているようだった。ピラニアは牛の群れが入っていかないとどのくらいの数がいるかわからない。沢山いる場合は沢山の牛のなかで年寄りだったり怪我《けが》などして一番弱っているのを犠牲にして流す。ピラニアは流血している獲物を一斉に攻撃してくるからその生贄《いけにえ》が攻撃されているうちに牛と人の本隊は川をわたっていくのだ。水深は場所にもよるが馬の背中ぐらいまでかぶってくるから人間の下半身も無防備になる。

そういう修羅場を小さな牛は必死で泳いでわたっていく。なるべく母牛のそばにいようとしているようなのだが流れに翻弄されてなかなかうまくいかず、人間は誰もそれを手助けできない。

本隊がわたりきったあと小さな牛がやっと対岸にのぼって四肢を開いてへばっているのをみつけ、なんとか助けたいと近寄っていったら子牛は必死になって立ちあがり、牛の本隊にむかってヨタヨタ追いかけていった。余計なことをしてかえって怖がらせてしまったな、としばらく気になっていた。

追憶のボンゴレロッソ

娘が一カ月ほど里がえりしていた頃。短い期間だから外食はせずに父母（我々のことね）と夕食をともにしていた。彼女はもう二十年以上ニューヨークで暮らしているのでアメリカ食がすっかり主流になっているが、やっぱりふるさとのオフクロの味というのが恋しいらしく、いろいろと頼んでいた。

昼食のときにぼくにも注文があった。彼女が幼い頃によく作ってあげたスパゲティだった。ぼくはすっかり忘れていたが、それを覚えていて作ってほしい、と言うのでぼくは「喜んで！」と言った。

ときどき居酒屋などで何か注文すると「はい」とか「あいよ」などと言うかわりに「喜んで！」と大きな声で返答するところがある。「喜んでうけたまわります」と言っているのだが何を頼んでも「喜んで！」なので客のほうは慣れてしまって常連にはあまり効果はないようだ。「ちょっと二千円くれない」などと言いたくなる。それでも「喜んで！」などと言って本当に二千円持ってきたら毎日通うのだけれど。二万円じゃなくて二千円というところにリアリティがあるんですね。ん？　なんのリアリティだ。

で、まあその日の娘の注文だが彼女が小さい頃何をどう作っていたのかまるで覚えていない。

モノカキなどという仕事をしていると朝方に寝て午後二時ぐらいに起きる、などということがよくあり、そういうときは台所のテーブルの上の妻との「メモ会話」で「あさめしひるめしいりません」などとぼくが書いておくことがよくある。

でも妻が買い物に行っているときなど空腹で目を覚ましたりすることがよくあるので、そういうときは自分で簡単なものを作る。

ぼくは「麺類いのち」という人生をすごしてきたので〝茹でて三分〟などというおとりよせができる便利麺を何種類か知っており通年備蓄してある。

「半田《はんだ》めん」といって徳島県産でうどんとソーメンの中間ぐらいの太さ。鍋のお湯がわいてきたら放り込んで、その一方で味噌汁などを熱くするとほぼ同じ頃にできあがり、小さなドンブリにいれて簡単味噌うどんなどにして「ああうまい」ということになる。

やはり青森県から取り寄せてある「鯖《さば》の水煮」の缶詰で食べることもある。少し醬油をたらし、ときおりここにマヨネーズなんかも投入する。文字でこう書くと「ひェ」など言って一歩後退するお母さんなんかがいるかもしれないがこの鯖の缶詰と半田めんにはショウユ・マヨネーズがよく合うのだ。

独りで食っていると「ああ、うまいなあ」などと思わず口に出してしまうことがある。

これらは現在よく作るものであり娘のいうスパゲティとはだいぶ違う。

「どんな状態のスパゲティだっけ？」

彼女に聞くとくわしくおしえてくれた。急速に思いだしていく。

そうだそうだ。そんなのをしょっちゅう作っていたのだった。


まずニンニクをミジン切りにします。これは当然食べる人数によって調節する。続いてタマネギを同じくミジン切りにします。タマネギは一人あたり半分ぐらい。惜しげもなく大量にミジンにしちゃいます。

次にトマトをザク切りにします。ザク切りという本当の切りかたを知らないのだけれどザクザク切るから、そう呼んでいいんだよね。

こうしているあいだにスパゲティを茹でます。ぼくは学生の頃、六本木《ろっぽんぎ》の有名なピザハウスの地下で夜八時から朝四時まで隔日で皿洗いのアルバイトをしていたのだけれど、その地下にイタリア人のパウロさんという初老の親切なコックがいて、その人に本場の正しいスパゲティの茹で方を教えてもらっていた。みなさんも知っているようにスパゲティにはちょうどいい茹でかげんがありますね。

それを判断するのは茹でているスパゲティを一本つまんでキッチンのステンレスの壁に力いっぱい投げつけるという秘伝がある。

そのときスパゲティがステンレスの壁に張りついたらちょうどいいアルデンテ状態になっている。そういう実演つきだった。

あるラジオ番組の対談でそのことを話したら対談相手の女優さんが笑いだしてしまって、それが生番組だったのに笑いがとまらずスタジオ全体が大いに困ってしまったことがある。

でもそれから別の日になにかの雑誌に同じようなことが書いてあったので、これは本当に実用的な茹で方の尺度らしい、と知った。

そういう体験をしていたが、もちろんぼくは多少の茹ですぎなんか気にしなかったからスパゲティの投げつけ診断は自分ではしたことがなかった。それにぼくの家の台所の壁はステンレスではなかったし。

さて、ニンニク、トマト、タマネギによるソースの素ができた。ここにアサリの缶詰（縦十五センチ、幅は通常の缶詰ぐらい）をそっくり全部いれてしまう。味つけはとくに確信はなかったのでシオ、コショウ。それに醤油。子供たちがいない場合は白ワインをコップ半分ぐらいいれる。茹であがったスパゲティを盛った皿にこのソースをドバーアッとかけて熱いうちにハフハフやりながら食べるのである。

あとでかんがえるとこれは「ボンゴレロッソ」というものに近い本格的な定番料理ではないか。

娘の言う「とうちゃんが修業してつくった一品」なのである。

それというのも、ぼくは娘や息子たちにこれを作りながらいつもホラを吹いていた。

「とうちゃんはこれまでいろんな国に行って本場の本格的なスパゲティづくりの修業をしてイタリア人もあっと驚く名人になったんだぞ」

子供らは半信半疑で聞いていたが、その頃ぼくがひっきりなしに世界各地に行っていたのは事実だったので、けっこう彼らをちゃんと騙《だま》していたようなのである。

Al dente Spaghetti

はんぺん姐さんの一生

あのね、誰に言っていいかわからないから本誌（『女性のひろば』）の読者のみなさんにむかって言うんだけれど、街を歩いているとこの店のおやじさん（おばさんかもしれないけれど）は何か本質的に間違えてるんだろうな、と思うのにでくわしますな。とくに食い物屋さん関係。

このあいだ見たのは「おでん会席」と看板に書かれていた店。雨対策にビニールかけたあまり美しくないカラーコピー写真でその一端、というか一コースが簡単に紹介してあった。飲み仲間の親父と一緒だったのでぼくは勇断した。よし行こう！　こんなところに入るとこういう連載ページの取材になるかもしれない、と思ったわけですよ。一番安い「春の糸川」茶飯つき。千百円。春の糸川コースって言ったってもう六月でっせ。

一の皿にはシオラシクおしんこにその親戚関係でちいさくまとめてある。先付《さきづけ》（突き出し）と考えればいいのでしょうなあ。

二の皿にはコンニャク団子三兄弟。山形県あたりの名産でカラシを「たっぷし」つけて食うとまことにうまくこれはよかったです。

次が小さなハンペンとシラタキのペア。両方ちゃんと温かい。この両者がくっついて出てくる理由は説明がないからわからない。「両方とも白い」というところでしょうかねえ。器はみんなそこそこ上品な色あいかたち。

もともとおでん自身には会席として出てくる意思はこれっぽちもないようだったから、こっちもあんまり強い関心はもちません。

次はさつま揚げとコンブでしたか。まあおでん界のうるさい幹部級を揃えたというところでしょうなあ。いささか時間をおいて袋ものにハジカミが寄り添ってうやうやしく出てきた。そのおでん会席のメーンということらしい。

でもなあ、いくらいろんなことをしても、もともとおでんで「会席」を名乗るのは根本的に無理があるようで、あの「袋物」の油揚げの茶色くふくらまったデカバラのどこをどういうふうに見ても「風雅」「風格」というものを感じませんね。出演者（おでん会席のね）だって出番を待っているあいだわき役のハジカミなんかはどういう表情をしたらいいのかよくわからなかったでしょうなあ。

京料理をベースにする会席料理という歴史と伝統のある食文化のなかに介入してきた

もののの、そもそもお師匠さんのおしえっちゅうものが何もないわけだから白い上品な皿にのせられてテーブルの上に出てくるときからきまり悪い思いをして、どっち向いて出てきたらいいか、というところから困りはってなあ。こっちもハジカミのどこが正面のお顔なんか誰も知りしまへんしなあ。

あれ、なんで急に関西方面のデタラメコトバになりはってるんじゃけんのう。もうむちゃくちゃですわ。これは「おでん」に「会席」を無理やりくっつけた店の考えかたに「むちゃくちゃ」の責任がある。

そこらの屋台のおでん屋さんを覗いてみるといろんな具は真鍮《しんちゆう》づくりの縦横格子になった中にそれぞれの種類ごとにちゃんとわけられて納まっている。種族の違うものは厳格に隔離監視されているのである。そうでないとすぐに喧嘩《けんか》になりますわ。つくねとイトコンニャクなんかは互いにからみあってもう大変。警察を呼ぶしまつですわ。だからそれぞれ格子の牢屋《ろうや》のなかに入れられている各種おでんは、早い釈放をもとめてそれぞれしきりに媚《こび》を売っています。

「会席おでん」と旧来の「格子おでん」の最大の違いはそこにありましたな。

格子おでんのほうはいかにして自分を売り込もうか、と常に絶え間ない努力というものをしてはります。

「会席おでん」はもう売られてしまった悲しみとあきらめの中に沈んでいる、ということを「会席おでん屋」の親父はまったく気がつかない。つまりはバカタレなんですわ。

一方、格子おでんの中のはんぺんなんかはその白い裸身をあからさまにさらけだす、などという下品なことはしない。

全身の半分ぐらいはその白くてキメのこまいモチ肌、じゃなかった、えーとハンペンだから「ペン肌」をさらしつつ半分はつゆの中に下半身を巧みに隠してところどころつゆにあやしく濡《ぬ》れて光るペン肌になってるのをチラリチラリ。

幼い魚のスリ身時代から怖いお師匠さんにたたきこまれた時代を思いだします。

「おまえは四角い顔しちゃって腰のクビレもなにもない。だからその白い肌ぐらいしか磨くものはなにもあらしまへんのや。そやからたくさんお肌磨きのお稽古をしていつか立派な『ハンペン姐《ねえ》さん』になりいや。セブン-イレブンでもファミリーマートでも一番の売れっ子になりはって早《はよ》ういい旦那みつけえや」

いい旦那っていったってそこらのニキビ顔の青年がいいところなんだろうけれどなあ。でも早く身うけされるにこしたことはない。

格子おでん鍋に売れ残ったハンペンは悲惨だ。もう長い日々煮返されて全身が艶っぽいペン肌どころか全体が薄茶色に変色していて大きさも縮こまってこころなしか背中のへんもまがってきてますわ。

こういう状態になるとお店のバカ親父はすぐみんな捨ててしまう、というオロカな行動に走るのだけれど、ここは「おでん評論家」のわたくしにまかせてほしい。

こういう状態になったらすべてのおでんを大きな鍋にいれる。

リンカーンのあの歴史的な解放に次ぐ「おでん解放」がやってくるのである。

新旧さまざまなおでんがひとつの鍋に解放され、味のしみこんだたっぷりのおつゆのなかで「よろこびのワルツ」を踊るんですよ。芋類、練り物、袋物、コンニャク玉にはんぺんお姐さんもいまや容姿かまわずつゆにまみれている。いろんな客がつっついているうちに煮えすぎたジャガイモは分解し、そこらにこまかく散らばって阿鼻叫喚。ここにドバアッとうどんを入れるのですよ。

クロワッサンのひるめし

北杜夫《きたもりお》さんの『どくとるマンボウ航海記』はまだぼくたちがなかなか海外への旅にでられなかった頃に出版された。

あこがれも含めていやはやこの旅行記はとんでもなく面白かった。最初に読んだのはたしかぼくが高校生の頃だった。

北さんは漁業調査船の専属ドクターとして乗船したのだが、こういう船の船員はたいてい頑健なのであまり医者の仕事はなく赤チン塗ってやったりしている程度で基本的に暇である。

船が外国のどこかに寄港するとヒマな北さんはその街をぶらぶら歩いてまわる。

あれはポルトガルであったか、北さんはいきなり道でパンを拾う。

で、どこかでそれを食う。

このいきさつは恐らくどこかにちょっとした嘘が入っていると思う。

外国でいきなりパンを拾うなんてことはめったにないだろうし、それを食ってしまうのは相当力強い旅人だ。

ま、でもそれはいいのだ。

とにかく北さんはかじってみる。たいへんうまい。いままで味わったことのないうまさだ。

それはクロワッサンだった。まだ日本には横浜にも神戸にも入ってきていない頃だった。北さんは書いている。

「あまりのうまさにパンツの紐《ひも》が緩んだほどであった」

この時代の先輩らはパンツを紐でしばってとめていたのだ。「うまさ」をパンツの紐の緩みで表現するなんてむかしの作家にはいつも感嘆する。いまぼくたちの穿《は》いているパンツをおさえているのはゴムである。そうなるとよほど一気にバクハツ的に反応しないとゴムが切れることはない。そういう意味では不便な時代になった。

このパンツとその紐がずっと頭に残り、いつかぼくもヨーロッパに行こう、と思った。とくにポルトガルが最大の目標地になった。

でもまあぼくは、それよりもはるか前にいろんな仕事で欧米の国々に行ってそこにはB&Bなる簡易ホテルシステムがある、ということを知っていた。これは略してベッドと朝食のみの宿だといっている。

泊まってみると非常に簡単でさっぱりしていて手続き上のいろんな面倒がない。すべてセルフサービスで朝食レストランにはコーヒーと温かいミルクとクロワッサンしか用意してない。

客は好みのサイズのカップと皿をとり、主にカフェオレにしてクロワッサンを食べる。主食はそれしかないのだからしょうがない。でも北さんじゃないけれどこのクロワッサンがどのホテルでもめちゃくちゃうまいんですなあ。

おまけにカフェオレもクロワッサンも何杯でもお代わりできる。

はじめてこの簡易朝食を知ったときアジアのあさめしは負けた！　と思った。とくに日本のヘンにごたいそうなあさめしは食うのにえらい騒ぎだ。

日本の殆どすべてがそうだが、韓国、台湾、中国、フィリピンなんかも似たようなものだ。見栄《みえ》なのか朝食の種類、量が多すぎるのだ。国によってそれなりの理由があるのだろうけれど。

ぼくはよく思うのだが、あさめしはそのホテルなり旅館なりが立地しているところで収穫している地元のごはん（もしくはパン）をふっくら炊き、あるいは焼いてほしい。その土地で作っていた「おらが味噌」でその季節の旬のいくつかを具にできたての味噌汁とかスープをだしてほしい。あとは漬物がある程度。そういうものだけでいい。

だいたい朝はそんなに空腹じゃない。昼までもつかどうか。用心のためにちょっと口にいれておくか、という程度でいいのだ。

だから日本のホテルのあさめしのあのブッフェスタイル、バイキングスタイルというのが賑やかすぎて困る。

古今東西、いろんな食べ物をどこかの港街の市場のように「どうだあ！」とばかり広げている。この「どうだあ」は二日酔いのオヤジにはなんの魅力もない。最初から「まいったあ」で、お茶だけ飲んで朝食会場を出てしまう。

オヤジ数人が集まっての朝食になると誰か飲み足りなかったのが「おーい、ビールとお銚子《ちょうし》もってこい」ということになりたちまち夕べの続きの飲めや歌えやの宴会になって踊りだすのまで出てくる。

これ地方の温泉宿なんかではけっこうちょくちょく見るんですなあ。たのしそうだし、こういう展開が欧米のあさめしではあり得ないので、逆にそういうコトができる宿です、といって宣伝する作戦もありそうだ。

「終日宴会可能」

クロワッサンとカフェオレではできない技ではないですか。

でも西欧は思いがけないほどサケのマナーに厳格で、だいたい外で酒を飲むのにも年々気をつかうようになった。

そういうのはダメというマナーの国がけっこうあるのだ。ひところは何をしてもよかったアメリカなどは（州によってやや違うが）今は外でムキダシのビールを飲んでると罰金をとられるんだからただごとではない。

グズグズしているうちにぼくの夢はあっけなく潰《つい》えてしまう。

ぼくはハイネケンのよく冷えた小瓶を三本ほどカミブクロにいれ、それとは別に（冷えないように）小さなバッグにクロワッサンを二、三個いれてどこか景色のいい日差しの中でのビールひるめし、というのを夢みていたのだ。

その点、日本や中国などはお花見みたいに弁当を広げておおぜいワシャクシャいいながら飲んで食い、残飯は広げたまま置いていってしまう、などということをほんの少しまえまでやっていた。いや、中国はまだやってるか。

クリームパンサスペンス

先日あるゲイジュツ家に「これうちの近所にできた話題のパン屋さんのものですから」と、画廊鑑賞のかえりがけにヒョコッと貰った紙袋。なんだかいい匂いがして大きさのわりにはけっこう重い。

タクシーの中で意地汚く「いったい何だろう?」とそっとフクロの中を覗いたらパンであった。どうもアンパンらしい。三個あって一番下にアンパンとはちがうパンが見える。

家に帰ったのが夕刻に近い遅い午後で、タクシーを降りるとどこかでカナカナが鳴いている。熱帯化していたバカ夏もそろそろおわりらしい。

「カナカナに　行く夏を知る　アンパンかな」

だめですな。アンパンは季語にならない。わがツマは留守らしく家には鍵がかかっていたが家の主要エリアにはゆるくクーラーがかかっている。風とおしのいい坂の上の家なので誰か家にいるときは窓をあけて空気をながし、全館空冷にしていることが多い。

部屋着に着替えてリビングの窓をあけた。今日はさして風が吹いていない。遠く東の空に入道雲になりきれなかったらしい「もわもわ」した雲がなんだかきまりわるそうに少しだけ残照を受け、これからワタシどうしたらいいんでしょう、などと言っている。もう少し輪郭のはっきりした雲ならばてっぺんのあたりのほわんと赤いのがワタアメと氷イチゴを足したようなかんじなのに、本人にはその意欲はないらしく、そのままわたあめ菓子が崩れるようにその日の役割を終えていきそうだ。

「恥ずかしと　紅ひきそめぬ　夏の雲」

意味わかりませんね。わたしは持ちかえってきたアンパンに刺激されたのか空腹であることに気がついた。

妻は買い物外出か。

キッチンのテーブルの上に先程もらった紙包みをおいて、ハタと考える。ゲージュツ家がわざわざ買っておいてくれたお土産がどうも気になる。

そっと取り出してみるとアンパンのわりには不当にズシリと重い。アンパンの常識を覆す重さだ。

アンのほかに一両小判なんかがはいっているのではないかと思わせる重さだ。

「ふふふふ　越後屋《えちごや》　おぬしも悪よのう」

ふと、そう思っただけで、まあわれながら作家とは思えない幼稚さである。目下心身ともに暇なんですわ。

時間的に仕事をする気にもならず、わたしの役目である屋上の植物の水やりにはまだ早い時間だ。思考と視線はまたアンパンに戻ってきてしまう。

わが人生でこんなにズシリと存在感に満ちて重いアンパンに出会ったのはそれがはじめてのことであった。未知との遭遇。

「ちょっとだけよ」

と、小さくいいながらアンパンの端っこのほうを指でつまんだ。感覚でわかったがこれはやはりただのアンパンではなくやっぱり越後屋がらみのアンパンにちがいない。

ついつい端っこのほうをけっこうちぎってしまった。ちぎりながらわかったのは、これは端っこのほうまでなにかたいへん存在感に満ちたアンパンらしい、ということであった。

それはちぎった端のほうまで餡《あん》がぎっしりつまっている、ということである。アンパンの隅々まで餡が行き届いている全身アンパンといっていいかもしれない。

感動しているあいだに気がつくとついついちぎった端のほうを全部食べてしまった。とてもおいしい。

「あんぱんだもの　まこと」

ついに「みつを」さんが出てきてしまった。

そうなるとがぜん気になるのがいちばん下にあるものだ。それはあきらかにアンパンとは別のものだった。慎重に取り出してみると野球のグローブをずっと小さくしたようなかたちで、これはいわゆるひとつのクリームパンだ！　ということがわかった。

おそるおそる手にしてみると予想したとおりこれもただのクリームパンではなく、ずしりと不当に重い越後屋系の小判パンだ。

たいへんだ。どうしたらいいのだ。

わたしはうろたえる。

これはグローブ化した全身のいたるところにクリームが充満している重さらしい。四つある太い指先の先端までクリームが充満しているようでうっかり床に落としてしまったりしたら大変なことになる。という恐怖感に襲われた。

まさかクリームパンに精神的に脅迫されるなんて、わが人生でははじめてのことだ。

「どうしたらいいのだ」

一人ではこの重圧に耐えきれそうにない。

早くツマが帰ってきてくれないだろうか。

袋から取り出したクリームパンは袋の上にのせたままで、わたしはあまりの驚きでそこから二メートルぐらい遠ざかったままだ。

でも男として何時《いつ》までもクリームパンに怯《おび》えているわけにはいかない。

これはけっして宇宙から来た謎の生物ではないのだ。謎の生物だったらもうとうにそのまま少しずつ動きだしている筈だ。

また窓の外でカナカナが鳴いている。

テーブルの上でじっとしているクリームパン。夏のおわりのシュールな静けさ。

重圧に耐えきれなくなってわたしはいきなりクリームパンに突撃し、その一番端の小指にあたるところに触れてみた。やはりさっき感じたように、そのあたりまでクリームが充満しているようだ。感触として、これはクリームパンではなくクリームパンの形を模したシュークリームなのではないか?

そう思うといくらか心の奥が落ちついてくるような気がした。しかしさっきのアンパンとちがってそのあたりをむしって食べてしまう勇気はわたしにはなかった。

カナカナが鳴いている。

カナカナだもの。

・・・・・・。
クリーム
メロン
P
アン

おいしい魚の見分けかた

「わしらは怪しい雑魚《ざこ》釣り隊」という親父三十人ほどの群団を作って毎月日本中の海べりをうろつきまわり、海の中ははしりまわり（スクリューでね）いろんな魚を釣りまくっているのをご存じないでしょうなあ。友人を中心にそのまた友人が集まっているので結束力は固く、よく飲みよく食う。その行状記は十五年ほど前から『週刊ポスト』に連載しており、単行本も七冊目に入った。

ぼくがその隊長をしているんだけど知らないでしょうなあ。

タイトルにあるように身長十センチぐらいの雑魚も五十匹も釣れば立派かどうかはわからないけれど、とりあえず浜辺の焚き火キャンプの鍋料理なんかのダシにはなる。雑魚にはキタマクラ（不吉な名称でしょう）とかクサフグ、ゴンズイ、オニカサゴなどの猛毒のあるのもいるから、三十人ほどいれば確率はロシアンルーレット並になるけれど、まあ救急車のお世話にならないように、料理番は一応注意しています。

十五年もやっていると海外まで遠征したりするので最近は銀色ピカピカの真アジ、ヒラメ、タチウオ、カツオ、タイ、カンパチ、ヒラマサ、シマアジ、高級魚のでっかいアラ、クエ、マグロなども釣ってしまうようになった。マグロなど八十キロもあるメバチマグロなんかも釣りあげちゃうんですよ奥さん！　でもあのコレ自慢するために書いているわけじゃないんです。

近頃は「魚屋さん」もすっかり減ってしまって、若い奥さんなんかは頭からシッポまでそのままついているいわゆるオカシラつきの魚を見ることが少なくなってるでしょう。イワシやアジなどの小型の魚ならともかくカツオだってあまり見なくなってしまった。オカシラ（尾頭）がついていると、コワイイ、キモチワルイイ、なんていう幼稚園級のママが増えているみたいで。マグロなどになると当然魚屋さんで「サク」でしか見なくなってしまった。なにしろアイツはでかいからね。以前、ポルトガルの海べりの露店酒場で名前はわからなかったけれど、凄い七十センチぐらいの生きてる魚を美人女将《おかみ》が腰の鞘《さや》に入れていた弓形のナイフでパッパッパッパアと捌《さば》いているのを見て腰をぬかすほど惚《ほ》れてしまった。一方的ですが。

マグロにもいろんな種類があります。本マグロとよくいわれるのは三百～四百キロぐらいになる、津軽《つがる》海峡の大間《おおま》のマグロなんかが知られているけれど、インド洋はじめ世界中に親戚がいろいろいる。その名もミナミマグロなどは、モノによっては大間のやつより断然安くて断然旨かったりする。そうそう、デパートなどでマグロを買うとき店員がどのくらい知識があるか疑ってかかる必要があります。

あの大きな黒マグロのすべては大間近辺以外は冷凍ものです。とりたての生（刺し身）など死後硬直していて固くてとても歯がたちません。だからちゃんとしたところは瞬間冷凍するし、解凍していい頃合いに「サク」にするからまあ間違いはないのですね。大きな魚ほど冷凍の長持ちがするから、安売り魚屋などでは売れ残りの解凍刺し身を出し売れ残ったらまた冷凍、それでも売れなきゃまた冷凍などを繰りかえしてヨレヨレになったのが店先に出てくることがある。こういうマグロはひと目でわかります。刺し身にすると間もなく体液とか血も滲《し》みでてくるからすぐにわかるのです。これは絶対まずい。むしろ「新鮮でイキのいい本マグロなんて都会の店にはめったにない」と思ってください。

冷凍の本マグロ、ミナミマグロ、クロマグロなんていうのより日本の近海を季節とわず泳ぎ回っているメバチマグロやキハダマグロなど十～三十キロぐらいのマグロで冷凍してないのが一番うまいということを知っておいてください。これ大事な知識ですからね。千葉、茨城、神奈川沖なんかの表示がついてます。季節はずれの大間の冷凍本マグロなんかより断然安いですし圧倒的にうまいですよ。

真夏すぎてカツオの季節ですが、ぼくは大のカツオ好きですからよく釣りにいきます。シロウトでも五~八キロのカツオをあげてますよ。カツオは家に持ちかえって自分で捌きます。イキのいいカツオはまず頭の後ろ側から出刃を入れて頭を落とします。新鮮なカツオは頭を落としたあと首まわりの皮をギュッと摑んで一気にズバッと引き下ろすと包丁などいっさい使わずスルスルスルと尻尾まで全部きれいにむけてしまうから気持ちがいいんだなあ。

新鮮なカツオは血あいをこまかく叩いて氷とタマネギをまぜて出刃の裏で丁寧にタタキ、それをシタジにして腹側の脂身のところをサっと流して食う。でもって冷たいビールをゴクリ。これがうまいんですよう。

まれにカツオ一本、なぜか不思議にどうしょうもなくまずくて食えないのがあります。漁師はこれをボキガツオといって全部捨ててしまいます。包丁を入れると本当に「ボキッ」と音がするから納得ですなあ。

でもこれは釣ったカツオをすぐに捌いて飯のおかずにする漁師しかわからない絶対不良品だから、デパ地下なんかにまるごと入ってくると捌いている店の人もとうていわからずそのまま売り場にだしてしまう。買ってしまう。つまりそれは海でカツオと対決した人以外わからない話なのです。

こういうヒトしれずの話を『暮しの手帖《てちょう》』なんかがテストしてくれるといいなと思っていた。あそこの編集長の澤田《さわだ》君は、雑魚釣り隊の初期の頃のメンバーだったんだけれど近々編集長をやめてしまうらしい。

最近、港の近くに「海の新鮮食堂」とか、それに類するいろんな、例えば本当かどうかわからない「漁業組合女将の店」「漁師妻の店」的な、いかにも「新鮮でおいしくて安くて」をうたった店が沢山できている。派手な「大漁旗」や「産地直送」などの旗文字に騙されてはいけません。メニューをよくみると関東の店なのに「北海道の鮭ルイベ定食」なんて出てる。「クエの新鮮その日刺し身」なんてありえない。あれの新鮮なのは肉が固くて誰もかみ切れない。三〜四日してやっとおいしくなるんですよ。

Mercado de Peixe
9,99
7.99
27.00

手ごわいロシアのごはん

まだロシアがソビエト連邦を構成していた頃、極寒の真冬に二カ月ほど、主にシベリアをうろついていたことがあった。

シベリアの中心都市はイルクーツクだが、ここはシベリアのパリともいわれていた。いいホテルがあってぼくはその一番高い（高さがね）屋根裏部屋にいた。一週間のネズミ滞在だ。

でも毎日その部屋から見る光景が素晴らしかった。町の樹林は枝葉がびっしり氷結していて真っ白に光っている。これは人生のうちでもなかなか見られる風景ではないんだろうと思ったので細い目をできるだけ大きくあけてしっかり見ていた。

外はマイナス四十度ぐらいだ。厚いコートを着た恋人たちが寄り添って歩いている。トナカイ三頭だての本物のトロイカがはしりすぎていく。そこからでは音は聞こえないが鈴の音をたからかにひびかせている筈だ。

そのように景色は申し分なかったけれど困るのはおなかがすいたときだ。ホテルには夜しかやらない豪華レストランしかない。ベリョースカという売店があるがそこにはろくなものがない。おなじみのマトリョシカとかね。太ったコケシみたいなロシア人形の中に同じ人形がいっぱい入っていてどんどん小さくなっていくやつ。

その頃からぼくは旅先でその国の名物人形などいっさい買わなくなっていた。ああいうのは日本に持ちかえっても棚の上でホコリをかぶっていくだけだ。それになによりマトリョシカは煮ても焼いても食えない。こっちはおなかがすいているのだ。

もうその頃にはよくわかっていたが、街に出たとしても、簡単に軽いものを食べられる食堂はまったくないし、そもそもファストフードという概念が一切ないのだ。その点、アジアのゴチャゴチャした乱雑なところはいいですねえ。実に人間本位に街ができていて軽く食べるものに困らない。ノラ犬もこまらない。

ロシアの街でひるめしを食おうとすると、その面倒な手続きで倒れそうになる。空腹がさらに空腹になりやがて立腹する、というやつだ。

まず予約しなければならない。これの電話がなかなかつながらない。やっとつながってもロシア語のカタコト語では通じない。

奇跡的に空席がとれたとすると、今度は予約した時間に必ずその店に行っていないといけない。十分遅れたらキャンセルとみなされる。で、時間前にならぶと裏口みたいなごく普通の大きさのドアの前で行列だ。その行列がなかなか進まない。時間厳守もへったくれもない。はじめどうしてこんなにノロイのだろう、といぶかしんでいるとやがて自分の番になってわけがわかった。

お客はみんな分厚い防寒着をまとっている。そのオーバー、コート類を一時預けの担当者はたいていお婆《ばあ》さんが二、三人なのだ。このお婆さんが亀のごとき動作でグループごとの防寒着をあずかる。一人一人にいちいち伝票を書き、そのカーボンの写しを渡してくれる。

この「衣類あずかりの儀式」がだいたい一グループ十分。

それからなんだかたいてい怒ったような顔をしたフロア係のお姉さんがやってきて席に案内してくれる。そのお姉さんによってメニューがテーブルに届くまでまあ十分。難しい手書き文字のメニューがなんとなく理解できるのは三人で入ったうちのただ一人。

なんだかいろいろ込み入った料理の名前をなんとか理解したつもりで注文する。

そこからは我々のテーブル担当のウェイトレスの役割になる。しかし、その係の人はなかなかやってこないのだ。いわゆる「共産主義国家」における、こういう食堂などのサービス業の根本的問題点を次にあからさまにしよう。

基本的に賃金はみな同じである。働いても働かなくても同じ。だったらできるだけ働きたくないということになるのだろう。我々のテーブルの担当者はなかなか我々のテーブルに接近してこない。

そこで我々はみんなで一斉に我々のテーブルからもっとも遠いところでこちらに背を向けている人を見つける。その人が我々の担当ウェイトレスなのである。そこで我々はみんなでその人を見つめ「こっちむけ」の念波を発信する。しかし我々の念波の電力(あの念波というものは電気で作動しているのである。たぶん)が弱いのかなかなか係のウェイトレスはこっちを向く気配がない。

こうなったらその人のところまで呼びにいこうか、などという強硬突撃策を講じる者もいるが、じゃ誰がいくか、ということでこの案は挫折する。ウェイトレスはみんな「わたしはこの歳になるまで笑ったことはただの一度もありません!」というような怖い顔をしているのである。でも、そうやってずっとソッポを向いているわけにはいかない。そういうサボタージュを見張るもっと怖いフロア監督オババ。地上最強のオババの監視の目がこわい。

やがてしぶしぶ担当ウェイトレスが我らのテーブルにやってくる。ああよかった、と思うのはロシア初心者。苦労して何品か注文してウェイトレスは厨房方向に去るが、百パーセントの確率でまた戻ってくる。「注文したあれとこれとそれは品切れです」と言ってくるのだ。それならメニューに書くな、と言いたいのだが見栄なのかシステムができていないのか、この「ウェイトレス出戻りの儀」はどこでも体験した。それから注文したものが出てくるまで三十分から一時間はかかる。

こういう大きなレストランにはたいてい大ステージがあり、定期的に楽団演奏が始まる。はじめての頃は、ああやっと心やすらかにバラライカなどの音色で「赤いサラファン」などを聞けるのか、とホッとしているとそこで演奏されるのは右翼の街宣車もたじろぐ強烈大音量の「ロック」だった。これが演奏されるとロシア人のお客さんはうれしそうにダンスをはじめる。着膨れた黒熊おじさん白熊おばさんがあたりにホコリを盛大にふりまきながら踊りまくるのである。苦しみの時間をへて店をでるともう外は暗くなっている。夕飯の心配をしなければならない時間なのである。

輝け！　郡山の「のり弁当」

前にも書いたけど仕事が終わって駅弁とビールを買って列車を待っている時間は楽しいね。

やってきた列車の窓ぎわの席に座って、まわりに思いがけなく客が少なく、窓の外はそろそろ夕方の斜光なんていう具合になっていたりするともう最高ですね。

旅の多い人生だったから、これまでずいぶん各地のいろんな駅弁を食べてきた。

したがってそろそろこのへんでわが駅弁のベスト3をきめておかなければいけないだろう。

なんだかもうこれで駅弁が食えなくなってしまうようないいかただけれど、まだ生きて動いているので新しい駅弁に出会うだろうから結論を出すのは少し早かったですかな。

でも一応このあたりでいったんお勘定をしめる、というふうに受け止めていただきたい。今回とりあげるわが人生駅弁ベスト3のどれかが作られなくなってしまうこともあり得るからなあ。

ではとっとといこう。

第一位は郡山《こおりやま》の福豆屋《ふくまめや》さんの「のり弁」です（正しくは「海苔のりべん」らしいですな）。

プラスチックではない薄い板で作られた弁当箱は四分の三ぐらいがごはん部門で、ここが主役です。なにしろ海苔弁だもんなあ。しかもその海苔が二段重ね。一番下には細い切りコンブを煮たやつ。凄いでしょう。むかしからぼくは母親から妻にいたるまで海苔弁を注文することがおおかった。

「海苔は三段重ね。屋上の海苔の上に薄焼きのタマゴヤキ全面展開。塩ジャケうめぼし付き」。妻にはそうよく注文した。妻は三段重ねにするためにドカ弁タイプの弁当箱を買ってきた。箱が深くないと海苔の多層階構造はむずかしいらしい。そうだろうなあ。こっちは注文するだけだから海苔三階層、テラスつき、なんて勝手なことといっていたけれど施工側は大変だったらしい。

そういう事情があるからごはん部分が浅い駅弁で海苔の二段重ねはそれだけで表彰ものです。

ごはんがおいしいのも立派なんですね。おかず部分にタマゴ焼きと薄いシャケ。それに小さな梅干し。

この正しい弁当のおかず三役はあくまでも控えめなのが立派です。値段は千円（現在は千二百円）。癖になりそうだけれどわざわざ郡山に行ってそれを買って食いながら帰ってくるというわけにはいかないからなあ。

第二位は盛岡の「鮭はらこめし」。はらこ、とは「イクラ」のこと。シャケとイクラがごはんにパラパラまざっているこれも親子関係です。おかずというのはとくになく、このまぜごはんそのもので十分おいしいんですなあ。これ今から二十年ぐらいまえに全国駅弁コンテストでベスト1になったことがありました。この弁当の若干の弱みは、ビールの肴にはちとなりにくいこと。ビールのみつつ、という作戦のときはほかにちいさなカワキモノのつまみを用意しましょう。

第三位は、ちと困るのですなあ。

前に書いたけどぼくは西日本にいくと弁当は「あなご」ときめている。「あなご弁当」ですね。

西日本のたいていの駅にこれが置いてあるけれど、作っている会社で少しずつツクリも味も違うのです。あるときびっくりするほどうまい「穴子弁当」に出合った。煮かたがいいのですなあ。軟らかくて甘すぎず、思わずびっくりした。

岡山だったか姫路《ひめじ》だったか、まああのへんです。それから西日本に行くたびに穴子弁当を買うのだがいまだにあの思い出のあなご弁当にめぐりあえずにいる。あのときスグレモノの名称や戸籍などをメモしておけばよかったのだがそういうマメなことはできない人生なんですよ。

「ああ君の名は……」

後半は、まずい駅弁ワースト3を考えていたけれど、まずい駅弁はどこのどれ、と覚えていることはなく、食ってる途中で「ケッ」といってほうりなげてしまうから覚えていない。

全般的にうまくないのは幕の内系で、それもやたら派手派手しく大きな箱にこれでもかこれでもかといろんなのを並べてるのは要注意です。ぼくが認識しているのは新大阪《しんおおさか》駅の幕の内弁当。電車の中で開けられないくらいでかい箱にいろんな食い物が並んでいるやつで、駅弁の限界をこえている。花見弁当なんかだったらひきあうでしょうかね。でもそうなると平均的な花見弁当より貧弱になるからこういうのは始末に困る、というわけです。

むかし何かの化学反応を利用して弁当をあたためるのがあった。いまでもあるのかな。あるとき新幹線で、ぼくのまわりに十人ぐらいのグループが乗ってきた。高齢な人ばかりで添乗員がついていましたな。

その人がみんなに弁当を配って、食べ方を説明していた。質問がけっこうあった。はて弁当ぐらいで何を複雑なことを、といぶかしく思いそのほうを見ると、その化学加熱方式の弁当なのだった。

スキヤキ弁当だったかなあ。

弁当の下のほうにあるヒモを引っ張るとコンロに火がついたようにみんなの弁当が煮えてくる。

「わっ湯気が出てきよる」

などとじいちゃんばあちゃんが喜んでいる。そういえば「火傷《やけど》しないように」と添乗員がいっていたっけ。

やがてあっちこっちの弁当が煮えてきてぼくはスキヤキ屋の真ん中に座っているような気分になってきた。

あれは食い終わったあとのゴミがたいへんだったでしょうなあ。ああいうのが流行るとタコヤキ弁当とかシャブシャブ弁当なんてのが出てきて車内は大変なことになる。

そういえば「カレーライス弁当」というのにまだお目にかかっていない。

小学生の頃、ときどき持たされた。前の日の夕食がカレーだと余ったのを翌日の弁当のおかずにされる。タッパなどない時代だったから包んである新聞紙にカレーが漏れ出てきてなんだかあられもない状態になっていましたなあ。

のりべん
鮭はらこ
あなご

デカテントの贅沢な夜

よく釣りにいきます。季節によっていろんな魚を狙うけれど、五、六人の仲間とテント泊が多い。真冬でもこちら側の都合が合えば出かけていく。先方（お魚さん）側の都合はあまり気にしない。連絡方法がわからないからだ。いけば二、三泊。冬場は焚き火がないと辛《つら》いので工夫が必要になる。

我々はとびきり大きなテントを自分らで作ることにしている。いまアウトドアショップなどにいくとカラフルでかっこいいテントをいろいろ売っている。でもみんな高い。五、六人が泊まれるファミリー用などというのは外国製品で二十万円ぐらいするのもある。

でもあれに騙されないほうがいいですよ。外国人のキャンプは最低でも一週間ぐらい滞在しているから頑丈に組み立てるようになっていてその組み立てはなかなか難しい。組み立て説明書も日本語じゃないからわかりにくい。そういうのを買わされたファミリーは必死になって取り組んでいるが、やがていき詰まる。

子供は飽きてそこらで遊びだすけれど、テント制作中の夫婦は次第に焦ってくる。やがてどちらともなくささいなことで喧嘩になる。楽しいはずのキャンプはお腹をすかせた子供の泣き声と夫婦の怒号のやりとりでとんでもない事態になっていく。どうにか完成しても計画していたバーベキューまでもう時間がない。なんとか湯だけわかしてカップ麺の夕食だ。で、テントは翌日解体だからせわしない。こういう悲劇を避けるためには自分たちで一夜の雨風をしのげる自作テントがいいんですよ。安いし早いし。

どんなふうにするか、というとそのキャンプ地に竹藪があったら近くの人に聞いて持ち主をさがす。

枯れて倒れそうないらない竹はないですか、と聞くのだ。持ち主は枯れて倒れている竹に困っているからふたつ返事で「ああ好きなように持ってって下さい」とたいてい言う。

そういう竹林が見あたらない土地ではホームセンターのようなところにいって園芸用に使うプラスチックの細い棒（三メートルぐらい）がある。一本二百円程度。それを二十本ぐらい買って、キャンプ地についたら三メートルのそれを二本ほど粘着テープでつないでいくと六メートルぐらいのよくしなる棒がいっぱいできる。これらを放射状にならべて真ん中を紐で結び、全体をもちあげると大きな鳥籠のようなものができる。その上にブルーシートをかぶせると、東京ドームのタマゴみたいなのができます。焚き火の排煙用に天井には直径一メートルぐらいの穴をあけておく、その真下の地面に穴を掘り、そこで焚き火をする。焚き火穴の真上に三本の棒杭《ぼうぐい》を立て、てっぺんを結んで真ん中にロープをたらし、その下に鍋を結ぶ。むかしのイロリなんかの様相になりますね。その屋内（といえるかどうか）の焚き火のまわりが我々の居場所であり寝場所だ。この家、総工費五千円ぐらいで作れます。しかも分解すれば何度でも使えます。

翌日から我々は漁業に出る。海岸で竿を出す組と貸し船で沖に出る組にわかれます。船釣りには釣り名人がいるのでけっこう驚くべき漁獲をあげてくる。

釣ってきたばかりのそれを海岸で下処理をして〝焚き火テント〟のなかで調理する。みんなクルマで来ているので真水だけはポリタンクにいっぱい持って来ているからその場でさばくのも問題はない。どういうものをさばいているかということを次に書いていこう。

この本は「おなかがすいたハラペコだ。」だったものなあ。

海岸べりでは雑魚が釣れる。よく毒のある雑魚がいるからそのみきわめが大事。毒をモノともしない凶悪毒胃液を出せる人は別です。この雑魚からはダシがとれる。野菜など入れて夕食のときに重宝。沢山作っておいて夜中にうどんなど入れて夜食にするとなごやかですよ。

船で沖に出た漁業班は何を釣ってくるかわからないが、アジやカツオやサバなどの青魚はわりあい簡単に釣ってくる。浜辺で解体し、アラを出して下処理をすればあとはなにをしてもいい。まえに書いたかもしれないがカツオなどは新鮮なやつは頭を落とし、首から下の皮を手で摑んで一気に引き下ろすと簡単に上から下まできれいにむけてしまう。あとは刺し身にしたり少し外側を焼いてトウガラシ系のシタジに漬けたりして好きなように食う。まず最初の酒の肴としてこれたまりませんよ。

小アジは三枚にオロシてあとはこれも刺し身なり焼くなり煮るなり自由です。

ときおりウマヅラハギが釣れます。これはカワハギの仲間だけれど顔がたしかにウマヅラで、釣り界では外道（まあアウトロー）とされているけれど、ぼくはカワハギよりこっちのほうが好きです。刺し身はできるだけ薄切りにするとフグに似た味で、関西の安いフグ刺しにはこのウマヅラが使われているとよく聞きます。ウマヅラの凄いのはキモが大きいことで、味はカワハギと変わらない。シタジにこのキモを溶いて刺し身を食うと絶品で、どうしてこれが外道なんだろうか、と不思議に思うくらいです。

昨年、能登《のと》半島でキャンプしたときは高級魚のクエが釣れました。八十センチぐらいある大きなやつで、ずしりと重い。市場などにもあまり出てこない貴重な獲物です。さっそくその日の夜に刺し身にしました。厚み三センチぐらいのほとんどステーキのような刺し身の丸かじり状態でしたが、こういう魚はあまり新鮮なのは肉が固くて簡単にはかみ切れないということをつくづく知りました。死後硬直がすごいのです。食い頃は死後三日ぐらいしてから。かみ切れないのはもったいないから照り焼きにして食ったけれどアブラがすごくてそれも手ごわい奴なのでした。

イカもよく釣ります。ヤリイカ、スルメイカ、ムギイカ（スルメイカの子供）、ケンサキイカ。変わったところで十センチぐらいのホタルイカなど。ホタルイカは富山の海で満月のときに沢山浮遊してくるのでそれを網ですくいます。ホタルイカの混ぜごはん。カレーの具などにいいですね。

港の女と寿司屋の親父は無口がいい

肴はあぶったイカでいい。女は無口なひとがいい。と言われているけれど、寿司屋の親父も無口のほうがいいですね。

このあいだ神楽坂《かぐらざか》のいかにも旨そうな寿司屋に入ったのです。カウンターがぐるりと取り囲み、そのつけ台の真ん中に店主とその見習い助手のようなのがひとり。

お酒とかお手拭きなどを持ってくる年配のお姐さんがひとり。シンプルで清潔。

三人で乾杯し、これからおきるだろう「よろこびの宴《うたげ》」に期待をはずませ、ぐいと辛口の冷酒を飲む。

我々がなんとなく今年の仕事の話などしているあいだにそれぞれの前に細長い皿がだされ、そこに季節のうまいもんがきわめて少量ずつ上品に三品のっている。冷酒の肴にちょうどいい。

それをつまんでいると、とつぜん店主がその小さな三品の説明をはじめた。説明っていったってひとつ直径一センチぐらいのもので、なんだかわからないけれどおれたちはひとくちで食ってしまった。たしかになかなかおいしかった。

親父がいきなりでっかい声でその三品の説明をはじめたのだが我々は三人とももう食べちゃったんだけど。親父の声はがらがらで部屋のスケールのわりにはとにかく下品にでっかい。

その説明に、ようやく回転しはじめたおれたちの話の腰は完全に折られてしまった。ときどきいるんだ、こういう本末転倒してるのが。

それから握りを頼んだが、そのひとつひとつにまた詳しい説明がはいる。相変わらずでっかい声だ。親父の口の下で握っている寿司にまんべんなく親父のツバキがとんでいるのがわかる。親父の唾まみれ寿司。ちょうど新型コロナウイルスの唾による飛沫《ひまつ》感染が叫ばれている頃でしたなあ。

まもなく別の新しい客三人組がやってきた。親父はその客の前でもさっきとまったく同じ蘊蓄《うんちく》をタレていましたなあ。バッチイのあっちいけえ。

そのときわかったのは、その寿司屋ではいやがうえでも親父のワンマンショウに晒《さら》される、ということだった。おかげでその日はひさびさに会った我々の話は殆どできず、春店主から春先の海とそこに棲《す》んでいる寿司ダネになる魚の講義をたっぷり聞かされ、春の寿司にはだいぶ詳しくなりましたよ。

話かわりますがぼくは「いなり寿司」も好きなんだけれどあまり一般的な寿司屋では

いなり寿司はおいていませんね。

いなり寿司専門で、客を前に好みのいなり寿司を作ってくれるところが一軒ぐらいな

いだろうか。

たぶん「いなり寿司専門」の店の親父はあまりいろんなコトは言わないでしょうなあ。

「いなりはね、前の晩にアブラアゲを煮込んでおくんですよ。弱火でね。シタジにかつ

おぶしと少々の梅干しのツブシをしこんでおきます。梅干しのツブシっていったってあ

なたがたはしらんでしょう。関東はそれを使う。梅干しのタネをげんのう（かなづちの

ようなもの）で丁寧にこまかく叩いておくんです。関西のいなりはこれはやりません。

そのかわりシャリに胡麻《ごま》をタタキオリというのでつぶしたものをまぜて炊く。和歌山の

ほうにいくとフクロとシャリのあいだにハジカミを削ったのを仕込んでいたりしますな

あ」

いなり寿司屋の親父もこんなふうによく喋ったりして。

でもいろいろ知らないこと教えてくれるので寿司屋の自慢話よりはいいのですよ――

と言ったって、このいなり寿司屋の親父の話はぜんぶぼくの作り話ですからね。関西の

いなり寿司で使うタタキオリなんてぼくが瞬間的に思いついたものなのでどんな形態をしているのか書いていているぼくもわかりません。そんなわけですからこのいなり関係の話、百パーセント信用してはいけません。

だいたいいなり寿司屋があって、そのつけ台の前に座って「じゃあ次は芥子《からし》のまぶしめしを袋にいれて干瓢《かんぴょう》とじにしてもらおうか」なんて頼むのは粋じゃないですからねえ。

カウンターで一番安心するのはやっぱりラーメン屋でしょうなあ。ラーメン屋はけっこう忙しいからカウンターをはさんで対面式になっていてもあまり客と話なんかしません。客のほうもそうやってほうっておいてくれて勝手に食わせてくれてたほうが気がやすまります。

もしおしゃべりなラーメン屋がいて、客が食うのをカウンターのむこうで頰ヅエついてじーっと見ていて「ふーん。お客さんはいきなり麺を箸でするする食う、というやりかたなんですかあ。珍しいですね。いちばん多いのはレンゲでまずスープのんで、それから全体をひとわたり見渡して麺に進んでいく、という順番ですけどねえ。お客さんどこの生まれなんですか。コオリヤマですか。寒そうですねえ」なんてことをずっと言っていたらどうですか。

カウンターを真ん中にしていろいろやりとりする話を書いていて思いだしたのが東北の「わんこそば」だ。あれは非常に小さな椀にはいった蕎麦をお店のお姐さんが「ハイサ」「ホイサ」などと言いながらどんどん食わせてその数を競う、というせわしないやつで、けっしてうまくはありません。いかに早くいっぱい食わせるか少量の蕎麦が入っている椀を殆ど脅迫するように食わせていくやつで、噛みしめて味わうなんて次元を超えている。

あるとき盛岡のそういう店で「一人ワンコ」の現場を見たことがある。いかにも気の弱そうなセーネンが一人、ちゃぶ台のそばにかしこまっていて、たすきがけしたお姐さんの「ハイサ」「ホイサ」攻撃にあっていた。カウンターをあいだにしているわけではないが、あれほど強者と弱者の立場が明確になっているSM的な「タタカイの食い物」はいままで見たことがなかった。

だっからよおーの宴

宮古島で年に一回、日頃の酒飲み仲間との合宿生活をするようになった。大量の酒を飲むのと釣りの趣味が合体しているバカモノ集団十八人ほどの、年齢、職業、好みが違う男たちは毎年その合宿を楽しみにしている。

島の古民家をまるまる一軒借りての生活なので釣りが最大の趣味の連中は一日早くやってきて、船を借りて沖に出ている。

沖縄の島といったら泡盛だあ、と叫んでいる数人は到着すると東京とはまるで違う強烈太陽に圧倒された。庭の木陰に椅子を持っていってまずは乾杯。強い酒が素早くキリキリ全身に酔いを伝達していく。民宿の少し先に海岸が広がっているので吹き抜けていく潮風がここちいいのなんの。

昼酒はキキメが早い。時間はまだ午後三時だ。昼飯を食っていなかったので当然「腹へったあ」と騒ぎだす男がいる。まかないはついていないので全て自炊だが我々の仲間には料理するのが大好き、という便利な男が二人いる。とりあえずの軽食のために空港からそこにくるあいだにスーパーに寄って、我々でもすぐ作れるものを買ってきていた。泡盛の肴のために簡単にできるポークタマゴ。その名のとおり大きな焼きソーセージを大きなタマゴヤキで挟んだ具だけのサンドイッチという簡単な構造だからすぐに「あいよ」といってどさっと出てきた。

続いて三枚肉。脂をトバした味つけ肉とでもいおうか。泡盛によくあいます。

続いて「宮古すば」が出てきた。

沖縄本島では「沖縄すば」。

一見するとうどんなのだがそれよりもやや細く、うどんではなくそばでもない。まさしく「すば」としかいいようのないもので、南の島々をいくとどこでも出てくる。

那覇などには商店街の路地の奥なんかで「おばあ」がこれを作っている間口一間ぐらいの店にかならずぶつかる。三、四脚出ている丸椅子に座っているとすぐに出てくる。たいていどんぶりを持つおばあの指が何本かドンブリの汁の中に入っている。

「おばあ、指が入っているよ」。笑いながらいうと「大丈夫慣れてるから熱くないさあ」という返事がかえってくる。なにごともそこそこでいいかげんなのが沖縄の魅力のひとつだ。

前に書いたかもしれないけれどぼくはこれが大好きなので確認のためにまたもや書いてしまう。

沖縄にはスーパー万能言葉がいくつかあってマスターしておくとたいへん便利だ。

基本は「だっからよお」だ。独特のイントネーションがあって耳にここちいい。

どんな会話でも使える。

「暑いねえ」

「だっからよお」

肯定でも否定でもない。理屈っぽい人がいて「今朝はまあまあでしたがこれで夕方になると涼しくなるんでしょうねえ」なんていうややこしい人は沖縄に行かないほうがいい。

A「遅刻だぞ。二日酔いか」

B「だっからよお」

なんて受け答えはじつにスムーズで美しいではないか。

A「昨日も遅刻だね。なんでなの？」

B「なんでかねえ」

これもいたずらに尾をひかない簡潔法だ。

夫婦間でも便利である。
A「あんた今日、わたしの知らない女の人と歩いていたね。浮気してんでしょ」
B「だっからよお」
A「なんで浮気ばっかりすんのよ」
B「なんでかねえ」
A「あらためないと離婚だよ」
B「こわいさあ」
深刻な話題でもあまりとことん突き詰めないのが沖縄基本会話なのである。
便利言葉の傍系にこういうのもある。
A「あんた浮気してるね」
B「そうともいう」
ぐだぐだ言い訳しないでたくみにヨソに責任転嫁してしまうところがいいのですなあ。
そんなことを喋ってさらにホロホロ酔っていくと早朝から釣り船に乗って沖に行っていた釣り部隊が大きなクーラーボックスを重そうにして帰ってきた。中には氷漬けされた六十〜百センチはある大きな魚が入っていた。
カンパチ　一メートル、約八キロを五匹

アオチビキ　六キロ
イソマグロ　六キロ
このほか島の魚であるシロダイ、ヒメダイ、タマン、ムロアジ、カツオ、小さなサメ。

大型クーラーボックスふたつにぎっしりだから魚屋をやれるくらいだ。

厨房に持っていってすぐに捌く。仲間には釣りよりもこの魚の捌きが好きなのもいて、さっさと解体、大小のサクにして刺し身に切っていく。

それらは外まで持っていくと暑さにやられるので大食堂に並べられる。いやはや刺し身だけで五十人前ぐらいある。でもまだ解体していないのがたくさんあるのだ。

島ラッキョウ、ゆしどうふ、アグー豚を葉っぱにくるんで食うやつ。

刺し身は醤油にコーレーグース一（南島の小さなトウガラシを泡盛に漬けたやつ。もの凄く辛いがうまい）をまぜたやつで食うともうたまりません。

まだ小さなサメ肉をさっと醤油煮にしたやつが前菜にうまいこと。

魚によっては新鮮すぎてまだ肉が硬いのもあるけれど「だっからよう」と言いながらゴジラの歯となってがしがし食っていく。

島魚の刺し身がうまくおなじみのマグロやアジの刺し身のカゲが薄い。

初日の宴で残った刺し身はでっかいボウルにいれて重さ五キロぐらいの「ヅケ」にし

て翌朝のおかずになる。白飯にヅケがしみじみうまいんですよお。

「これうまいさあ」

「なんでかねえ」

「だっからよお」

新ジャガの味噌汁

テレビをつけたり新聞を開いたりすると新型コロナウイルスの話ばかりで嫌になる。

そこで寝るときはそんなものが世の中になかった時代の広沢虎造《ひろさわとらぞう》の浪曲を聞いていることにしたのでこの頃ぼくの頭のなかはすっかり清水次郎長《しみずのじろちよう》の「旅ゆけばあぁぁぁぁぁ駿河《するが》の道に茶のかおりいいいいいいいい」になってしまった。浪曲なんて聞いたことない、という読者が多いでしょうが、ぼくは子供の頃に叔父《おじ》さんがよく浪曲のレコードを聞いていたのでけっこう知っている。

そうして自分がいまその叔父さんぐらいの歳になるにつれてコロナのいない東海道《とうかいどう》や駿河の国が懐かしく、急いでその時代に行きたくなって、こないだCDの十三枚セットを買ってきて毎晩聞いているというわけなんでござんすよ。

そんな折りに同居人（ツマもしくはテキともいう）が旅に出てしまった。次郎長時代でいえば長いワラジをはいたんですな。

あのいまわしい東日本大震災の直後から彼女は原発事故によって故郷を追われた人々をずっと追って、今日までの心の思いをじっくり聞いて『聞き書き　南相馬《みなみそうま》』（新日本出版社、二〇二〇年三月刊）という本を書いているんですなあ。で、もってその取材旅に行ってしまったんでござんすよ。

旅に出ていった同居人がどこで都鳥《みやこどり》一家の待ち伏せにあうかわからないし（意味わからないでしょうが次郎長の敵ですね）、さっきはニューヨークのまっただなかで弁護士稼業をしているうちの娘から電話があって、ニューヨークは徹底的な外出禁止令が出ている、という話でございました。でも法廷は休まないからいつアル・カポネ一味と遭遇するかわからない、という心配もあるんですなあ。

そこで味噌汁を作ることにした。どうしてそこでいきなり味噌汁が登場するかまたしてもわからないでしょうがまあそういうもんなんだな、と思って軽く聞き流していただきたい。

味噌汁を作るにはダシというものをまずつくらなければならない。煮干しダシにするか、かつお節ダシにするかぐらいは知っているんですが、今は小さなダシの袋というのがあってそれを使えばいいらしい。

台所近くの棚や引き出しをあさっていたら非常用らしいそういうものを発見したんで

すよ。文久《ぶんきゅう》二年夏の頃にはそういう便利なものはなかったんでしょうね。

味噌汁の具は長ネギがいいかタマネギにするか。これらだと適当に切って煮ればいいんだから話が早い。

しかしわっし（わたしのことね）は渡世の義理もあってジャガイモ、じゃなかった馬《ば》鈴薯《れいしょ》をつかってみることにした。いまは新ジャガ、じゃなかった旬の馬鈴薯がウイルスにまじってあちこちとびまわっていますな。あっ、いけねえ。ウイルスのことを忘れるために味噌汁づくりを思いたった、というのにこれじゃあ義理がたたねえ。

テキの裏をかいて里芋というのも考えたがそれがどこにあるのか野菜入れのなかに見あたらねえんでございますよ。

それによく考えたら今朝はせっかく見つけた馬鈴薯でいくのが筋というものでござんしょう。（いいから早くつくれ！）と清水一家が怒っております。

ジャガイモはまず皮をむかなければならない。やっぱり皮むきの必要ない長ネギにしておいたほうがよかったかな。とやや迷う。（いいから早くつくらねーか！）とついに虎造親分に怒られてしまった。

新ジャガは小ぶりなので洗うのは簡単だけれど包丁で皮をむくときはつるつるしてけっこうむずかしい。

そのとき「まてよ！」という思考が頭の隅を走った。新ジャガはよく洗えば皮をむかなくてもよかったのではなかったかな！

ここでわっしは手をとめたあ。

などといきなり唸るとたちまち三味線がツッーン。同時に「アッ、イッヤァー。アッ、イッヒャー」などといったカン高い合の手が入る。虎造師匠の渋い語りと、この三味線を弾く女性曲師のカン高い合の手、掛け声がいいんですなあ。

「アッ、ウーヒャーッ。アッ、イッヤアー。アーレーそんなとこ。アッイッヤーン。アッレーいけません！」

なんてことは言わない。それでは急にイケナイ殿様が出てきてしまうではないか。いま問題なのは新ジャガなのだ。

一瞬の戸惑いはあったが、もうここまできてしまっていては皮をむいていくしかない。これもあれも渡世の義理だ。

小さく切った新ジャガはみんなつやつや光っている。うっかりすると滑ってまな板からおちてしまいそうだ。そうはさせじと逃げる新ジャガの帯をつかんでひき戻す。あれえ！　と叫べばまたイケナイ殿様が出てきちゃうのだ。でも新ジャガの帯ってどこにあるんだ。

殿様を払いのけてそれらをそっくり煮立ってきたダシ汁の中にいれる。あとは蓋をしてジャガイモの煮えるのをまつばかりだ。

慣れない者にとってはこのあとの時間が不安なのですなあ。どのくらい煮ればいいのか。まあ常識的に考えてジャガイモがやわらかくなったらそのあたりで火を弱めればいいはずだ。次はいよいよ味噌をいれるんですよね。緊張の一瞬です。

「アッ、イッヤア」

三味線のお姉さんは出てこなくていいです。ここが味噌汁道のいちばん難しいところですな。「奥の方さま」が分厚い裾をひきずりながら出てきて「皆の者。味噌を沢山いれすぎてはなりませぬ。マルコメミソなどではいけませんよ。味噌は清水港《しみずみなと》の手前味噌です」などとするどく叱責いたします。かといって少量の味噌だと味噌汁にはなりませぬ。

ジャガイモの味噌汁はなんども煮かえして、ジャガイモのカドカドがとけて汁にまじり、全体がいくらか濁ってきたぐらいのあんばいが好きなんですなあ。最後はごはんにかけてかきまわして食うのも好きなんでござんすよ。

あっ、しまった。ごはん炊くの忘れてた。

NEW YORK
おとーさーん
STAY HOME

うどんづくり大作戦

コロナ禍でずっと家のなかだ。こういうとき三流モノカキは家に籠もってしけた文章を書いていればまあ基本的に普段の日々とかわりないことになる。

近くに息子ファミリーの家があり、三匹の孫たちがそこでオンライン授業とやらを受けているが終わるとやっぱり退屈している。運動不足がじわじわと響いているのだ。そこで近くにある我がジジ、ババの家に遊びにやってくる。おまつりがいきなりなだれ込んできたような騒がしさだ。ジジババ二人で棲息《せいそく》しているには少々広い家なのでやつらはここを遊び場にきめたようだ。

あばれついでにお昼や夕ごはんを食べていくから妻が一計を案じ、全員参加型のごはんづくりをはじめた。

うどんづくり

これは正式に小麦粉からつくる。最初は強力粉をつかった。ぼくは原稿仕事をしながらときどきチラチラ見たり聞いたりしていたので正式な製作順かどうかあいまいだが、妻はむかし保育園の保母さんをやっていたので子あしらいがうまく、まず「うどん体操」というのからはじめていた。むかしお遍路さんをやっていたときに習ってきたのよ、なんて言っている。たぶん適当なんだろうけれど「うどんに対して失礼のないように力をこめてやろうね」なんて力強く言っている。それをまるごと信じて「のびるのびる運動」なんていうのを三人で嬉しそうにやっているのを見ていると彼らの将来がやや心配になる。

子供らは高校二年（男）、中学二年（女）、小学六年（男）と体格がみごとに「大、中、小」となっていて『三びきのやぎのがらがらどん』みたいで面白い。五百グラムをまずうまく水に溶くところからはじめていた。みんなの声だけ聞いていたのだがきちんと全体に水を行き渡らせないとダメだからそのあんばいが難しそうだった。ボウルの中でうどん粉をかためていく。両手でやるのだが力がいるようで、やがて全体を厚いビニール袋にいれてみんなで交代でその上に乗って足踏みだ。

あらかたうどん粉のかたまりの上に乗って足踏みしていったのだが、ひととおり済むと「うどん粉がコーフンしているから三十分ぐらい寝かせるのよ」なんて言っていた。

三匹は信じている。

そういえばむかし四国の高松《たかまつ》にうどんの取材に行ったとき市内の宿を朝五時ごろタクシーで出たのを思いだした。本当にうまいうどんを食べるには工場に行ってできたてのを食べるのだ、と教えてもらったからだ。工場にはもうクルマが三十台ぐらいきていて、みんなできたてを待っていた。工場の奥で従業員が三、四人、頭の上の横柱につかまって足踏みしていた。そうしてできたてのを切ったやつを茹でてもらいぼくは「かまたまやま」で食べた。旨くて泣けた。かま茹でしたばかりのうどんに生タマゴとヤマイモすりおろしをかけてかきまわして少々の醤油味だ。

その日もそれを期待していたが、麺棒で延ばすのにえらく力と時間がかかり、それを包丁で切るのもなかなか思うようにならないようでどでんと太いのが勢ぞろい。金太郎《きんたろう》飴《あめ》を連想した。とても「かまたまやま」などできず太いのは直径一センチぐらいあった。二十センチ食べるのに一騒動。「強力粉でやったのが失敗だった」と、うどん格闘隊は反省していたがけっこうみんな団結してタタカイ、たのしそうだった。

それから三日後に懲りない妻というか不屈の妻は「薄力粉」を買ってきて、また三匹のコブタちゃんたちと再挑戦していた。今度は前回の失敗をすべてクリアしてリズムよく、薄くネバリ強く腰のある「地」にしたて、包丁で極力細く切っていったので堂々たる「うどん」になった。「かまたまやま」もできるし、一回の失敗でここまで成長できたのはあっぱれ！　などとぼくが言うと、中二の孫娘が「じいじは何もやらないくせに」と怒っていたが、顔つきは嬉しそうだった。

やきそば

このうどんづくりを聞いた三匹の孫の父親（わが息子）がぼくの家の屋上でヤキソバパーティをやろう、と言いだした。わが家はビルになっていてネズミの額ほどの屋上があり、半分ほどは季節になるとススキなどの雑草がはえ、半分ほどは洗濯物干し場だ。そこを使わせてくれというわけである。焼きそばを作るのにちょうどいい鉄板コンロその他を持ってきた。彼らがよくやっているバーベキューの道具がそのまま使える。

太陽の下で半日過ごすのもなかなかいいからまかせておいたらお祭り屋台のような焼きそばがジュージューいいはじめた。野外だから安全だ。このヤキソバがなかなか旨くて感心した。坂の途中に作った家なので屋上から東京の西がなだらかに見える。カンビールがうまくてやきそばがすすむ。あまり沢山の肉をいれないのもよかったようだった。

やきうどん

文字どおりこれに味をしめて翌週の日曜日は焼きうどんになった。バーベキューなんかをやるとついつい食べすぎてしまい昼食と夕食の区別がつかなくなってしまうから、このシンプルなアツアツのうどんだけ、というのはなかなかよかった。

シューマイ

妻が次にたてた作戦はシューマイづくりだった。

このときもぼくは見るだけで何もやらなかったが、あれは案外簡単に包めるものなのですねえ。挽《ひ》き肉になにかの味をつけているようで、それをシューマイのカワに包む。いままでシューマイの構造をあまり詳しく観察してこなかったので、子供らと作るなんてとんでもなくたいへんなんではないか、と勝手に想像していたけれど考えてみたらネジもバネも必要ないのだ。小学六年の男の子製作の最初の数個の大きさが大小いろいろだったけれど、それも蒸してみれば自分の製作したものということがよくわかり、かえって楽しそうだった。

うまかったもんベスト10プラス2

気がつけば今回が連載百回目なんですなあ。あまり料理のことも知らず、そんなにいろんなものを食べているわけでもないのによくまあ図々《ずうずう》しく続けてきたものです。百回記念になにか気のきいた話を書ければいいんだけれどあまり思い浮かばないんですねえ。

で、ありふれているけれど、これまでわが人生で忘れえぬおいしかったものベスト10なんていうのをこのへんでならべてみっか、と思ったわけです（結果的にベスト12になったけど）。

もうこの歳になると生涯のうちになんとかして食べたいものだ、なんていうのはまるでなく、その結果おいしいものを書くと当然ながらみんな過去のものになる。

とくに少年から青年にかけての伸びざかり、食いざかりの頃のものが忘れえぬ〝人生の味〟ということになるようです。どれも印象が強烈だから、前にこのページに書いたものも出てきそうですが、何を書いたかすっかり忘れているのでそのへんどうか老いたノラ犬だと思ってお許しを。

はじめて自分で買ったのはおまつりの屋台で、小遣いは十円だった。それを握りしめて屋台の並んでいるところをゲタをカラコロさせて突進したのがヤキソバの屋台だった。経木にのせられたヤキソバは五円だった。たちまち食ってしまう。もういっぱい口から手がでるくらい買いたかったけれど買ったらもう一銭もない。

そのとき思ったのは、やがて大人になって自分でお金を稼げるようになったらこのヤキソバをドーンといっぺんに三百個は食うんだ。少年シーナマコトは月の夜空をみあげてそう心に誓ったんですねえ。

現在ならそれはかなうけれど、頑張って食ってもこの歳では五つぶんぐらいしか食べられないだろう。人生は非情で、少年の大志はモロいのだ。

第二位は深川《ふかがわ》のおばさんの家で出前でとってもらったカツドン。母の妹でチャキチャキの江戸っ子おばさんだった。「はあ、さいですか」というのが口ぐせだった。「さようですか」の江戸弁だったのだろう。出前のカツドンのドンブリには蓋がついていた。ぼくの住んでいる町の店にもカツドンはあったが蓋なしだ。江戸のカツドンは肉が厚く、コロモも厚く、小学生ではどうしても全部食いきれなかったのも悔しいが魅力的な思い出だった。

第三位はいろいろ迷うが、タクラマカン砂漠の楼蘭《ろうらん》探検隊で中途にたどりついたオアシスの米蘭《ミーラン》で食ったポプラの木陰の羊汁だろう。砂漠の探検隊のめしはいつもジャキジャキの砂まじりで、内側の錆《さび》がまじっているような缶詰のザーサイに似たやつで実にまずかった。そういうものの対比が激しかった。羊汁はジャキジャキしてないのでスープの底まで飲み干し、涙がでました。

ああ、まだ三位までしか書いていないのにもう半分スペースをつかってしまった。

ぶっ飛ばしてのこりをいきます。

オーストラリアの砂漠探検隊で一カ月ハエだらけアリだらけの食い物で暮らし、到達点で食ったミートパイは十本ぐらい食いたかった。

サラリーマンの頃、ぼくは銀座八丁目にある小さな編集会社のサラリーマンだった。残業すると出前を食べてよかった。十時までやっている裏銀座のイタリアンレストラン「ネスパ」のエビフライライス。エビは二本ついていた。このときタルタルソースというものを初めて知った。

南米パタゴニアでやっかいになっていた牧場での羊の丸焼き。アサードという。グリル状にするのではなく毛を全部刈り、ワタをとってでっかい十字に結んだ鉄の棒でくくりつけてヒラキにし、牧場で二時間かけて裏表じっくり焼く。表側のアチアチのキツネ色に焦げた皮とその内側の脂肪とその内側の肉を三味一体にナイフでこじりとってアヒ（香辛料）をかけて食う。肉料理ではこれがわが人生ダントツ一番。

さあ急いでいかないと。その次は四国高松の丸亀《まるがめ》の製麺工場に早朝いってその朝練って叩いてふんづけて作ったさぬきうどんの釜上げ。茹であがったばかりのものに生タマゴを割り入れ、ヤマイモのすりおろしに醬油をちょっと入れた「かまたまやま」（釜卵山芋）を食ったらもうたまりません。

山形県酒田《さかた》の中華そば屋「川柳《せんりゅう》」のワンタンメンは日本一である。ということは世界一。ワンタンは一キロの生地を人力の鉄棒で六百メートルまで延ばしている。完成したそれは背後の風景がみえるくらい薄い。これが麺にからまって「アイヨ」と出されると帰りのヒコーキの時間を忘れます。

小学校の頃、ぼくの家にイソウロウしていた叔父さんがときどきカルメラを作ってくれた。どういう仕組みだったのか砂糖をつかっていた。把手《とって》のついた小さな鍋でクルクルやっているうちにプクーッとふくらまってできあがり。軽くて中はカリカリで夢のようだった。ああそうだ、この頃の記憶でもうひとつ。

炊きあがったごはんに生タマゴに醬油をまぜてすばやくかきまわしてぶっかけて食う

やつ。タマゴ二つ以上つかったらだめよ、といつも姉に注意された。

厳寒期のシベリアは毎日マイナス四十五度ぐらいだ。ロシアのレストランでめしを食うのがいかに大変か、ということを前に書いた記憶があるが、うまいのは街角でドンゴロスの袋を背負って逃げるようにして路地から路地に入っていくおばさんのあとについて行列をつくるときのトキメキ。一般人が勝手に町でモノを売ってはいけないことになっていたからおばさんは必死だが、行列の自分のところまで品物があるか、とこっちも必死に心配した。ドンゴロスの袋のなかに入っているのはピロシキだ。ロシア揚げパンというようなもので、これは一般には売っていない家庭料理。温かくてうまかった。

もうひとつおまけにチベットのそこらの安食堂でありつけるサンラーフン。太いビーフンを酸っぱく奥深いつゆで食べるのだが日本では食べられないようだ。

あとがき

桃太郎《ももたろう》に出てくる「きびだんご」を子供の頃食べたくてしょうがなかった。でもどこへいけばそれがあるのかわからないし、あっても買うおこづかいがなかった。

同じ頃、「おむすびころりん」がおいしそうだった。おむすびは母がよく作ってくれたから食べていたが、おむすびころりんの「おむすび」とはやっぱりなにか違っていて童話のおむすびのほうがずっとおいしそうだった。でもこの話には気になるところがいっぱいあった。そのおむすびには海苔がまいてあったかなかったか、というところがはっきりしなかった。

時代から考えて海苔は高く、おむすびにくるむような贅沢《ぜいたく》はできなかったのではないか。はっきりした証拠は何もないのだけれど、どうもそんな気がした。

だからおじいさんがうっかり山の上から転がしてしまったおむすびはごはんが丸だしだったような気がする。その時代のことだ。おじいさんの連れ合い、おばあさんは、おむすびに塩を薄くかけたり、味噌を薄くぬったりしたんじゃないだろうか。

そういうスーパーデラックスおむすびが山の斜面を転がっていってゴルフのホールインワンのように斜面の穴の中にころりんと入ってしまった。

しかしおじいさんは目標を持ったらどこまでも追いかけていく。自分の大きさを変えてでもどんどん穴のなかに入っていった。いや、そうは書いてはいないがスナオなマコト君はそのように理解した。

ターミネーターおじいさんはそうやってネズミの巣穴のなかにどんどん入っていく。ネズミたちは思わぬ追跡者に驚嘆し、転がり込んできたおむすびをとられては大変だ、と警戒態勢をとる。さてそれからどうなる。いろいろ事態は錯綜《さくそう》するが、読者として希望するのはネズミたちとターミネーターおじいさんは結果的に仲良くしていく、という本来の話になっていく。大人になるといろいろなことを思い浮かべていろいろ理屈っぽくなってヤーですね。

桃太郎のキビダンゴのほうは、アレ要するにキビの粉でダンゴを作って外側にキナコかなにかまぶしたものでしょう。

考えてみるだけでキビの粉で作ったダンゴはモチモチしていないように思う。キナコだっていくら分厚くまぶしてもそんなにうまいとは思えない。

……そういうところまで「あとがき」を書いてきたところで本書の出版社から見事にカラフルな絵と文字で彩られた表紙見本が届けられた。フーン、イカとタコのタタカイねえ。

本書のアートディレクターはモーレツに情熱的な人でぼくの本のことならなんでも知っている。本当にぼくより詳しいヒトなのだ。

その情熱ADがこのシリーズの第三弾は「タコ」と「イカ」だと言っているのだ。タコとイカについてなにか書いたかなあ、と驚異的に記憶力の減退しているぼくはあまりよく覚えていない。

タコとかイカとはキャラクターとして書きやすいやつらなのできっとどこかで書いているはずだ。かならずしもこの第三集ではなく第一集とか第二集まで遡れば。

「あとがき」の方針が決まってオムスビ、キビダンゴ方向で書き出しているから、ここでタコとイカが乱入してくると話はやっかいになるのですなあ。なにしろ手足が多い連中だからねえ。

本の帯の大きなモジはモロに親父ダジャレだし、しかしアートディレクターと編集者のちからは強烈である。ちょっとここでいきなりオムスビコロリン関係に事態を変えていくわけにもいかなくなった。

「まっ、いいか。パワフルだしイカタコだし」

おじいさんになってもスナオなぼくはこの路線で進んでいくのに同意した。いろいろありがとう。気心知った絵描きと編集者のおにいさん。まいど有《あ》り難《がと》う。

椎名　誠

文庫版あとがき

ここまで読んだかたは「あれ？　タイトルは『オダンゴなんとかカントカ』と書いてあったのに本文にオダンゴのことはなにも書いてないじゃないか。オレはオダンゴのことを読みたかったのにい！　一カ月前から楽しみにしていたのにい」などと言ってイカル人がいるかもしれない。

そうなのでした。この本の著者はもともといいかげんな考えのヒトなのであまりそこまで真剣に考えていなかったのですね。メーンタイトルの「おなかがすいたハラペコだ。」の受けとしてなにか独立したタイトルをかんがえねばならず、ゴロ（語呂）として、「おなかがすいたハラペコだ。オダンゴまつり」

などとしたらすわりがいいような気がしたのですね。シリーズも三作めなどというとタイトルの在庫が少なくなってくるのですよ。だからここでは儀礼上、しばらく「オダンゴ」のことについて書いていくことにします。

オダンゴ、というのはオダンゴ本人にしても、世間にしても、その意味としても、なかなか魅力的だ、と思うのですよ。

オダンゴとして最初に目にうかぶのは三宝の上に行儀よくピラミッド型に飾られた「山」ですね。

オダンゴ山。

十五夜の月に捧げられていますね。食物としてあんなにあがめたてまつられるものはほかに少ないような気がします。親戚の「大福」だってそのようなコトはない。大福を山のようにするとたがいにくっついちゃってどうにもしょうがない、と指摘する大福評論家もいます。

外国から来たカステラなどはその心配はなくピラミッド型にくっついてきちんとカタチを作っていけますが、あまりにもピッタリしすぎちゃうので、おまえはレンガか！　食えんのか！　などと言われて本人は反抗的です。

果物で考えるとミカンというのが頭に浮かびます。ミカンは年始に単独でカガミ餅のいちばん上にのせられています。

最初から厚遇されているのです。だから同じ仲間のミカンばっかりでピラミッドをつくろうとすると、必ずいちゃもんがつき、いがみあいのようなものが発生してきます。

「わたしは一番下で支えているというのに、なによあのヒトばかり一番うえの目立つところにいて！」

などといういがみあいが発生してくるのです。そう思っているミカンが底辺にはたくさんいます。だからみんなで力をあわせ、少しずつ身をゆするると、結果的に全体をゆるがす振幅をうみ、ミカン雪崩《なだれ》をおこしたりするのです。サルトルは破壊のあとに秩序がおきる、などと言っておりますが。

そういう世間からみると、このオダンゴさんたちのこころは大きい。上も下もなくみんなで協力しあっています。

「おれたちみな兄弟！」

あっさりキッパリしています。

ここで少し話題を変えます。意地のわるいヒトは「ははーん。この書き手は、このあたりでこの路線での話題がなくなってきたな」などと思うでしょうが、そんなコトはない。

書こうと思ったらリンゴ、カキ、トマト、やがて思いきってメロン、スイカなどじゃんじゃんいってしまいます。でもメロンなどはお金がかかるだけで片付けもタイヘンだ。オダンゴの思うつぼというものです。

関東地方のかたはすぐわかるでしょうが、東京から西に行こうとして甲州《こうしゅう》街道をどんどん行くとやがて高速道路になり、さらに行くと「ダンゴ坂」となります。

でもそれは誤りで、本当は談合坂《だんごうざか》というのですね。でも「ダンゴ坂」のほうが断然いいですね。談合坂というと何か腹にイチモツ同士がヒソヒソ声で儲け仕事の話しあいをしているイメージで、「おぬしも悪よのう」などと談合しているあいだに坂はどんどん渋滞していっちまうのです。

「ダンゴ坂で渋滞七キロです」

などと道路交通情報センターのヒトが喋ると、ダンゴが七キロぐらいくっついていてつらなっているようで自分がそういうところにいないときは想像すると楽しいですな。こういうのも一種のダンゴまつりなんですねえ。

二〇二四年五月

椎名　誠

解説　シーナめしの変遷

竹田聡一郎

ブッフェ、カツオ、冷し中華に伊勢《いせ》うどん。駅弁におじやにもんじゃ、ラーメン、ボンゴレ、はんぺん、クロワッサン。ああ、なんという節操のなさだ、と思ったのは僕だけであろうか。

この同名連載「おなかがすいたハラペコだ。」は新日本出版社の月刊誌「女性のひろば」で二〇一二年に開始された食のエッセイだ。気付けば十二年も続いている。

書籍化した二〇一五年のシリーズ第一作では、アマゾンの猿ジャガ、望郷のコロッケパン、無責任焚《た》き火《び》料理、愛と憎しみの海苔《のり》弁《べん》などが掲載されている。

続く『おなかがすいたハラペコだ。②　おかわりもういっぱい』（集英社文庫）には、おせち、まぜごはん、梅干しソーメン、ホタルイカ、秋サバ、人間回転寿司《ずし》ほかについて書かれている。

猿ジャガって一体なんだ怖いぞ。人間回転寿司とか書いてシーナは一連の外食テロから何も学んでないのか。などと心配する方はぜひ既刊の二冊を読んでいただきたい。どちらも非常に椎名さんらしく冒険とバカバカしさに満ちているから。

本書はその三冊目だ。新日本出版社からのオリジナルは『おなかがすいたハラペコだ。③　あっ、ごはん炊くの忘れてた！』だったが、文庫化の際に『おなかがすいたハラペコだ。③　オダンゴまつり』に改題された。

冒頭にざっとテーマのメニューや素材を並べてみたが、第一作や第二作と比べて変化があるとすれば、椎名さんの行動半径がひとまわりコンパクトになったことだろうか。

今さらだが、〝シーナさん〟の愛称で親しまれてきた作家、冒険家の椎名さんは、地球を旅しテントを張って土着の食べ物を口にしてきた。前述の「猿ジャガ」が代表格のひとつかもしれないが、白い息を吐きながらイヌイットの集落でアザラシの生肉を食《は》み、パタゴニアの夜は焚き火を囲んで子羊の丸焼きを赤ワインでやっつけ、無人島で名店「大勝軒《たいしょうけん》」のラーメンを再現したこともあった。

基本的にはどこか遠くに出かけ、我々の知らない文化や情報、あるいは体験を原稿として提供し続けてくれた。

しかし、そのシーナさんも八十歳を迎えた。

なんせ八十歳だ。海外取材もテント泊も、近年はしていない。もうしないのかもしれない。それは年相応の当たり前のことだ。だけど、「あの〝シーナ〟が」という衝撃や時間の経過、それに伴う寂しさは誰もが抱くところだろう。

今作も海外での食については「世界ラーメン事情」や「カウボーイはつらいよ」、「クロワッサンのひるめし」、「手ごわいロシアのごはん」の全三十一編中四編に限られる。それも過去の記録と記憶を紐解《ひもと》いたものだ。

しかし、誤読してほしくないのでここで明文化しておくが、僕としては旅に出ない椎名さんを責めているわけでも、行動半径が小さくなった彼のフィールドワークを嘆いているわけでもない。

「それでもよく書けるよなあ」という純粋な感嘆が正直なところだ。

少し想像でも検索でもいいのでしてみてほしい。食に特化したコラムニスト、フードライター、ラーメン評論家、居酒屋探訪家、最近ではグルメインフルエンサーなるものまでいるようだが、彼らは新店ができれば東へ、バズった皿があれば西へ。活動の幅を広げ続けている。もちろんそれも当然のことで、彼らの取材活動によって新しい食の流行が確立し、飽食の時代が成立している。

一方で椎名さんは、この連載に関しては行動半径を徐々に狭めている。一歩も家を出ない回も多い。時代に逆行しているのだ。

楼蘭《ろうらん》もグレートバリアリーフも無人島も出てこない。メインの舞台のひとつは台所で、残りの味噌汁《みそしる》でいそいそと「おじいのおじや」をひとりずるずるすすったり、愛娘《まなむすめ》のために「追憶のボンゴレロッソ」を茹《ゆ》であげたりしている。時には脳内で三線《さんしん》を弾く（おそらく島人《しまんちゅ》の）お姉さんと「アッ、イッヤア」のリズムで「新ジャガの味噌汁」を作ったりして、ほとんど半狂乱状態である。

舞台が動いても、そこは新幹線の車内だったりホテルの朝食ブッフェ会場だったりと、移動もささやかだ。

先日、「ホテルの朝食ブッフェで逆上する」の舞台とおぼしき宮古島《みやこじま》のホテルに椎名さんと同行した。海沿いにゆったりと建てられた一流ホテルだ。朝食ブッフェには、確かにマグロの刺身がある。椎名さんは「小さな皿に赤身魚がフタキレ」と書いているが、この日は醤油《しょうゆ》差しのような極小皿にマグロがひと切れのっているのみ。椎名さんでなくても、二、三皿取るのが人情ってものだろう。

朝食後「僕も三皿マグロ、取りましたよ」と椎名さんに報告すると「すばにのせたか？」と聞かれた。すばとは本文中にもあるが、沖縄そばのことだ。傍らには三枚肉と紅ショウガが置いてあったのでそれはのせたけれど、マグロはのせてませんと答えると、鼻で笑われた。彼はすばにマグロをのせるという合わせ技を編み出していたのだ。

「君はバカだなあ。すばにはまぐろだよ」

そんなことまで言う。ちょっとカチンと来たので「そんなの邪道じゃないですかね」と反論すると、返す刀で「だっからよお」（P162参照）である。

「パーントゥもまもる君もみんなマグロはのせる。今朝の宮古新報の一面にも載っていた」

パーントゥとは妖怪や聖霊をあらわす宮古島の方言で無病息災をもたらす神とされている。泥で全身を覆ったパーントゥに泥を塗りたくられると厄払いができるという奇祭で知られている。

まもる君は、正式には宮古島まもる君という、島内の交通の要所で安全運転を監視する警察官型人形だ。永年立番勤務というハードな職務をまっとうしているためか、階級は警視待遇巡査部長だという。

もちろん、宮古新報も含め椎名さんによる咄嗟《とっさ》のデマカセだが、それが面白い。椎名さんはどこかに行くと、パーントゥやまもる君、宮古新報といった、その土地の伝統文化、生活や食事にいつもアンテナを立てている。ひょっとして作家として無意識下で行っているある種の職業病のようなものかもしれない。

かと思えば、喜怒哀楽をまっすぐに表現することもある。特に酒関係のことが多い。

本書にも登場する怪しい雑魚《ざこ》釣り隊のキャンプでは、クーラーボックスは常にガチ冷えの缶ビールを満たしておかなければならない。五〇〇㎖缶は飲んでるうちにぬるくなるから三五〇㎖缶一択だ。「氷と海苔だけはケチるな」は雑魚釣り隊十訓のひとつである。椎名隊長からは「夏はガチ冷えだけど、春や秋はギンギンくらいでいいよ」と、冷やし方についての指示も出るがほとんどとんちレベルだ。優秀な隊員やドレイは「分かりました」と快活に返事をしておけば安泰なのだ。

ついでながら書いてしまうと、雑魚釣り隊は頻繁に新宿《しんじゆく》の酒場でも顔を合わせて飲んでいる。誰かが昇進した。子供が生まれた。万馬券を獲《と》った。田舎《いなか》から大量のじゃがいもが届いた。自転車で転んだ。なんか歯が痛い。理由は様々で、椎名隊長がいる時もいない時もある。

毎冬、みんなが楽しみにしているのがどぶろく宴会だ。東北に住む椎名さんの友人ができたてを一升瓶で二本、送ってくれるのだ。その年は六人くらいが馴染《なじ》みの居酒屋に集まった。

まずはビールで乾杯してから本命のどぶろくに移行してゆく。白濁の液体は妖《あや》しくも美しい。心地よく舌を刺す酸味、喉で仄《ほの》かに弾《はじ》ける微炭酸、胃の中で広がってゆく酒そのものの旨味《うまみ》。美味《うま》い。「ちょっとまだ若いっすね」「ツマミなしでずっと飲めます」など盛り上がった。

その日のメンバーにタナカという男がいた。職業は弁護士。以前は飲みすぎて夜な夜な意識を失い路上で寝ていたりしたのだが、最近は年上の奥様のおかげでだいぶマシな生活を送るようになり、泥酔は週二回でなんとかとどまっている。

彼は酒好きのポンコツではあるのだが、礼儀は正しいので、どぶろくのおかわりをする度に「シーナさん、これ最高にうまいです。もう一杯、もらっていいですか？」と確認をとっていた。

椎名さんは最初は「おう、たくさんあるから、いくらでも飲めよ」と応じていた。三度目くらいだろうか。タナカはまた、「おかわりしていいですか？」と聞いた。その時、椎名さんがキレた。

「お前なあ、こうして仲間で同じ酒飲んでるんだ。みんなの酒なんだからいちいち聞かないで勝手に飲め！」

珍しいことだったけれど、「仲間」や「同じ酒」などと椎名さんが改めて口にするのを聞いて、少し感動した。同席したみんなも同じ気持ちだったと思う。タナカも嬉《うれ》しそうに以降はさらに遠慮なく飲んでいた。

詳しくは端折《はしょ》るが、六十分くらいして二本のどぶろくが空いた。椎名さんは再びキレた。

「あっ、もうねえ！　誰だ勝手に飲んだのは。俺のどぶろくだぞ」

オチが綺麗《きれい》すぎるきらいがあるのは認めるが、ピュアな実話である。翌冬から椎名さんはどぶろく宴会には一本しか持参しなくなってしまった。

この「どぶろく二度ギレの変」はこうして語り継がれていく（本人は「キレてはいない。酒が空になって悲しかっただけ」と弁明しているが、あれは確実にキレていた）のだが、何が言いたいかというと、椎名誠は現役なのだ。

活動範囲は狭まったけれど、そのぶん深掘りするようになった。そこにかつて世界を巡って得た知見を絡ませてくれるので、読んでいて学びと笑いが入ってくる。

酒量に関しては「だいぶ減った」と本人は言う。夕方に酒場で集合し、生ビールをかけつけで三杯やって、ハイボールも三杯。つまみはマグロの刺身だけ。「今日はちょっと疲れたから早めに帰るわ」と帰路につくのが二十二時過ぎ。どこにそんな八十歳がいるんだ。

そんな八十歳を超えたシーナさんはまだハラペコで「女性のひろば」では連載が継続中だ。

最近、気になっていることを聞くと「カニカマを極めてみたい」「コンビニのサンドイッチはファミマがいちばんうまいのはどうしてだろう」「ポイントバローにオオサカっていう居酒屋があって」という具合に話は広がってゆく。

本書の「エビセン体質」にもあるように「珍味」の定義は曖昧だ。むしろ椎名さんがそれを定めてほしい。雑魚釣り隊の乾杯の流儀について一度、言及してほしい。食のネタは尽きず、オダンゴのように連なっておまつりだ。

椎名さん、節操なくまだまだ書いてください。コロナも去ったし、この冬は久しぶりにどぶろく宴会やりましょう。


（たけだ・そういちろう　怪しい雑魚釣り隊副隊長）